木兰前传

MULAN QIANZHUAN

郭虎 著

山西出版传媒集团　北岳文艺出版社

·太原·

图书在版编目（CIP）数据

木兰前传 / 郭虎著 . — 太原：北岳文艺出版社，2022.10
 ISBN 978-7-5378-6621-7

Ⅰ.①木… Ⅱ.①郭… Ⅲ.①长篇小说—中国—当代 Ⅳ.① I247.5

中国版本图书馆 CIP 数据核字（2022）第 161805 号

木兰前传

著　　者：郭　虎
出 品 人：郭文礼
选题策划：左树涛
责任编辑：左树涛
书籍设计：张永文
印装监制：郭　勇

出版发行：山西出版传媒集团·北岳文艺出版社
地　　址：山西省太原市并州南路 57 号
邮　　编：030012
电　　话：0351-5628696（发行部）
　　　　　0351-5628688（总编室）
传　　真：0351-5628680
经 销 商：新华书店
印刷装订：山西人民印刷有限责任公司

开　　本：787mm×1092mm　　1/32
字　　数：226 千字
印　　张：8.375
版　　次：2022 年 10 月第 1 版
印　　次：2022 年 10 月山西第 1 次印刷
书　　号：ISBN 978-7-5378-6621-7
定　　价：42.00 元

本书版权为本社独家所有，未经本社同意不得转载、摘编或复制

除了变,一切都不能长久

——雪莱

目　录

引　子		001
第一章	奉旨内迁	006
第二章	初来乍到	020
第三章	地主之谊	045
第四章	牧女习织	057
第五章	守株待兔	069
第六章	以卵敌石	095
第七章	润屋润身	109
第八章	知人知面不知心	120
第九章	游骑无归	134
第十章	投杼之疑	165
第十一章	稚子救父	185
第十二章	人师难遇	205
第十三章	木莲之祸	218
第十四章	花弧之虞	231
第十五章	木兰从军	244
尾　声		258

引　子

　　泰常八年十一月六日，一个刮西北风，飘鹅毛雪的日子，北魏明元帝拓跋嗣静卧在被龙涎香萦绕着的龙榻之上，双拳紧攥，目光迷离，苦苦盯着一个地方——那是寝宫里最不显眼的一座屏风。屏风彩绘了一群簪花仕女，年轻、活泼、国色天香，她们衣裙飘飘，无风自摇。

　　拓跋嗣依稀记得那些仕女都被他一一临幸过。

　　宫里的画师依宫制总要给那些被临幸过的仕女发髻上凭空插一朵睡莲，圣洁而具有浮夸的大美。后来，仕女们有升格为昭仪的、嫔妃的、世妇的、御女的，当然也有寂寂无名继续做着仕女，终老余生的。有些仕女，早早被他忘记了，宛如曾经用过的一件陶瓷器皿，宛如被他一生之中不断征服过的柔然、刘宋土地上的臣民。有些，则被他深深镌刻在心底，不时要招入寝宫，重温一番鱼水之乐，甚至生儿育女。

　　此刻，在屏风下面，蹲着一只漂亮的白狐，狐脸娇俏，呈现一种噬魂的媚相。

　　拓跋嗣平放于体侧的右臂，缓缓抬起，紧攥的右拳一指一指松开，食指无力地动了动，有些懒散，也有些故作矫情。突然浑身一颤，手臂重重垂下去，晃了几晃，然后不动了。

　　守在龙榻旁的两个面色苍白的内侍官，失声叫道，皇上，皇上，皇上驾崩了——

殿外，依旧风雪迷茫。

皇城里的宫娥、内侍如同无头苍蝇般四处乱窜。他们纷乱的脚步与忧戚的面容，把宏阔的宫殿搞得杂乱不堪。这样的氛围提醒着那些驻守在宫门前的禁军，他们至高无上的皇帝永远不在了，他们身后守卫着的这座宫城，是一个没有帝王的空壳。

拓跋嗣，一个颇有作为的皇帝，仅活了三十一岁。二十一岁之前，这个年轻的皇帝叱咤于苍茫的北方，让许许多多讲各种胡语的马背民族或心惊肉跳或心向往之。三十一岁之后，他只能把毕生积攒的威风和霸气，收敛进一个长方形的雕龙刻凤的楠木棺材里，无所作为。停灵的地方是平城西宫。

皇帝崩殂，不啻天倾地坼，许多居住在京师的市民，自发地穿白着素，聚集在皇城的城门外，眼泪汪汪地望着紧闭的宫门。他们无法想象在没有伟大的拓跋嗣的日子，会怎样面对大魏四周的虎狼之师。平民如此，朝臣们尤其心旌摇曳，下一个皇帝能不能坐稳那把金交椅，是他们最关心的。

诡异的是，拓跋嗣的灵柩前总卧着一只脸形瘦削的白狐。有人来给长明灯添灯油，那只白狐会悄悄隐入帐后，等添灯油的人走开，白狐又会回来。据善于观察的侍卫透露，那只狐狸不饮不食，不休不眠，日夜守着魂飞魄散的皇帝，就像皇帝生前最为宠幸的妃子。

国不可一日无君。过了三天，太子拓跋焘便在大臣们低沉而坚决的拥戴下，化悲痛为力量，表情复杂地走进穹隆般平地拱起的天华殿。寒气袭人的天华殿里，空旷如一片沙海虚谷，少年拓跋焘浑身一紧，打个寒战，目光游移在陌生的大殿里，耳畔传来父皇严厉的训斥。父皇在位那些年，给后宫立了一个规矩，未经皇上首肯，任何皇子不得擅入天华殿。拓跋焘虽贵为储君，却对父皇议政的地方颇感陌生，甚至疑心死去的父皇，仍蛰伏在天华殿的金柱上，俯视着自己。之前，朝气蓬勃的拓跋嗣，必定是看不到自己大限将至的，

引 子

他不允许年少的太子染指朝政,哪怕太子过人的谋略能够帮到自己。天算总是胜于人算,拓跋焘十六岁那年,被大臣们簇拥进那个陌生空旷的只属于帝君临朝的天华殿。

一只漂亮的白狐从大殿盘龙的梁柱上轻盈落下,在人们一片讶异的眼神里,顺着宫殿的墙根,流星一样蹿出去。荷刀执戟的侍卫竟然来不及出手,白狐已经掠上天华殿对面的房顶,倏忽不见。后来有人散布流言,说那只白狐是拓跋嗣遗落在天华殿里的魂魄,他一直放心不下自己苦心经营的北魏王朝。

拓跋焘撩衣服坐上父亲留下的那把金交椅,不自然地挪了挪屁股,眼睛十分空洞地在天华殿内扫视一番,又扫视一番,脑子里倏地掠过一只白狐的影子。那是一只眼睛血红的狐狸,狐狸的獠牙闪着刺目的白光。拓跋焘紧闭双目,他的眼睛被那道白光灼伤了。

鸿胪寺卿在丹墀前照本宣读明元帝遗诏,声音在空荡荡的大殿里风一样游走。无论金椅上坐着的拓跋焘,还是分列两厢面带忧戚的大臣,都没有仔细倾听那份遗诏的内容。事情都明摆着,新皇帝就是拓跋焘,没有人猜忌,也没有人反对,一切都顺其自然,仿佛拓跋嗣的病逝都是被人事先安排好的。

这样,少年拓跋焘顺理成章当上了新皇帝。历史上把他称为北魏太武帝。

三十一岁的老皇帝死了,十六岁的新皇帝继位,按说也是挺正常的事儿,不管看待这个问题的角度如何刁钻,眼光如何挑剔,如何格物穷理,都似乎与外人无关。逝者已矣,新帝登基,生者未必会流露出多少高兴或不高兴的成分,说白了,这就是人家拓跋氏家族的家事。

但是,有人隔了几百里甚或几千里的漠漠沙海和青青草原,却心花怒放,笑得合不拢嘴。他一边拍着巴掌,一边在心里盘算,机不可失,时不再来啊。那个新皇帝有多嫩啊,十六岁的一个少年,对世事茫然未知,除了熟稔宫闱之事,未必敢上马提刀,御捍强寇。

对这个暗自窃喜的草莽之人来说，这是千载难逢的机遇，大可以把北魏玩弄于股掌之上，甚至在脚下碾为齑粉。

这个忘乎所以的人，名叫牟汗纥升盖可汗，是个经常吃羊肉、饮羊奶的胡人。

说起牟汗纥升盖可汗，也是个霸气侧漏的枭雄。当时在北魏之北，有个叫柔然的部落，部落里的牧民大都保持着茹毛饮血的原始习惯，胡中射雕，锦臂飞鹰，大檀则是部落可汗。

大檀正如他的祖先那样，没受过四书五经熏陶，不懂礼法，不讲究伦理，从小骑在马背上，辽阔的草原养成刚烈的个性，一味地争强好斗，经常把不属于自己的东西占为己有，包括他那个可汗的位子。这样，就免不了东征西杀，生灵涂炭。一时间，大檀骨节粗大的双手沾满各色人等的鲜血，往往旧血未干，又添新血。觊觎北魏京师的锦绣繁华，早已不是大檀的一桩不可告人的秘密，他的眼睛始终处于充血状态。

卧榻之旁，岂容他人鼾睡？拓跋嗣应该比大檀还要性格刚烈一些，即使临死那年，还挣扎着在大长川，也就是现在的张家口一带，筑起一道二千余里的边墙。一堞一墩，一石一砖，隆起于苍山极顶，非一般人力可成。北魏的劳民伤财，并没有感化满嘴羊膻气的大檀可汗。始光元年秋天，他亲率六万精锐之师，如风卷残云般洗劫了北魏云中。

那时候的云中，与江南鱼米之乡没有区分。

像往常一样，鲜卑牧民在云中以北的草原上正悠闲放牧，蓝天白云，碧草如毡，遥远的天际传来动听的歌唱——"天苍苍野茫茫风吹草低见牛羊……"牧民们在无边无际的马群和羊群里，渺小到肉眼无法捕捉。也有女子在羊群后面骑马放牧，她们用马鞭轻轻抽打那些掉队的羊。辰时刚过，原本晴朗的天空，瞬间布满层层阴霾。散落在草地上的牧民犹豫未决之时，柔然骑兵如洪水一样铺天盖地从远处掩杀而来，所过处车毂错乱，旌旗蔽日，白骨累累，蓬鬈哀吟。

仿佛一棍子捅在马蜂窝上，牧民们阵脚大乱，把赖以为生的牲口撇下，连家人都来不及打声招呼，四散逃命去了。

仅过了一天，侥幸逃生的牧民返回原先的驻地，他们看到一片惨烈的景象，没来得及带走的马匹羊群已被洗劫一空，住过的毡包旃帐被战马夷为平地，妻子、孩子和老人都消失得无影无踪。后来，他们从腥臭的烂泥滩里发现了蛛丝马迹。牧民们战栗的双手如同风中树叶，小心翼翼从泥淖中抠出一些残缺不全的尸骸，有头颅，有胳膊，有腿，也有孤零零的一只断脚，他们已经分不清谁是谁的了。

再后来，这些绝望的牧民又听说，那天柔然人居然把朝廷的旧都——盛乐宫都给一锅端了，多少拓跋先帝时期失宠的妃嫔媵嫱惶惶如丧家之犬，被柔然骑兵裹挟着到了北漠。她们的命运如天空中的流云般捉摸不定，一会儿如棉絮，一会儿如苍狗。

第一章　奉旨内迁

一

从北魏登国元年起，至孝文帝迁都洛阳，近百余年间，为充斥东起代郡，西迄善无的京畿之地，几乎天天有民户从遥远的故乡，迁徙至平城及平城近郊。当时的平城，宫阙嵯峨，笙歌婉转，帝都充沛的王者之气，在其周边的平川与丘陵地带无限蔓延。一些刀光剑影如噩梦般陪伴于移民左右，直到他们依稀望见高耸入云的宫城，听到贩卖织绫锦缎的吆喝，当垆沽酒的叫卖，猪羊牛马的嘈杂……他们才顾得上拭去额上的冷汗，暗叹一声，总算到地儿了。慢慢喘一口气，回过头，一个，两个，三个，依次清点他们的家族成员。出门时还整整齐齐，一个不少，现在，眼见得七零八落，少爹没娘了。少一个，叹息一声，少一双，叹息两声，若是少了三个，他们就不再叹息，改成了摇头。

有一天，叹息的轮到一个叫花袁氏的女人。花袁氏叹息的不是举家内迁的亲人暴毙于荒野，而是随同州郡兵一道征讨柔然的花弧并不知道花袁氏他们搬家，当然更不清楚要迁往哪里。事情来得很突然，就像晴空划了一道闪电一样令人猝不及防。花袁氏有理由叹息，她是花弧的妻子，还是两个丫头的阿母。在草原上，一家之主从来都是男人的专利，花袁氏没想过要与花弧争这个名分，她毕竟只是个妇道人家。

草原上的女人有漂亮的，也有十分漂亮的，如花间蝴蝶。可花袁氏不漂亮，一副长脸，肉肉的，宽下巴，面色暗红，仿佛好些日子没洗，眼睛也不大，弯弯的像月牙，梳的是螺髻，黑巾包头，垂至肩颈处，穿的是大红袴褶，镶了白色云边，二十多岁，显得有些老相。她的娘家姓袁，夫家姓花。她摇头的时候，还没有想过，她为中国的北朝历史，生了一个堪称一代楷模的巾帼英雄，以至于公元二十一世纪的中国语文教科书上，还经常出现她女儿的名字。

头一天早晨，花袁氏和两个孩子——木莲、木兰，围坐在毡包前的一块干羊皮上吃饭，吃的是一撂炉烤的胡饼、一盘晒干的乳腐，喝的是一罐冒着热气的酥油茶。一条土狗摇着尾巴绕她们转过来，转过去，仿佛在做游戏。她们有滋有味吃着、喝着、说着、还笑着。

木兰说，木莲，你说云朵上面到底有没有人啊？

唉，木莲叹了口气，仔细想了想，很认真地说，当然有啊，神仙就在上面住着。草地上缺水了，神仙就往下面吐唾沫。草地闷热了，神仙就朝下面扇扇子。盖右老爹亲眼看见过神仙在云朵上调兵遣将呢。还有还有，每年七月七，坐在葡萄架下，可以听见神仙在天上说悄悄话。

木兰对木莲的话深信不疑。孩子们有限的阅历只能让她们看清眼前的事。木兰咂舌说，木莲，你见过葡萄架吗？她不等木莲点头或摇头，又艳羡地道，木莲，你知道得可真多。

木兰说完这句话，已飞身骑在一匹小马驹上。马驹受了惊吓，放开四蹄向草地深处疾驰，木兰小小的身子树叶一样贴在马背上。草原上的孩子很小就练就了驾驭马匹的本事，不分男女。

那年，木兰刚满五岁。

日子就像天上飘过的白云，有些软，有些虚，有些悠闲，还有些很耐看的味道。

有时，阿母花袁氏也会加入孩子们的谈话，她们谈论的话题比较单一，是一个叫花弧的男人。她们没有理由不谈论花弧，花弧是她们家的顶梁柱，又是她们家唯一正在服兵役的青壮男丁。花弧打仗去了。花弧经常应诏出去打仗。在牛川之北，这块不太辽阔的草地上，花弧和另外五十户丘穆陵氏家族的男主人，经常被朝廷征召参战。其实花弧也姓丘穆陵，因为称呼起来比较麻烦，就把前面的姓掐了，只剩下后面的花弧二字。其他牧民也经常把自己的姓掐掉，不过也有前面加个穆字的，表达对先祖的尊崇。这些人带着自备的盔甲和兵器，骑着从自家马群里牵出来的坐骑，带上自家的副马（行军路程太远，主马受不了，就换乘副马接着赶路），呼啸着朝州郡兵集结的地方奔去。有时十天半月打了来回，有时一走大半年。这一次，他们五十户人家只去了四十八个人，族长没去。族长胳膊上起了个疔，在战场上挥舞兵刃会把疔疮震破，震破后很容易感染，一旦感染神仙难救，所以族长顺理成章地留在家里。另一个没去的是因为岁数大了，满脸皱纹像核桃皮。郡守委派他负责掌管适龄男丁的主簿，非常人性化地把老头儿的名字也从花名册上给划掉了。老头儿名叫盖右，是个啰啰嗦嗦的好老头儿。

一只鹰从高空掠下，旁若无人地擦着木兰的头顶飞过。它原是想把木兰一爪子薅走的，不想失算了，只抓走木兰头上的一顶鲜卑帽。五岁的木兰没惊着，倒是七岁的木莲尖叫一声，把手里的棕色陶碗扔掉了，焦黄的酥油茶泼了一地。狗比人反应要灵敏，那只土狗嗷嗷叫着，朝老鹰飞走的方向没命地追咬，就像它能够把老鹰从半空中一爪子挠下来似的。

望着已经停在不远处的狗，花袁氏又看了看木莲，深吸一口气，不无埋怨地道，木莲啊，你怎么总是一惊一乍的？鸡胆子啊？那是只鹰，不是狼，看把你吓成这副怂样，你看你妹妹木兰，一样是个女娃，她多勇敢啊！

木莲也不否认，依旧沉浸在刚才的惊吓中。木兰在木莲眼里，压根儿就是个天不怕地不怕的疯丫头。草地上多蛇，沙蟒、游蛇、团花锦蛇、白条蛇、红点蛇、虎斑颈槽蛇、中介蝮、菜花原矛头蝮，有毒的、没毒的，都有。大人遇见蛇，都绕着走，孩子们看到蛇过道，骨头都酥了。可木兰不怵蛇，木莲有几次看见木兰手里把玩着一条花斑蛇皮，要朝自己扔过来，吓得木莲吱哇乱叫。

而这时，木兰刮着自己的脸蛋嬉笑道，羞不羞，胆小鬼，看见起风就是雨。正说笑着，木兰左耳奇怪地抽了抽，右耳也抽了抽，她把最后一口胡饼塞进嘴里，说，报信的快马来啦。

花袁氏没有注意到木兰说什么，这丫头经常神经兮兮嘀嘀咕咕的。花袁氏开始收拾饭场子，把木莲扔在地上的陶碗捡起，又去端盛有酥油茶的双耳铜鍑。她每天的工作除了喂马喂羊，还负责喂人。男人走州又出县，女人围着锅头转，花袁氏认这个命。她要木莲和木兰去羊圈那边玩。他们家有两只母羊，昨天晚上又下羔子了。

当时是八月，八月的牛川已有些微凉意，一些不耐寒的牧草开始枯黄，大雁也摆成一个人字，呱呱地高悬在蓝天上。

花袁氏紧了紧衣服，手遮在眼帘上，看到有几个骑马的人，从很远的地方朝自家的马场疾驰而来。半袋烟工夫，犬吠再起，几匹快马近了，马背上的人也看清了。头一个是丘穆陵氏的族长穆阳秋，穆阳秋穿了一身毛烘烘的貂裘。他患有老寒病，总是很早就把冬天的衣服翻拣出来，披挂在身上，眼下据说还害了疔疮。后面几个是些红彤彤的陌生面孔，但从公服上可以看出，都是差役。

两个孩子在羊圈那里朝来人张望，她俩都坐在卸了牲口的敕勒车上。车辕、车轩、车厢帮上钉满蘑菇样的泡钉，如同花弧常穿的那件甲胄。

唉，木莲叹息一声，族长是只老狐狸，这次又躲过去了。

他躲什么呀？木兰瞅了瞅木莲，我看他不像只狐狸啊，他倒像只癞皮狗。

躲兵役呗，木莲撇了撇嘴角，又说，他哪是癞皮狗，他就是只老狐狸，天天算计着别人。

别看木莲细鼻子细眼的一副弱不禁风的样子，许多供大人思考的问题她都要掺和，这样就显得比同龄人早熟很多。

木兰从车上跳下，木莲说，木兰你要干什么？

我想和癞皮狗说几句话。木兰一边朝穆阳秋他们走去，一边回头挤了挤眼。

木莲嘀咕着，再香的胡饼也堵不住你的嘴。

喂，族长。

木兰已经站到穆阳秋的马头下面，她伸手抓住下垂的缰绳，仰面质问晴空之下的穆阳秋，你怎么没去打仗啊？我阿父说，丘穆陵氏的男丁都要打仗的，除非老得不能打仗了，就像盖右老爹那样……

两个差役呵呵笑着去看族长。他们当然知道穆阳秋没去打仗的缘由，用奚落的眼光打量这个连小孩子都不把他放在眼里的族长。

族长摇了摇头，他对族人的宽容大度，一贯表现得很直白。他也笑眯眯地和颜悦色地对木兰说，我也想和族人们一块去杀柔然人啊，大魏国的江山要每个人都拿起刀枪去捍卫。可是木兰啊，你不知道叔我年轻时候在战场上是怎么杀敌的，有一回在黑山，我一个人一匹马……算了，人老不提少年勇。你问我怎么不去打仗呀？我的胳膊上起了个大疔，别说是舞刀弄枪了，就是牵缰绳都挺费力的，我是力不从心哪。

花袁氏把木兰直往后拽，她攥紧木兰的衣领不放。木兰，你越来越不像话了，怎么跟族长说话呢？没大没小的，平时我怎么盼咐你的？

穆阳秋的脸色严肃了，他对族里的大人从来没有过好脸色。他说，你不用责怪她，童言无忌嘛，不过小孩子在大人面前乱插嘴，也只能怪花弧家教不严了。

木兰板着脸回击，你说谁家教不严了？你才家教不严呢，你们全家都家教不严。

木兰,花袁氏变脸变色地叫道,你有完没完了?等族长他们走了,看我不揍死你,真是气死我了。

木兰毕竟是个孩子,再尖锐的话也掀不起多大的风浪,倒是两个差役叽叽咕咕低声咬了咬耳朵。

大人之间的事情很快就谈妥了,族长和差役们骑马要走,花袁氏说,你们慢走,花弧不在家,这可让我怎么着哇。

愁也没用,族长回头对花袁氏说,甭愣着了,赶紧收拾收拾,一过午咱们就出发,甭拖了大伙儿的后腿。

又说,你也甭背后说我这个那个的,我也是没法子,谁好好的想搬家呀。造籍内迁是朝廷交办的事,谁也拦不住,我家跟你家一样,都要搬的。

天高地远,草原上扯起了大风,天上的白云一坨一坨往东飞行,木兰家的草场由明转暗,又由暗转明。

二

他们这次搬迁很仓促,主要是男人们大多跟随皇帝打仗了,搬家的重任几乎全落在妇人肩上,她们先天的生理构造让每一件事都变得非常烦琐。很快,在方圆几十里的草地上,到处是妇人的聒噪和愤懑。她们一边拆毡包,一边发牢骚,打大的,骂小的,咒老的,好像这些麻烦,都是孩子们老人们带来的晦气。

不要说其他四十九户牧民了,就连族长穆阳秋也忍不住要骂自己死去多年的阿母。

花袁氏家只有一顶穹庐,三口人(其中两口还是孩子),一峰骆驼,十多匹马,五十来只羊。除了这些四条腿的,剩下的都挤坐在由骆驼驾辕的那辆敕勒车上了。族长穆阳秋家不同,家大业大是明摆着的,除族长外,还有一个脸色枯黄的黄脸婆,一个花朵般妖艳的大闺女,三个虎头虎脑的儿子,三条龇牙咧嘴的猎狗,十来头生有犄角的牛，八十多匹皮毛如缎面的骏马，两百多只丰乳肥臀的肥羊……另外，还有三顶厚墩墩的毡包呢。三顶毡包里摆的、放的、铺的、挂的、身上穿的、吃饭用的、箱子里藏着的说都说不上名堂来的乱七八糟的玩意儿呢。何况族长的三个儿子都大了，一个比一个壮硕，膀大腰圆不说，还满脸横肉，恶眉恶眼，除了族长，谁都指挥不动他们。按说，他们这个年龄段早就应该随时听从州郡的征用调遣了，可地方上管理户口的主簿和族长是八拜之交，族长说谁几岁就是几岁，比签字画押都准。这倒也情有可原，谁让朝廷不负担主簿们的俸禄呢。他们也是有家有口的人，也要吃吃喝喝穿穿戴戴，都需要钱的。他们只能靠族长、宗主这样有钱有势的人接济一点，供养一点。所以，族长的三个儿子在主簿的花名册上，永远都长不大。

穆阳秋是一族之长，族长就要有族长的派头，整个拆迁过程，他都是抱着膀子在旁边指点的。在他家三顶毡包前，穆阳秋的情绪一直不稳，来来回回地走，边走边发火，老大你手轻点行不行，小心把陶罐打碎了；老二，你是没睡醒还是喝了迷魂药了，就不能麻利点？还有老三，老三你已经喝了两次水了，怎么又要喝水？你是啃死娃子肉了？

穆阳秋把老婆闺女儿子骂了个遍，家里人都被骂得面红耳赤大汗淋漓，如五只无头苍蝇一样团团乱转。好在他们家人手多，很快就把三顶毡包拆了，把所有舍不得丢掉的东西都搬到三辆敕勒车上了。最后他让大儿子穆承嗣带领一只狗去赶牛群，二儿子穆承弼带领一只狗去赶马群，三儿子穆承昊带领剩下的那只狗去赶羊群。这样，穆阳秋在吃午饭之前就把一切都安顿好了。然后，他骑了那匹脚力很好的青骢马，绕着偌大的牧场一家一家地催促其他人上路。

那天上午，四十九户人家，家家都忙得找不着北，只有陆氏还闲着。

陆氏是个贪嘴的女人，除了吃喝，她还是个屁事不管的女人。穆尔图在家的时候，家里的马群和羊群都由穆尔图一个人放养，她只管在毡包里做饭和吃饭，别的事儿跟她没一丁点关系。就是油瓶子倒了，她也懒得瞟一眼，更别说用手扶了。可在北魏初年，边疆战事频仍，不是贺兰部落劫夺边民的牛羊，就是高车部落抢粮；不是后燕军队大兵压境，就是乌拉山之北的柔然骑兵又要闹事。传递警情的快马几乎隔些日子就会从草原上经过，朝廷征用州郡兵的诏书一年里少说也有两三次。穆尔图一走，他家的马群羊群很快就慌乱起来，用不了一天，这些食草动物就饿疯了，又是乱吵乱叫，又是冲撞栅栏。它们那么闹腾，在陆氏那里却得不到应有的回应，陆氏才懒得理它们呢。她隔着栅栏开导那些头上长角、饿得咩咩叫的羊群说，日子长着呢，你们就省点力气吧，越叫越饿得慌。有时她也嫌烦，打开栅栏就不管了，她才不管自己的马跑到谁家的草场上了，自己的羊把谁家晒在毡包前的鹿肉都叼下来了。多是邻家的女人看了不忍心，主动帮她家放牧。陆氏倒也心安理得，一边靠着毡包啃羊骨头，一边说，你们也不用往远处走，找个有草的地方让它们自个儿吃去就行了。邻家的耐心也是有限的，一次两次好说，三次四次也还将就，可一直这么下去，谁心里都不平衡，谁都不图她什么。到后来，穆尔图的马和羊都瘦骨伶仃脱了相。等穆尔图从战场上归来，在马圈里站了站，摸了摸，在羊圈里站了站，摸了摸，返回来就对胖乎乎的女人陆氏说，怎么没把你驴日的也饿死？马我不要了，羊也不要了，我把马和羊都卖掉，我替人家放牧去。你好好在家养着吧，养得白白胖胖的，等我找个好买主，一准能卖个好价钱……

穆阳秋路过穆尔图家的毡包时，看到穆尔图的毡包还立得齐齐整整严丝合缝，一股无名火腾地蹿上头顶，朝毡包里喊，尔图家的，你怎么搞的嘛，你是打算搬还是不搬了？

毡包里没有声音传出来，穆阳秋以为那懒女人睡着了。

等了一会儿，穆阳秋跳下马，用马鞭撩起毡帘，朝里窥视。他看见黑乎乎的毡包里隐隐约约有一团东西堆在地上，似乎听到吧唧吧唧吃东西的声音，不由得火冒三丈了，你聋了还是哑了？我跟你说话呢，你怎么屁都不放一个？都啥时候了，你还不拆毡包？

陆氏正抱着一只青铜釜鍑，跪在毡子上，一边往嘴里塞东西，一边扭头笑嘻嘻地对穆阳秋说，我还等你来帮我拆呢，我等不到你，就煮了一锅羊骨头，不吃饱肚子还咋赶路呀？在家千日好，出门一时难，是个正常人谁肯轻易搬家呀？

穆阳秋不傻，知道陆氏话里有话，便没好气地道，我欠了，你等我做啥？

那女人嗲声嗲气地说，哎呀我的大族长哟，我一个妇道人家，肩挑不起，手拎不动，你咋忍心让我拆这个包呀？再说我不等你又该等谁？我也就能做做饭了，这是我做的胡羹，我用了五斤羊肋骨肉，慢火炖了一个时辰呢，放了葱头，放了胡荽，放了石榴，炖得香喷喷的，你要不要尝尝？

那女人发现族长的脸色越来越难看，就把手里的釜鍑放在毡子上，抹了抹嘴，站起身，说，族长，我可不是成心敷衍你。你看我们当家的也打仗去了，家里连个男人都没有，不像你们家，四个大老爷们儿，八双大手呢，喊一嗓子能把天捅个大窟窿。再说我就是把毡包拆掉，也没用呀，我们家穆尔图把敕勒车都给卖了，你总不能让我扛着毡包跟你们上路吧？

穆阳秋想一想也是，他嘴里说道，你看看你过的日子，都快把锅都吊起了，也是给了穆尔图，换个男人早一脚把你这头懒母驴给踹了。你等着，我让盖右老汉帮你把毡包拉上，真是个累赘，不能招惹。

未时一刻，穆阳秋这一族人终于动身了。他们从各家的放牧点慢慢往花弧家聚拢。

花弧家最靠南，花弧的女人和两个孩子已经坐在敕勒车上等半天了。木莲还打了一个小小的盹儿，她梦见阿父花弧骑一只梅花鹿从晨光里走来，鹿角如盛开的两朵白莲。

木兰推了推木莲，又朝不远处正清点人头的穆阳秋喊，族长，怎么还不走呀？再不走天都快黑了。

风渐渐大了，风声中隐约还能听到一阵阵金戈杀伐之声。

三

丘穆陵氏家族的男人北伐归来的时间是始光二年春正月二十三。

刚下过一场大雪，地是白的，天是蓝的，风在雪原上自由驰骋。

花弧他们四十几个人，带着朝廷赏赐给的一些牲畜和满身风霜，茫然地在洁白的牧场上兜着圈子。一圈，两圈，三圈……雪景凌乱了，被马蹄踩出花里胡哨的图形。

穆尔图有些头晕，他勒住马的缰绳，眼神涣散。

穆尔图骑一匹大青马，手里拿一柄长把儿的青铜斧，斧刃上仍留有一丝不太明显的血迹，还粘有两三根毛发。那是前几天斩杀一头黄牛留下的，那头老实巴交的黄牛现在就躺在他们四十几个族人的肚子里，慢慢消化了。

日他娘的，穆尔图嘴里吐出一团白气，毡包哪去了？老子的毡包哪去了？老子的女人哪去了？

穆尔图把手里的青铜斧抛向半空，然后策马前行两步，又稳稳接住。这个动作做得一点意思都没有。他的毡包和懒女人依旧看不见踪迹。他拨转马头朝后张望，仍旧一片白茫茫真干净。

狗日的，不是跟野男人跑了吧？他突然这么想，越想还越难受，不由得咬牙切齿地道，老子在前方卖命，你在后方混野男人，混就混呗，还撒丫子跑了呢！看老子抓住你，不劈了你的腿才日怪……

过了一阵儿，花弧骑了他那匹老迈的飞燕骝，牵了一匹白质黑章的花斑马，后面还有一头牛、三头骡子，稀里哗啦跑来，他和它们的嘴巴与鼻孔都喷着白气。那匹花斑马是花弧的副马，他每回出征都能把副马毫发无损地带回来。族里人都挺羡慕他，说他是个有福之人。

花弧对急疯了的穆尔图说，没有人呀，我老婆不知道把娃们带哪儿去了。这么冷的天，连帐篷都不见了。

一向沉得住气的花弧其实也急了，在白雪皑皑的草地上同样一无所获。

花弧对穆尔图说，这下可坏了，咱们的毡包不见了，咱们的女人和娃娃也让人抢跑了，咱们变成穷光蛋了，穆尔图，你说咋办呀……

穆尔图恶眉恶眼地骂道，咋办个屁，我他娘还不跟你一样？我看是你他娘的那张臭嘴把老子变成穷光蛋了。你他娘的给老子滚一边去，滚得越远越好，不要再让我看到你。

花弧直愣愣地瞅着已经失去理智的穆尔图，不知道自己哪个地方得罪了这家伙。穆尔图像狼一样嚎起来，朝天嗷嗷嗷地叫起来，脸上挂着泪花。

草原太空旷了，半天都听不到穆尔图吼出去的回声。

随着一阵骏马的嘶鸣，丘穆陵氏家族的男丁们都垂头丧气地聚在一处。他们沮丧的面容在寒风里如同一张揉皱的牛皮纸，骂骂咧咧的样子就像出门一脚踩在一堆牛屎上。

丘穆陵氏家族的男人都是些炮仗捻子的脾气，不要说遇到不顺心的事儿了，即使平素在一块聊天，三句话不合就动拳脚，何况眼下都遇到天大的愁事儿。

穆库翼睁着一双牛眼，毒辣辣地瞪了这个瞪那个，好像是和他一起出生入死的族人把他的老婆娃娃都拐跑了。他呼呼地直喘气，比穆尔图都难缠，倒拖着一把青铜戟吼来吼去的，日你娘的长孙翰，老子替你卖命，到头来把老婆娃娃都搭进去了，你他娘的倒舒服，回京师搂你婆姨困觉去了。

花弧觉得穆库翼骂人骂得文不对题，人家平阳王长孙翰跟你八竿子都打不着，人家高高在上，你连人家长得是高是矮，是胖是瘦都不知道，你凭什么说替人家卖命？丘穆陵氏家族的男丁一向都是州郡兵临时征用的预备兵。早上他们还在牧马唱歌,中午就披甲带枪杀到了参合口,偏巧他们跟在平阳王长孙翰和安北将军尉眷带领的中军后面。中军一股劲朝北冲锋,他们也一股劲跟着冲。前面的中军早就与大檀的骑兵叮叮当当厮杀在一块儿了,花弧他们还在很远的地方往那里乱糟糟地赶路呢。

　　人多马稠,速度又快,杂乱的声音像一部巨大的风车在隆隆喧响,无数战马蹚起的尘土,把半边天都遮黑了。别看花弧的飞燕骝老了,跑起来有些偷奸,可别的马在不歇气地冲锋,飞燕骝裹挟在马群里,不跑也不由它。他们这些州郡兵一直往北冲,毡包呀,树林呀,草地呀,河流呀,都被他们呼呼地闪在后面了。花弧就想,这么一直跑下去,恐怕用不了半天,就回到我们原来居住的那块草地上了。一想到这些,他就紧张起来,他的女人花袁氏,他的孩子木兰、木莲,都还蒙在鼓里呢,都还待在厚墩墩的毡包里傻子似的等自己凯旋呢。她们什么都不知道,像羔羊一样将要被虎狼之师践踏成泥,可他却无能为力。除了花弧,其实还有好多部落的男人抱有同样的想法,他们一边策马奔腾,一边想着另外的事情,都有些心猿意马了。

　　后来,在柞山脚下,他们还是没能追赶上长孙翰的中军,长孙翰的骑兵冲锋得太快了。那时候,长孙翰已经把大檀的副帅阿伏干包了饺子,并且干脆利落地解决了战斗。等花弧他们赶来,中军又向歌删山挺近了。花弧手里握着丈八黑缨枪,杀气腾腾地对穆尔图说,你看见柔然兵没有?这一回我非杀他十个八个不行,我手里的这杆枪拽着我朝前跑呢。穆尔图响亮地说,老子看见你的屁了,老子不跟你他娘的一样吗?一路上就瞅自个儿人的后脑勺了,就你那尿样儿,见了柔然人还不尿裤子?你嚷嚷个屎呀。正说着脏话,他们发现前面的战马开始绕着一个地方走,就像湍急的流水遇到一根中流砥柱一样。走过去才发现,地上躺着数不清的死尸,有死人,有死牲口,还有死人丢下的兵器和旌旗。花弧大声问一个不认识的州郡兵,喂,伙计,地上躺着的都是敌人吗?那个兵也大声对他说,伙计,不知道啊,你想知道的话就跳下去,一个一个翻起脸来看,把他们的头盔摘下来,只要是秃子就一定是柔然人了。花弧真想跳下马,摘下他们的头盔看看是不是秃子,是不是柔然人。但后面拥上来的州郡兵把他的飞燕骝一股劲推出了柞山,推向更远的北方。

再往北走,天气变得格外寒冷,许多一块出来的族人,都从自备的包裹里找羊皮衣裤穿。花弧一边穿花袁氏给他打包起来的皮褶衣,一边观察他们行军的方向。他断定这一次的北伐,没有从族人放牧的草场经过,他的女人、他的两个孩子都应该好好地待在毡包里,吃着胡饼,喝着酥油茶,等着他的归来。想到这里,花弧一点都不觉得冷了,他说,这一仗不能再偷懒了,不杀他十个八个柔然人真还不好意思回牛川见她们娘仨。

从这一年八月起,一直到来年正月下旬,他们这支州郡兵,就像长孙翰部队的尾巴,被人拖着甩来甩去的。人家宿营,他们也宿营,人家埋锅造饭,他们也埋锅造饭,人家发起冲锋,他们也手忙脚乱地上马疾行。但很少正面遇到过敌人,更不用说那个传说中的大檀可汗了……冲锋陷阵轮不上他们,中军缴获到的战利品就全归他们看管了。他们每天都要赶着越来越庞大的马群,驮着越来越沉重的粮草,在茫茫雪原上尾随着中军奔走。所过之处,他们的马群把纵横十几里的草地踩得坑坑洼洼,泥泞不堪。这些都不算什么,他们早习惯了,让花弧觉得最苦的还是宿营。因为营帐太少,每顶帐篷里能挤好几十人,兵不卸甲,马不解鞍。士兵们睡觉的时候,坚硬的甲胄互相磕碰得叮当乱响。营帐外每天都刮着大风,间或还要飘着大雪,营帐内再挤,再不好受,也没有人钻出去和老天爷比谁骨头硬。再后来,随军的刺史发现了问题,军队缴获的战利品越来越多,都成州郡兵的累赘了,他要州郡兵分拨出一部分人往后方运送这些马牛骆驼什么的。花弧也往京师送了几次,当他赶着比一缸粟米还要多的马匹,浩浩荡荡走过被白雪掩埋了的草地时,他都要辨认一番所经过的地方是不是接近他的家乡牛川。不过大多数时间,他都搞不清距离自己放牧的草场还远不远了。

正月二十三那天,他们得到命令,大军要班师回朝。也就是说战争要提前结束了,他们毫发无损地要凯旋了。

花弧在马背上煞有介事地对穆尔图说,你知道吗?我告诉你一个秘密,咱们的小皇帝也和咱们一块行军打仗呀。

穆尔图鼻子里哼了一声,小皇帝?小皇帝还不是演样子给咱们看?十几岁的娃娃日个女人都费劲儿,能提得动刀,杀得了人?

花弧摇摇头,基本不认同穆尔图的说法,我听说咱们的小皇帝比他老子都厉害。别看是个白面书生,两军阵前一点都不含糊,柔然兵把他里三层外三层围个水泄不通,小皇帝硬是靠一杆枪杀出一条血路来,你也不想想,咱这一路跟着小皇帝,就没败过。

穆尔图直撇嘴,你连仗都没得打,咋知道败不败?

花弧说,轮不上咱们伸手,说明这仗打得挺顺当,要不哪儿来的这么多战利品呢?我都往京师送了四回了,京师的马场都快撑爆了。

丘穆陵氏的四十八个州郡兵,赶着新皇帝赏赐的牲口(这时候,他们才知道,那个十七岁的年轻皇帝拓跋焘,也一直和他们一块在草原上追击柔然的骑兵,捕获柔然部落的马匹和百姓),嘴里呵着白气,鼻孔里淌着鼻涕,嗷嗷叫着朝他们秋天定居的牛川草场奔去。

几天后,丘穆陵氏的族人终于回到他们的草场,但迎接他们的是那片白茫茫无边无际的积雪和浩荡的西北风。

没有人找到一顶毡包或一个亲人,他们的老婆娃娃还有毡包都飞上天去了,变成一朵一朵遥不可及的云彩。

第二章 初来乍到

一

始光元年八月,小女孩木兰和另一个小女孩木莲在慢悠悠的敕勒车上已经颠簸了两天两夜。

她们家的草地早就看不见了,早被一座一座敖包一样的土山遮挡在遥远的天边了。每到一处,她们先是清点一番各家的马匹牛羊,看少没有,少了一只两只就不吭声,自认倒霉,少得多了,就原路返回去找。其实找也是白找,沿途的路人早替他们把牲口收拢进自家的马群羊群里了。丘穆陵氏的女人习惯了在路边埋锅造饭。锅里飘出浓烈的羊肉的馨香,往往吸引来好多饥饿的食肉动物,有野狗,有狼,还有金钱豹。族人的车队并不集中,拉拉溜溜一字排在弯弯曲曲的土路上,谁家遇到麻烦事,往往自顾不暇。

有一天傍晚,花袁氏刚把肉和骨头塞进釜鍑里,转身去搂柴火,就听木莲烫着似的尖叫起来,阿母,有狼——

一只又干又瘦的狼鬼魅似的出现在花袁氏身后,伸出一只爪子去掀釜盖。她家那只土狗忽地扑上去,仅一个照面,就被那只狼用爪子扇了一个跟头。不知那狼是饿急了,还是根本就不把花袁氏还有她们家的土狗放在眼里,那狼不慌不忙地从釜鍑里叼了一根带肉的骨头,然后不慌不忙地跳进路边的乱草丛里。这样气焰嚣张的场景没有被木兰看见,当时木兰去一个小树林里捡蘑菇了。她听到木莲的尖叫了,也听见土狗汪汪汪地叫了,可等她跑出树林,跑到她家的敕勒车前,狼早叼着骨头不见了踪影。

木兰把手里捡到的几个蘑菇扔在地上,在马车前不住地跺着脚,怒其不争地说,你们真是些没用的孬包,还能眼睁睁地看着狼把骨头抢走,咋没把你们也抢走呢?

她从车上抽下一根花弧用废了的丈八黑缨枪,要跳进草丛里去找那只狼,被花袁氏一把抓住了胳膊,小祖宗啊,你就不能让人省点心?你能斗得过狼?你不够狼塞牙缝儿呢,再说狼早跑了,你上哪儿找去?天都这么晚了……

木兰眼睛发虚地瞅着那片渐渐被暮色笼罩的荒草地,嘴里狠巴巴地说,你不去把狼杀了,狼就会吃了你。

到了第三天,他们的羊群、他们的马群,还有他们乘坐的敕勒车,好不容易穿过参合口,进入善无郡地界。

木莲,你快看,那是汉人住的房子吗?

木兰指着一座被绿树掩映的坞堡兴奋地问一旁的木莲。她的好奇心与同龄孩子别无二致,甚至比其他孩子都显出一种赤裸裸的迫切来。

唉,木莲皱了皱眉头,叹息一声。她觉得木兰不是在问话,而是在尖叫。许多与她们毫不相干的族人或路人都从远处朝她们的马车张望,试图看穿姊妹俩尖叫的内容。木莲的脸腾地红了,悄悄捏了捏木兰的胳膊。她倒想回答木兰的问题,可她对坞堡与房子的区别同样一无所知。

那不叫房子,叫土堡,房子都圈在土堡里面,土堡里有房子有街道,有卖烧饼的烧饼铺,还有烧香的庙呢。见多识广的盖右老汉不无卖弄地替木莲回答了,脸上满是得意洋洋的表情。

在花袁氏她们的敕勒车后面,紧跟着盖右的敕勒车。盖右岁数大了，这次他没有去服兵役，而他的见多识广又让这一次迁徙变得不那么枯燥乏味。年龄和见识是盖右在丘穆陵氏族人中最大的优势，就连族长穆阳秋有时候也得礼敬他三分。

汉人都是住房子的，不像我们住毡包。盖右摸了摸下巴上的胡须说，汉人们把黄土拢起来，用木板夹好，再用石夯砸瓷实了，齐刷刷立起三堵墙。土墙上架了木梁，木梁上搁了木檩，木檩上码了木椽，木椽上铺了麦草帘子，帘子上压上穰泥，穰泥上嵌了瓦，这样就把房顶盖好了。没有墙的一面，要用木头做成窗户和房门。这样的房子冬暖夏凉，又高大，又敞亮。下雨天，把房门一关，你听不到雨珠子敲打帐篷的声音，一觉能睡到大天亮。

陆氏摸了摸盖右身后用山羊皮包着的四四方方的包裹说，老叔，你又带上你的宝贝了？

盖右说，我打了一辈子仗，敲了一辈子钲，别的没落下，就落下个这玩意儿。别人打仗是朝前冲锋，我打仗是招呼人们收兵回营。如今守着这玩意儿就爱琢磨以前的事儿，图的是个念想，毡包不带，也得把它带上。

所谓闻鼓声而进，闻金声而退。盖右在战场上的本职工作就是鸣金，用一根细铁杵敲打铜钲，当当当，音穿数十里。盖右很少谈他年轻时打仗的事儿。他不谈，并不等于别人不替他谈，花弧就有好几次讥笑过盖右，说我们都死十回了，也轮不到盖右死一回，顶多手腕子疼几天。

木莲你听见了吗？咱们要去的地方有山有水有树林，还有大房子住。木莲你见过房子吗？是不是像盖右老爹说的那样，睡在房子里，听不见外面刮风下雨？

听起来木兰是在问木莲，其实她的声音很高，是故意说给盖右老汉听的。以她的阅历，她甚至有些不相信盖右的话。

唉，木莲推了一把木兰，你能不能小点声？你这么吵，能把狼都招来。

第二章 初来乍到

木莲又摇摇头说,你没见过,我也没见过,我又不比你多走一个地方,我哪能猜出房子是啥样儿?我觉得咱们住的毡包就挺好,族长干吗要咱们往善无郡搬呢?金窝银窝不如自家的土窝嘛。

木兰说,搬家有啥不好?草原上我早待腻了。听族长说,咱们要去的地方还有田呢,你知道啥是田啊?听族长说,以后咱们再也不用放马打猎了,咱们要种庄稼。庄稼能打下粮食,粮食能填饱肚子。木莲木莲,你见过庄稼吗?庄稼长啥样儿啊,有萱草高吗?

你能不能声音小点?木莲直皱眉头,我没见过庄稼,也不知道田是个啥东西,放马打猎有啥不好?不放马,那马还不得饿死?木兰,族长在逗你玩呢,你可别拿根棍子就当真(针)。

盖右老汉对坐在车厢里的陆氏感叹道,有娃和没娃就是不一样,你看花弧家多热闹啊,这个叽叽一句,那个喳喳一句,一路上就听她们大呼小叫了。我说尔图家的,你和尔图怎么不要个娃呀?趁年轻,多养几个,老了还有个照应,不要像我这样,老光棍一条,连个烧水做饭暖被窝的都没有……

你知道我不想要呀?陆氏翻着眼皮瞥了一下盖右。她对盖右的无端指责感到愤懑,想用事实来证明盖右对自己的误解,我说穆尔图你使劲弄我呀,一年起码弄出一个娃,连续弄他十年,十个娃围着你打转转,你想骂谁就骂谁,你想揍谁就揍谁,多带劲儿呀!你要喝醉酒,儿子们一人一条腿,轻轻松松就把你从外边抬回来了,谁还敢拿白眼翻你?可穆尔图偏不听。他不听我的话,我有啥法子?真有十个娃围着你转,那该多热闹?这个喊你阿母,那个也喊你阿母。盖右大叔,你说我该先答应哪个呀?

不等盖右说话,前边的花袁氏噗嗤一声笑了,笑着笑着又不笑了。她回头看了看挤在车厢里的两个孩子和一条狗,觉得没有孩子的陆氏真可怜,女人生不出娃来就是命苦。好在穆尔图是个傻不楞登的二货,倒也没嫌弃过这下不下蛋的懒婆娘儿。

花袁氏坐在左边的车辕上,那个位置本应该是花弧坐的。花袁氏手里有一根削得光溜溜的细柳枝。给她们驾车的不是马,而是一峰骆驼。她手里的细柳枝只是个摆设,从来不舍得抽打驾辕的牲口。

她们已经跟着族长走了整整两天,即使过夜,也在车上对付。可她们还是看不到准备落脚的地方在哪里。

路边的景色越走越陌生,两个小女孩停止了并不协调的对话。她们把脸转向那些慢慢经过的桦树林,还有贴着树林流淌的中陵川水。

二

过了参合口,他们的骆驼车咯噔咯噔爬上一座石拱桥。桥上的石头黑黢黢的,被石匠用凿子凿得四平八稳。没有人知道,那些石头都是从火山上凿下来的火山石。

这样,他们进入了一块陌生的草莽之地。那时候的善无郡,人烟尚不足以覆盖整个平川地带,葳郁的草木与游走的兽类不时与他们的马群羊群和几十辆辚辚作响的敕勒车擦肩而过。

在距离他们的车队并不遥远的地方,成群的野狼与成群的黄羊隔着一条河紧张对峙。苍鹰在低空盘旋,它的鹰翼之下有无数的野兔与草蛇亡命奔走。麻燕从林梢上愉快地掠过,洒下一路嘹亮的歌声⋯⋯

广袤的草地沿河而生,草的品种倒也不甚稀奇,无非是一些随处可见的狗牙根草、红眼巴草、小画眉草、拂子茅、扫帚苗、麦草、黄花地丁之类。隔年的针茅草尚未褪尽,新生的锥子草又后来居上了。这种生生不息的花花草草,遍及善无每一片肥沃的土地。每一只高飞的鸟都可以发现,在一些绿油油的丘陵与平川的褶子里面,点缀着蘑菇般的旃帐穹庐,也有一些木屋土窑形成的古旧村落,还有军士麋集的一座座号角声振林木的军堡。这些都说明不了任何问题。只有随意放牧的马羊牛驴,举目可见杨柳依依的阡陌良田,还有越来越浓的游牧与耕作交融并进的烟火气息,为幽闭的善无故地,吹来一缕清新的风。

除了草地，最显气势的要数浩渺如海的森林了。越过丘陵草地，一眼就能看到无边无际的大森林，如同给跌宕起伏的旷野装了一个苍翠的镜框。树多为杂树，大片的是亭亭如塔的松，小块的是散长的白榆、白杨，还有白桦，都是些清高倨傲之士，呈凌云状。当然也有层层叠叠的矮小灌木，譬如在春天里盛开黄花的棣棠，也有乱蓬蓬的山桃、山杏、杜梨、紫穗槐也杂居其间。

青草之畔，灌木丛里，或是苍天古木的荫蔽之下，多有河流悠悠淌过。最大的一股叫中陵川水（后易名为沧头河），河水由南而北，融汇了马营河、大沙河、小南河、十里河、棋杆河、杨千户河、郭敖屯河、王石匠河、双合屯河等长长短短粗粗细细的十多条支流，最后由浑河向西注入黄河。

在这些河流之间，有一条河渐渐出现在木兰她们的视野里，那条河就是沿山吾河。

三

这支迁徙的队伍很奇特，他们的马匹和羊群比人多得多。他们在进入善无郡之后，因道路狭窄，不得不放弃了敕勒车，把需要携带的毡包和一应器皿财物都捆绑到牲口背上。然后他们骑着马，用长长的套马杆驱赶自家的牲畜。木兰家的那条狗不放心丢在河滩里的敕勒车，走一程，就扭回头朝河滩方向叫几声。

在没有看到沿山吾密如乱麻的松树林之前，他们还要忍受一段流离之苦。暮色将合，草地上的露水很重，马腿、羊腿、狗腿都被打湿了。蚊子开始猖獗，这些轻盈的尖嘴利牙的家伙，给每个骑在马背上的牧民都留下痛苦的印记。大人们还好说，他们的粗皮糙肉对蚊子而言也是个久攻不克的难题，而马背上的那些小孩子就另当别论了。孩子们受不了哪怕一点点叮咬，他们吱哩哇啦乱嚷着，几乎要掀翻他们正要经过的草地。孩子们一边胡乱挥动着纤细的手臂驱赶蚊蚋,一边使劲搔挠着裸露在衣服外面的细皮嫩肉。他们通年被阳光直射的脸蛋都是红扑扑的,无论男孩还是女孩,都拥有一张红扑扑的又圆又鼓的脸,不像他们的父辈,垂垂鼻,宽下巴,颧骨高挺,一脸黑黝黝的沧桑相。

多好的车就给扔啦,让别人捡去怎么办?

咱们这是去哪儿啊,都走一天了还走不到头?

反正我是饿得前胸贴后背了,木莲你饿不饿?

木兰那张小嘴歇不住,总是在喋喋不休。

木兰牵着枣红马,木莲紧紧贴着木兰的身子,姊妹俩合骑一匹性格温顺的枣红马。

你不要老提饿不饿,木莲惆怅地道,你不提还好,你一提,我肚里呱呱地乱叫,像藏了一只蛤蟆。

我听见你肚里的蛤蟆了,它一直叫,一直叫,我都烦死了。木兰嘻嘻地笑。

草地的边缘隆起一座小山,还没有人知道那座小山叫沿山吾。小山上长满了绿树,分不清是柳树还是榆树。暮色从小山上慢慢升起,一声悠长的狼嚎从远处传来。

木兰的左耳抽了抽,接着右耳也抽了抽。她说,这是一只公狼。

唉,木莲叹口气,你瞎说什么呢?听声音能辨出公狼还是母狼?

木兰肯定地道,这就是一只公狼,它闻到了人的气味儿,召集它的狼群呢。

木兰觉察到木莲的双手开始发力,箍紧自己的腰。你不要搂我这么紧好不好,我快喘不过气了。

木兰对前面骑一峰骆驼的花袁氏说,阿母,营地到了没有?

木莲也对花袁氏说,阿母,怎么还没到地方?日头都掉山那边去了。

她们的阿母,那个叫花袁氏的妇人,螺髻已经散开,乱蓬蓬地披在肩上。骆驼走得不紧不慢,它身上的负重是所有马匹牲口所不能承载的，除了花袁氏外，还有一顶穹庐需要的全部材料，包括粗毛毡、细毛毡，包括红柳杆、羊毛绳，包括哈那、陶脑，包括冬天穿的皮袍皮裤皮靴……还有煮饭用的青铜釜鍑，盛饭用的青铜罐，还有酥油罐、粟米坛、整扇的羊肉……所以，骆驼想走快都没那么容易。

花袁氏看了看天色，又舔了舔干裂的嘴唇，对两个女儿说，就要到了，穆阳秋也不是铁打的。说完，她下意识朝后看了看。如果是平时，她们后面必定是骑马的花弧。虽说花弧身形并不魁梧，而且总是一副懒懒散散的样子，让人看了厌烦，但只要花弧跟在她们后面，花袁氏心里就踏实，就有了主心骨，可现在她后面空荡荡的。

她们一家拖在队伍的最后面了。

穆蓟乌是穆库翼的小儿子。穆库翼那么粗鲁，粗鲁得只剩下一根筋，他的小儿子穆蓟乌却乖巧伶俐，皮肤娇嫩得像女孩子，嗓音也极其细柔。

在沉沉暮色里，穆蓟乌已经打过几次盹了，好几次都是被马颠醒的。他对阿母高氏说，该歇脚了，怎么还要走？族长这是要一条道走到黑呀！

高氏朝他们家马群前面的穆阳秋努努嘴，对穆蓟乌小声说，你别瞎说，族长听见会不高兴的。

高氏是穆阳秋的相好，他们两人的事情在丘穆陵氏家族里早不是新闻。每次迁徙牧场，穆库翼家的牲口总是跟在穆阳秋家后面。

穆蓟乌那年七岁，七岁的穆蓟乌不住地向他们家后面的穆元吉翻白眼。穆元吉也是个孩子。孩子们之间的眼神和动作往往隐藏了过多的潜台词。穆元吉心领神会，他对正用一把虎头枪驱赶羊群的盖右老汉说，老舅，咱们都走一整天了，再走下去，身上的血都快让蚊子喝光啦。

盖右是穆元吉的舅舅，他的妹夫穆塞图也打仗去了。外甥元吉拍打蚊子的样子让他看了也很难受。一直走下去终究不是个法子，他拍马越过一群羊，越过一群马，再越过一群羊，再越过一群马，就与穆阳秋肩并肩了。

盖右咳嗽一声，算是跟族长打声招呼，他说，阳秋，马累了，人也累了，再往前走，就进林子里了。林子里瘴气重，有狼，有熊，还有野豹子，不比在草地上安生，再说也找不到一块适合扎穹庐的地方啊？

穆阳秋本不愿搭理任何人，可见是盖右，就说，上山吧，山上比山下风道宽，也好防狼。

这一天，他们从牛川以北的草地一路跋涉而来，走得人困马乏，口干舌燥的，却迟迟听不到族长大喊一声歇了。花袁氏想，一直这么不停地走下去，人倒没什么，只怕羊会掉膘的。整整一天，只顾了跋涉，羊连吃草喝水的工夫都没有。

木莲，前面有狼，我闻见狼的气味了。

木兰突然尖叫起来。她打断了花袁氏的思索，同时把身后的木莲吓了一跳。

狼在哪里？木莲忙说，木兰，你不要吓我，我最怕的就是狼了，我也怕蛇和蜈蚣，还有臭虫……

后面的话，木莲越说越低。她害怕所有让她害怕的动物，天一搭黑，她的心就会悬在嗓子眼上。

她们家那条土狗也汪汪汪地叫起来，朝着木兰瞭望的方向。

还没等木兰指给木莲看，有人打了一声唿哨。唿哨让所有马背上的女人们为之一振。

不管是男人还是女人，老人还是少年，他们立刻闻风而动，纷纷磕击马腹，纵马前驱。他们手里都有一杆防身用的兵器，即使是盖右老汉，也捻一杆虎头枪朝唿哨响起的地方奔去。那里正发生一场小范围的鏖战。一群事先潜伏在草丛里的狼，突然袭击了走在最前面的族长穆阳秋。不需要有人指东指西地布控，牧民们知道对付狼群最简单的办法。他们甚至不需要集中精力击杀那只嚎声最响的

第二章　初来乍到

头狼，他们呈扇状把狼群挤压在一个狭小的空间。冲在最前面的，不是这些骑马的男人或妇人，而是一群声势浩大的护羊狗。它们疯狂的嗥叫已经让狼吓破了胆。

仅仅耗费了一炷香的时辰，近百只狼的尸首零乱地横躺在草地上，就像牧民们为了防虫摊晾的一张张羊皮。气喘吁吁的穆阳秋抹了一把额头上的汗，让马兜了一圈，粗略数了数，手里一把长柄大刀，一共斩杀了十八只狼。他觉得三个儿子都没有自己孔武有力，他手里有的是力气，一通厮杀，没有费吹灰之力。他哈哈大笑着对族人们说，看见没有，看见没有，丘穆陵的女人比爷们儿都神勇。

木兰贴着木莲的耳朵眼说，族长是显摆他自个儿呢，不就斩杀了几只狼嘛，上了战场，他会尿裤裆的。

木莲吃吃地笑起来，捏了一下木兰的细胳膊，悄声说，族长胳膊上压根儿就没生疔疮，他在装病呢。

趁着暮色，他们继续赶路。

他们沿着沿山吾河逆流而上，他们看到了河岸上的沿山吾。沿山吾是一座山，不高，山上有庙，叫老爷庙，天天有附近的村民去庙里敬香，一条蚰蜒小路直通老爷庙。河水贴着沿山吾的山脚潺潺流过，一些斜逸的灌木把河水裹起来，就像给沿山吾河扎了两道草裙。

让孩子们大失所望的是，族人们没有爬上沿山吾，而是继续西行。他们要去的地方叫邵家花板，那是一个被几座土山围起来的山湾湾。

几天前，族长亲自走马在善无郡实地转了一圈，用现在的话说就是去做了一番调研。他看过那些种庄稼的平川，也看过那些驻军队的土堡，还看过长满松树、杨树、榆树等等的林地，都没有看上眼。有时候，判断风水吉地也是要看眼缘的。最后，穆阳秋千挑万选只相中了邵家花板。

邵家花板虽说是个山湾湾，但东西山坡并不高峻，有树，有草，还可以开荒种田。南侧的山梁是无边的松树林，把树砍倒就可以盖房子，带了弓箭钻进去，还可以狩猎。北侧山梁后面是一个沉陷的盆地，有大片的青草，把牲口往草地上一轰，就是最好的牧场。族长最心仪的还是邵家花板的风水，四面高地迂回，层层拱卫，坡下一带流水，四围八方，水聚天心，既背风向阳，又藏风敛气，端的是个好地方。

始光元年八月的一个夜晚，族长穆阳秋带着族人，举着火把，牵着牲口，驮着居家过日子的锅碗瓢盆铺盖行李，呼啦一下拥入邵家花板。因为能见度很低，所有人都看不清土坡周围的环境，他们经过一场兜兜转转跌跌撞撞的长途跋涉后，忽然听族长说，到地方了，这就是我们要定居的地方。

木兰打着哈欠，嘟嘟囔囔地说，我在马背上都睡好几觉了。

四

听穆阳秋说到地方了，马背上无精打采的女人们陆陆续续跳下来，骑马骑得太久，她们的腿都麻了。

老人们比较麻烦，下马还需要妇人搀扶，但不管年长年幼，大家脸上都布满茫然的表情。当时，他们还在山沟里，身旁是一条涓涓流淌的小溪，火把照得河水亮闪闪的，仿佛金子铺在水面上。一群栖息在松林里的乌鸦，被他们惊扰到了，扑棱棱飞起，在他们的头顶上转圈圈，等待他们离去。但他们从此再没有离开这个地方，即使老了、死了，都要把尸骨埋在邵家花板的高坡上。

女人们七嘴八舌地说，这哪是住人的地方呀，哪里支得下毡包？

族长族长，你是不是走错地方了，把我们带到黑豆地里了？

这可怎么办啊，又要挪地方了……

不要吵吵了，你们都不要吵了。族长指着远离溪水的半山坡上一块黑乎乎的平地，不耐烦地说，把毡包支那里，一家占一块地，以后就住这儿了。

第二章 初来乍到

除了穆阳秋，几乎所有人都在犹豫，包括他的三个儿子。

骑了太久的牲口，血脉不畅是很自然的事，更让他们无所适从的是这个地方能不能活得下人。他们从草地上赶来太多的牲畜，都是些吃草的货。黄昏的时候经过那片青草地，倒是适宜放牧，只是不知道那片草地有没有主人。即使没有主人，穆阳秋也不会任由他们把牲口散放在草地上面。穆阳秋家的牲口最多，不管去哪里游牧，他总是把最好的草地占为己有，所以他家的马和羊的肚子都吃得滚瓜溜圆。另外四十九户牧民的牲畜却只能在牧草稀落的草地觅食，他们不敢和穆阳秋争抢草地，就如他们不敢偷偷脱离族长的控制一样。

接下来的事情就交给女人了。她们首先找来能够引火的枯树枝，燃起一堆堆哔啵作响的篝火，火光驱走了蚊子和恐慌。然后她们挽起褊衣的衣袖，从牲口背上卸下搭建穹庐的柳杆与毛毡。在孩子们七手八脚叽叽喳喳的帮忙下，她们喊着号子，慢慢把毡包支起，把驮在牲口背上的大包小包都解下来，一包一包又搬进新搭的毡包里。她们说，咱们把毡包搭得这么近，还是头一次，出了毡包，连个转身子撒尿的地方都没有。她们一边发着牢骚，一边从黑黝黝的沟涧里提起满满一铜罐河水，注入敞口的釜鍑里。她们把上午出发前就宰杀好的牛肉羊骨头扔进去，撒一把土黄盐，在等待沸水的工夫，听见林子里传来喈喈的一连串怪叫。狗开始在坡上坡下狂吠，它们负责看守着几百匹马和上千只羊。所有人这时候都停下手里的活计，他们透过篝火升腾起的烟雾，心神不安地观望黑黢黢的松树林。没有人能够洞穿黑暗，直抵声音的源头。这让她们想起从前在草原上躲避柔然人或高车人的骚扰，往往是心有惕惕，坐以待旦。

那一串怪叫，在夜幕下面，让人毛骨悚然。

睡吧，都睡吧，不就是夜猫子叫嘛。穆阳秋使劲甩了甩手，像甩掉一只粘在手里的蚊子。

松树的剪影托举一轮苍白的圆月。圆月仿佛水洗过一样透明。

狗吠半天，累了，哑了，慢慢平静下来。

抓它，抓住它，别让它跑了……

在花弧家的毡包里，木兰已经是第三次梦魇了，她张牙舞爪的样子吓坏了身旁的花袁氏。花袁氏伸手去摸，发现木兰不是躺着，而是坐着。

木兰，你怎么啦？你坐起来做什么，看你这一晚上折腾的。

木兰醒了，在漆黑的毡包里她对花袁氏说，做了个梦，梦见一只黑色的神兽，把咱们家的枣红马生吞活吃了。

你这丫头，一惊一乍的，还神兽呢，你见过神兽吗？净扯些不着调的。花袁氏咕哝了一句，也就睡了。

夜太长，在漆黑的夜色笼罩下，许多未知的危险会趁着夜色四处游荡，如梦魇般潜入小孩子们的脑子里。

狗又狂吠起来，一直吠到天明。

天亮时分，从穹庐里探出一颗一颗的脑袋。他们惊奇地发现，周围的松树林正酝酿一场危机重重的弥天大雾，而那串瘆人的怪叫已销声匿迹。坡下的流水发出清凌凌的鸣响，鹧鸪鸟在不远不近的树枝间挽留她要出远门的哥哥。穹庐外面的平地上，生长着沾满露水的蒲公英、草木樨、百里香、狼毒草和野蘑菇。

他们的毡包都被绿油油的植物包围了，他们仿佛层层绿叶里的花蕊。

最早发现他们圈在沟底的马匹羊群出了问题的是老汉盖右。

盖右拎着一个大木桶沉入沟底提水，他看见羊群很安静，另一边的马群却在浓雾里不安分地骚动着，宛如风吹草伏，让人眼晕。那一群叫了一夜的狗，再度安静下来，远远看着老汉，像是做错事情等着挨骂的孩子。他弯腰汲水时，看到湍急的流水把岸边的芦苇冲倒一片，对岸的松树林倏地掠过一道黑影。盖右没有看清那是什么东西，他以为自己年老眼花，产生了错觉。当他提着一桶水朝坡上爬去时，有一具白森森的骨架引起他的注意。骨架就在马群的旁边，不远处的草地上还有一颗血淋淋的马头。

吃早饭之前，从牛川迁徙而来的丘穆陵氏的女人，聚集在邵家花板的山坡下面，表情严肃地议论着一匹被什么东西吃掉的马。

谁家少了一匹马？一定是让狼吃了，连马皮都啃光了。

咱们养的这些狗呀，连马群都看不好，还整天吵吵着要肉吃呢……

从大家的语气上，几乎听不出有多少实质性的恐惧与忧伤，三四百匹马和近百头牛、驴、骡子、骆驼里，仅仅损失了一匹枣红马，而且是花弧家的那匹没一点脾气的枣红马。搞笑的是，花弧家的羊也少了两只，一只山羊、一只羯羊。这样，花弧家的山羊剩下十九只，羯羊剩下三十一只，凑成了一个整数。两只羊的损失远不及一匹马，花袁氏心疼自家的枣红马。

整整一个上午，那个头发乱蓬蓬的女人就蹲在那具白森森的骨架旁边，苦苦地琢磨。她怎么看都看不出那是枣红马的骨架，她甚至怀疑有人把枣红马藏起来了，故意摆了这么一堆马骨头来迷惑自己，让自己心浮气躁、浮想联翩。

她对前来安慰自己的盖右说，叔，你岁数都这么大了，还跟晚辈开玩笑呀？你也就敢拿我逗乐，你把族长的青骢马藏起来试试，看他不把你的皮给剥了？

花弧家的，我啥时候跟你开过玩笑？老汉急了，指着地面一摊黑乎乎的血迹说，你看看，这血还没干呢，你看这骨头都是新茬，还有这马头，你总不能连你家的枣红马都认不出吧？

花袁氏一愣，僵在那儿了。

盖右说，我敲了一辈子钲，鸣了一辈子金，都是救人的，从来没害过人。我藏起你家的枣红马做啥？

那只黄狗摆着尾巴在花袁氏跟前蹭来蹭去，被花袁氏一巴掌扇一边去了。

阿母，我看见那只神兽了，黑油油地放光，是那只神兽把咱们的枣红马吃掉的。

木兰言之凿凿，把梦里发生的事情延伸到了梦外。

花袁氏不为所动，什么神兽吃马，压根儿就是小孩子做的梦嘛。一定是昨天斩杀的那群狼的亲戚来报仇了，鲜卑人讲究斩草要除根，可昨天因为光线不好，一定有漏网之鱼。

阿母，回去做饭吧。木莲担心阿母会经受不住打击，摇了摇花袁氏的肩膀。

花袁氏一直蹲在那具骨架前不动弹，木莲的话在她耳朵里就像蚊子在哼哼。花弧不在家的时候，她是家里唯一的顶梁柱，要为这个家中所发生的事情买单。

阿母，你就是把屁股下面坐穿，枣红马也回不来了。木兰这时候便插嘴了，你还说我阿父不扛事儿呢，你比我阿父强不到哪儿去。你想蹲，等吃饱肚子你再接着蹲吧，你不饿，我们还饿呢。

木兰真有点看不起花袁氏。她站在小河边，望着河水腾起的细微的浪花说，你还不如河里的水呢，河水还哗哗地叫呢，你连个屁都不放一个。

花袁氏白了木兰一眼。木兰的话里不是带钩就是带刺，这丫头生就一副伶牙俐嘴，不招人待见。

人群已经散去，人们关心的不是花袁氏一家那天吃没吃早饭，而是她们打算在这个长满松树的山湾里究竟要待多久。

入夜，仍然有喈喈的怪叫从松林深处传来，女人们听见山坡下的狗群又在狂吠，并传来马的嘶鸣，还有乱纷纷的踢踏声。族长和他三个儿子，还有盖右老汉举着火把奔下山坡，看了看马群，又看了看羊群。他们顺着狗群叫的方向观察半天，并没发现什么异样。他们嚷道，见鬼了，啥也没有，乱个尿呀。他们转脸又把狗骂了一顿，然后，举着火把，骂骂咧咧爬上山坡，钻进各家的毡包睡觉了。

快抓住它，阿母，你不要松手嘛，抓住……木兰又在梦里尖叫着，她的小手啪地抽在花袁氏脸上，火辣辣地疼。花袁氏火了，使劲摇醒梦魇中的木兰，你这丫头，又梦见神兽吃谁家的马了？

狗叫仍在延续。

天亮以后，又是那个早起汲水的盖右老汉发现另一匹马惨死在河岸上。这一次，损失马匹的竟是盖右自己。盖右有一匹乌骓马。他老婆四十九岁那年，心血来潮要给他生儿子，他家的母马也翻肠倒肚要下马驹子。老婆给他生了个大胖小子，母马给他下了个乌骓驹子。老婆生下儿子后，下身的血流成了河，没活过当天就撒手去了。他指着襁褓里像个丑八怪的儿子骂道，你天生就是个索命鬼，你把你阿母都给克死了，你还好意思哇哇哭呢。女人死了，生活还得继续。他把儿子拉扯到三岁时，小家伙害天花，脸憋得通红，摸上去就像一块火炭。草原上不缺草，不缺马群和狼群，也不缺老鹰和土拨鼠，最缺的是看病郎中，灾灾病病都靠病人硬扛着。小家伙不吃不喝，昏睡到第四天早上，也就断气了。儿子死了，乌骓马却活得好好的。盖右一直把乌骓马当儿子养。

那天清早，盖右照例拎着木桶下河提水，又像头一天看到的那样，河对面的松树林里倏地掠过一道黑影，而河这边的马群在浓雾里波浪一样涌动。狗嗥叫得却七零八落，显然是叫累了，叫厌烦了，有了言不由衷的意思。

一具白森森的马骨架，祭品似的摆在沿山吾河的河沿上。

一开始，盖右以为是昨天花弧家死掉的那匹枣红马，他还踢了一脚那骨架，说，这女人，不就是一匹马嘛，还当祖宗供着呢。他踢出去的脚还没收回来就后悔了，他看到骨架旁边的马头了，那颗马头他认得，不是自家的乌骓马还能是谁的？盖右哇哇地哭开了，哭了两声，喉咙就被什么给堵住了。

他像一根木头，戳在浓雾弥漫的河沿上。

老爹，是神兽把你的乌骓马吃掉了。木兰挤进人群，贴着盖右的耳朵眼儿悄声说，我梦见那只长了黑毛的神兽要吃你的乌骓马，就喊我阿母快抓住它，可她没敢伸手去抓……

盖右怪怪地瞅着过来看热闹的花袁氏的脸，倒好像真有那么一回事似的。

花袁氏一下子紧张起来。她虽没有听见木兰对老汉说了些什么，但从老汉的眼神儿里看出了猫腻，一把拽住木兰的胳膊往人群外面拖，说道，你这娃娃瞎掺和啥呢，还嫌你盖右老爹心里好受呀？

族长这时候慢慢腾腾从坡上踱下来，一边打着饱嗝一边对着许多女人的后脑勺说，这事儿倒是日他娘的怪了，一天伤一匹马，肉吃光不说，偏偏把马头给留下，下战书呢。

花袁氏头也不回地说，我们家还伤了两只羊呢。

族长一愣，愣完，冷笑一声，伤两只羊咋啦？就是伤了你家的人，也赖不到谁头上。

花袁氏不吱声了。

大家都把视线转移到马群那里。丘穆陵氏家族的牲畜在放牧时是分开的，但在留宿时都收拢在一块。一连两夜出事儿，狗都看不住，所有人都意识到潜在的危险。他们仿佛看到那未知的血盆大口就在某一个暗处，流着涎水窥探他们的牲畜。穆阳秋也觉得有必要迅速行动起来，他家的牲畜又没有免死牌，保不住下一个就轮到他头上了。穆阳秋命令所有成年男女，都背好弓箭，带好各自的兵刃，划分区域，深入荆棘丛生的松林，进行地毯式搜索，搜索一只能够发出怪叫，又吃得了一匹马的野兽。每个人都浑身发紧，他们既盼望捕捉到那个可恶的大家伙，又害怕那东西会朝自己迎面扑来。天地间诡异的事情太多了，他们不能不防。

树下沉积着厚厚的枯枝败叶，每走一步都要发出嘎巴嘎巴的响声。这让所有人的神经始终绷着，不停地四处倾听响声后面的响声，他们期待着有人突然爆发出毛骨悚然的惨叫。

牧民们大张旗鼓地搜索并没有起到预期效果，从上午一直排查到下午，几乎把附近山湾里的松树林都搜遍了，甚至连每棵树都摸遍了，每个山洞或土埂都翻了个底儿朝天，除惊走一些野兔、山狐、雉鸡、猪獾外，几近一无所获。

穆阳秋摸着后脑勺说，这可日屎怪了，难不成是夜游神在作祟？本来大家决定第二天再继续搜索，但族长却临时改变了主意。

五

第二天一早，族长一边吃饭，一边在毡包前向大家宣布了一个决定，今天咱们不搜林子了，咱们砍树，把树砍倒，地盘就大了。谁砍到哪里，谁就在哪里支毡包。

这话说得慷慨，大家从来没有从族长嘴里听到过这样的许诺，大家的兴致一下子高涨起来，虽然多是些女流之辈，但她们拎着铜板斧、开山斧的样子，一点不比男人们逊色。她们像四处觅食的野猪，一窝蜂地拥向附近的松林，邵家花板的山坡上响起一片忙乱的伐木声。

木兰和一帮少年仍然在松林里寻找那只怎么也找不到的神兽。木兰手里拎着一杆丈八黑缨枪，小小的身子如影子一样飘忽不定。后来，他们没有找到神兽，每个孩子手里却都提了一只或大或小的猎物，有野兔，有野鸡，也有狍子。他们说，说不定就是这些家伙到了晚上就变成神兽了，把它们煮熟了，吞进肚子里，啥事儿就都没有了。

花袁氏别看是个女人，却喜欢琢磨事儿，她很快发现一个问题。族长的大儿子穆承嗣挥动的铜板斧，一次次与她高高举起的斧头撞在一起，迸溅出灿烂的火星。他们各砍各的树，都是那种高耸入云的樟子松，但两棵树之间的距离不足三五尺，即使树倒了，他们两家的穹庐还会有交集的地方，说不定她费了好大力气，到头来，是帮族长砍倒一棵树。

花袁氏就笑着对穆承嗣说，承嗣，你看咱们两家是不是挨得近了点，你能不能稍微朝前走两步？

穆承嗣先不吭声，又砍几斧子后，才瓮声瓮气地说，你砍你的，我砍我的，凭啥让我朝前走两步，你不会朝后走两步？

穆承嗣的话把花袁氏噎得半天不说话，族长家的儿子一个比一个愣，这是谁都知道的事情。她只好又笑了笑，没说什么，她拎着斧子朝松林深处走去，她听见穆承嗣在身后恶狠狠地啐了一口唾沫。

日头偏午，邵家花板来了两个不速之客。两个十多岁的少年，乳毛未退，稚气未脱。一个少年手里握一把镢头，另一个少年手里握一把锄头，他们都不像是从田里赶来的，倒像是专门跑来打架的。两个人除了个头略有不同，酷似的五官暴露了他们的关系。他们站在穆承嗣的身后，其中一个还在穆承嗣撅起的屁股上踢了一脚。他们说，谁让你们砍的？谁让你们把毡包搭在山坡上的？你们把邵家花板当成你们家了？

穆承嗣的脾气不好，挨了一脚已经够窝火了，又听两小孩这么一通吵吵，早就毛了，他举着铜板斧朝他们吼，滚一边去，小心惹火老爹，赏你们一人一斧头。

听了穆承嗣的威胁，两个少年反倒咕咕地笑了。个头略高一点的那个，提高嗓音朝砍树的女人们大喊，听见没有？你们都耳聋了吗？再砍，我们可就不客气啦。

没有人停下斧头，也就是说，没有人把两个小孩放在眼里，他俩的威胁连个屁都不如。

个头低一点的少年踩着几根躺在地上的松木说，你们都给我听好了，我告诉你们，我们哥俩是东边邵家村的邵素和邵璞，邵家花板是我们老邵家的祖产。这里满山坡的松树也都是我们老邵家的祖产，捡几根树枝当柴火烧倒没啥，如果砍树的话，没有我们邵家兄弟点头，就是砍一斧头都不行。

木兰从松林里捉到一只狍子，狍子被她一枪刺个透心凉。那天上午，木兰在毡包里和姐姐木莲剥狍子皮。木莲并不敢摆弄那只死狍子，她只是给木兰打下手，烧水，找盆子，递刀子。木兰是真正的刽子手。

第二章 初来乍到

木兰一边剥着狍子皮，一边侧耳听着外面的动静。她早就听见毡包外面激烈的对话声了，可木莲不允许她出去。

唉，木莲一边叹气一边说，阿母吩咐过，女孩子家不能像男孩儿一样四处疯跑。

木兰才不肯听木莲的呢。木兰说，女孩子怎么啦？女孩子就该用绳子拴起来？女孩子又不是牲口，再说牲口还有打滚放风的时候呢，要不是我去树林里抓神兽，你能吃上狍子肉？姐，我就出去一会儿，我出去看看就回来。

唉，木莲又叹了口气。木莲经常有事没事喜欢叹气。

木兰压抑不住好奇心，她探出脑袋去看邵家兄弟的模样，却与邵璞的目光撞在一起。

邵璞的脑瓜子好使，女人们不搭理他们哥俩，就像拳头砸在了棉花上，有力没处使，邵璞就想打蛇要打七寸。这伙胡人的七寸在哪里呢？他一眼瞅见趴在毡包门缝里的木兰，随后就起了歹意。他从木头上跳下来，手里握着一把锄头，快步朝另一顶毡包走去。他采取的是迂回战术，绕过花弧家的毡包，突然出现在木兰身后，伸出一只手去抓木兰的后衣领。他以为一把就可以活擒这个小姑娘。但他没想到不仅没能擒得住，反让木兰扭转脸，在他胳膊上狠狠咬了一口。

这是木兰第一次看清邵璞的脸。那张娃娃脸痛苦得扭曲了，龇着牙，很小的一对绿豆眼像要往眼眶外面挤，一副狰狞的模样。木兰挣脱了邵璞的控制，飞起一脚，踢在邵璞拿锄头的右手上。

邵璞忍着痛，骂道，黄毛丫头，你敢踢我，看我一锄头不刨了你的头。

邵璞举起锄头，要刨木兰时，木兰已经兔子一样从毡包里蹿出去，蹦蹦跳跳跑远了。

邵家村的邵素和邵璞，那天在邵家花板吃了大亏，他们被鲜卑族的妇人用套马的驼毛绳捆成两个粽子，丢在沿山吾河的河沿上。

一群狗像狼一样在他们两人脸上嗅来嗅去,甚至伸出舌头舔了舔邵璞的额头。他们连叫都不敢叫一声,就吓晕过去了。

　　到了下午,穆蓟乌去溪边戏水,很快跑回来,神色慌张地告诉伐木的女人,那两个汉人小孩不见了,不知是让人救走了,还是自个儿蹦跶走了。

　　天黑之前,族长要大家把马群羊群都收拢到毡包附近,说,今晚不太平,都不要睡得太死。

　　族长见识多,隐约感到会有什么事情要发生。

　　那个夜晚,大人小孩都睁着眼打算熬到天明。

　　松林里又传来喈喈的怪叫,族长他们仅有的几个男人都操着兵器,举着火把钻出毡包,绕松树边缘转了几圈。他们像野兽那样朝松林里嗷嗷地吼了半天,吼哑了嗓子,才纷纷回到各自的毡包里。

　　毡包里各家的女人孩子早睡死了,鼾声如雷。

　　狗吠声再度响起,人们听腻了,也就习惯了,没有人肯在熟睡的时候睁开眼去毡包外面逛一逛。

　　花袁氏一家是在那天凌晨寅时,被人从毡包里推搡到毡包外面的。睡眼惺忪的木兰觉得他们就像一群任人宰割的羊,看不清有多少拿枪执杖的汉人,把族人们团团围住。

　　在毡包前,有人点燃火堆,烈焰升腾。

　　松明火把照亮一张张狰狞的脸。

　　木兰吃惊地看见,颤动的火光里,他们这一群老老少少都抱着脑袋,龟缩在被砍掉松树的一块空地上。他们用于防身的弓箭长矛,甚至族长的长柄大刀和盖右老汉的虎头枪,都统统被丢进火堆里了,凡是木质的或皮质的,转瞬化为乌有。他们各家各户的马匹羊群已经被人赶下山坡,木兰看见自家那峰骆驼也被赶走了。骆驼体格庞大,在一群牲畜里显得鹤立鸡群……它们都渐渐消失在黏稠的夜幕里了。

　　有个长得矮矮胖胖的中年汉子站在一个火堆前直叹气,你们这

第二章 初来乍到

些胡人太不像话了,把东家几十棵松树给砍倒了,事先也不通禀一声。这是我们邵千户祖祖辈辈传下来的山林啊,就让你们几斧子给毁了,你们看看你们干的是啥事儿?说句难听点的话,不要以为现在是胡人坐朝廷,你们就无法无天了。

木兰蹲的地方恰好有一个木头桩子,她是坐在木头桩子上的,很舒服。她在突突乱跳的火光里小心扭转脖子,四处寻找族长穆阳秋。她费了好大工夫,也没找到,估计族长一定把脑袋扎进自己的裤裆里了。

那个叉腰的汉人说话就像跟人唠家常,声音不高不低,语调不紧不慢,忘了跟你们说一声,我们东家邵千户是邵家村的宗主,我呢,是东家的管家,姓鹿,人们都叫我老鹿。十里八村谁都知道我们东家好说话,可再好说话也不能骑在东家头上拉屎呀?你们说是不是这个理?白天,来山上的那两个娃是东家的两个小少爷,大的叫邵素,小的叫邵璞,你们一定也看出来了,是一母同胞的孪生兄弟。两个娃都像了我们东家,讲理,大气,好说话。人常说,树大阴凉大,跌倒声音大。白天那会儿,两个少爷听见邵家花板有人砍树,就跑过来看看是咋回事。你们想啊,人家的树,人家跑上山来劝你们不要砍了,这话说得不过分吧?打个比方说,我们把你们的马逮住了,拿刀子准备抹脖子,你们有两个娃跑来劝我们不要杀马,马是你们的,我们听了是该把你们那两个娃捆住丢河沟里喂狼呢,还是把马给放了呢?

谁也不回答老鹿的话。可木兰听出来了,这个叫老鹿的人是个话痨,人都被你们拘起来了,还废什么话呢?是杀是剐随便吧你,丘穆陵氏的男人女人在刀架脖子的时候,没有一个眨眼的。

那些叫了大半夜的护羊狗哪去了?木兰张望了半天,也没看到,她觉得那群狗就像族长一样,都把脑袋扎进裤裆里了,这群狗口的,一点用都没有。

让木兰没有想到的是,老鹿并没有把他们往死里整,或者说还没有勇气把他们一百多口人喀里喀喳剁巴了,而是让他们抬起头,好好瞅着,瞅什么呢?瞅邵家村的村民是如何一把火将他们所有的毡包烧成灰烬。

火光里,五十户丘穆陵氏族人都变成了穷光蛋,落差最大的要数族长穆阳秋。

六

那天清晨,又是大雾迷天。五十户牧民,百十来口人,从邵家花板灰溜溜地被赶出来,他们变成了两手空空的流浪汉。他们先前从牛川赶过来的马匹羊群,都被老鹿他们没收了,说是砍伐树木的赔偿。女人哭哭啼啼的样子让老人都觉得颜面无光,他们都冷眼盯着族长穆阳秋。

穆阳秋更像是霜打了一样,一副萎靡不振的样子。过了一会儿,他好像缓过神儿来了,突然吼道,我日他娘的,还让不让人活了,还让不让人活了?

他空吼了一气,又瞪着大伙儿骂道,瞅啥瞅?你们不用盯着我,有啥好瞅的,又不是老子把你们的牲口抢走了!老子的牲口比你们四十九户加起来的还多呢,还有家里的财产,哪件东西不换一只羊呀……

争吵无益,大家都把脸转向别处。

在邵家花板的沟底,横七竖八扔着一些狗的尸体,是他们失踪了的护羊狗,一只一只都在那里躺着,就像睡着一样安详,其中就包括了木兰家的那只土狗。

牧民们拖拖拉拉把队伍延伸出一里远,他们不知道下一步该朝哪个方向走,总不能再原路返回牛川吧?

木兰朝花袁氏喊,阿母,我走不动了。

花袁氏头也不回地道,走不动就留下。

木兰四下里看了看,她不想孤单单地留在这里。

第二章 初来乍到

唉，木莲蹲下去，拍拍自己羸弱的肩膀，木兰，我背你走。

木兰说，就你这腰板儿，我背你还差不多。

走了半个多时辰，他们来到孤山脚下。女人们一时有了主张，都嚷嚷着说，不走了，谁想走让他走得了，反正我们是不走了。

女人们话里明显带着怨气，穆阳秋听见了，也装作没听见。大家纷纷找地方喘气，盖右老汉和另外几个老头儿心事重重地蹲在路边议论早上发生的事情。

老汉们知道跟穆阳秋讨不来什么好主意，他们头碰头聚在一起商量该何去何从。盖右说，咱们是朝廷让迁过来的，他邵家村怎么红不说白不道就抢走咱们的牲口？天子脚下，哪一块地、哪一棵树不是皇帝的，凭啥说是他邵千户的？依我看哪，不如去平城告御状去，好歹也得把牲口要回来呀，没了牲口，几百号人吃啥喝啥？

我看盖右说得对，一个干巴巴的老头儿连连点头，该去平城走一遭，碰碰运气吧。

盖右却又摇起头来，不行不行，平城太远了，不是一两天能赶到的。再说咱们都是七老八十的老头子了，谁能走那么远的路？

族长能走呀，一个连眉毛都白了的老汉说，这种时候，他族长不去谁去呀？他得替咱们做主呀。

盖右鼻子里一哼，你指望族长给你做主呀？看来你白啃八十年羊骨头了。我掂量了掂量，我这把老骨头还能挺住，我跑一趟善无郡吧，找县令评理去。

你们赶紧去呀，再不去黄花菜都凉了。木兰不知什么时候也挤进人堆里，她说，羊要不回来就算了，马可千万要回来，我都快走不动了。

有个老汉恼道，小孩子家别多嘴。

我要骑马，木兰嘟囔道。

事情就这么定下了，盖右准备动身时又想起了穆阳秋，觉得不跟穆阳秋说一声，倒好像把族长给架空了，人家是得了便宜还卖乖呢。几个人就去跟穆阳秋碰头，穆阳秋躺在一棵山楂树下，脸上盖了一张蓖麻叶。听他们说完，穆阳秋还那样一动不动躺着，不说同意，也不说不同意。他们几个老汉傻乎乎站在那里，默哀一样。等了约莫半炷香时辰，穆阳秋嘴里慢悠悠吐出一口气，把脸上苫的那张蓖麻叶吹得忽闪了几下，走呀，还废啥话呢，你们都定好的事儿，找我啰嗦个屁呀！你们想去平城就去平城，想去善无就去善无，我不拦你们。

两天后的上午，木兰和木莲在孤山下面挑河蒜，木兰指着远处喊，姐，你看那边来了一群马。

木莲抬起头，并没有看到马群的影子，又低头挑河蒜。她说道，快挑你的河蒜吧，你总是疑神疑鬼的。

又过了不多一会儿，木莲再次抬头，就看见一群牲口乱哄哄地从远处一片树林后面拥来，有人在马背上唱着歌——"敕勒川，阴山下。天似穹庐，笼盖四野。天苍苍，野茫茫。风吹草低见牛羊。"

木兰兴奋地大声告诉木莲，是盖右老爹回来了，那是盖右老爹在唱曲儿，他把马和羊都要回来了。

他们重新回到了邵家花板。

这一次，他们不再害怕老鹿带人来抢他们的马匹，烧他们的毡包了。盖右不仅帮他们把失去的牲口都讨了回来，而且善无郡郡守下了公文，要邵千户不要为难丘穆陵氏家族，务必将烧毁的毡包如数赔偿给他们。过几天，郡守就会派人来给牧民们登记造册，确定户籍，然后再分配土地给他们。

穆阳秋从灰堆里找到一节弯曲了的大刀头，在手里掂了掂，忽然手臂一挥，朝沟涧里扔去。倒是盖右老汉从一堆焦黑的毡包灰烬里找出他用山羊皮包了的铜钲，山羊皮烧酥了，一捻就碎，而铜钲却锃亮如新。

第三章　地主之谊

一

一个刮大风的日子，老鹿和七八个长工牵着牲口来邵家花板送毡包。

族长穆阳秋远远地带了三个儿子把老鹿他们堵在路上，说要亲自过目。

老鹿说，总共拉来五十套毡包，你们一家一套，大小不一。我也搞不清你们谁家人多，谁家人少，按我们汉人的规矩来，一个是先到先得，一个是抓阄碰运气。这样三下五除二，就把事儿办了，免得耽搁我的工夫。

你们真是贵人多忘事，烧我们五十三套毡包，赔五十套，这账倒算得精。穆阳秋绷着个脸，不冷不热地对老鹿说。

郡守让我们赔几套，我们就赔几套。老鹿一脸不屑地说，那天天黑，我们也没看清究竟烧你们几套毡包，反正郡守的手谕里写得明明白白，五十套就是五十套。我们千户说，不能多给，也不会少给，免得再犯法。

穆阳秋想了想又说，五十就五十吧，你把毡包交给我就行。

老鹿看了看远处土坡上站着的一大群人，说，我们帮你们把毡包送过去，一家一套分完得了。

那哪成？穆阳秋说，你们汉人有汉人的规矩，我们鲜卑人也有鲜卑人的规矩，都得按规矩来。我们族里五十户人家，家家人数也不等，脾气还暴，哪个占点便宜都不依，我得权衡啊，我得一碗水端平呀。毡包是你们赔给我们的，也就是说，毡包怎么个分法，都由我们自己来做主。我是丘穆陵氏的族长，你把毡包和其他赔偿的东西交给我就行。

老鹿上下打量了穆阳秋半天，觉得没毛病，就把毡包、粮食和炊具一股脑儿卸到穆阳秋的脚前。你可点好数，不要到时候又去郡守那里告我们邵千户一状。我们邵千户是遵纪守法的人，该我们赔的我们赔了，不该我们赔的，我们也赔了。

老鹿临走又盯着穆阳秋和他身边三个铁塔似的儿子看了几眼，然后和一块来送毡包的七八个长工，顺着通往小路山的方向，牵马走了。老鹿没有牵马，他是背着手走的。

这是个不懂四六的熊货，穆承嗣对穆阳秋说。

穆阳秋啐了一口唾沫，咱不管他是个啥货，承嗣承弼承昊，你哥仨儿给爹搭把手，把毡包大一点的放一堆儿，小一点的放一堆儿，中不溜的也放一堆儿，到时候我好往下分配。

穆承弼歪着脑袋说，五十套够分吗？咱们家原来就是三套呢。

他弟弟穆承昊说，咱们先扣下三套再说。

穆阳秋瞪了他们一眼，啥时候都丢不下你们那二杆子气，怎么个分法，还轮不到你们插嘴。

花袁氏分到的毡包是最小的，她问过穆阳秋，穆阳秋没理她。

粟米都装在五十条布口袋里。高氏说她分到的粟米比别人少一截儿，木兰跑过去，想用一根树枝比画一下高氏的口袋，被高氏一把推开了。穆阳秋二话没说，就让高氏身边的几家，都从口袋里给高氏分了一升，直到高氏的口袋再也装不下为止。

女人们没有不高兴的，不为别的，最起码不用让孩子们跟着她

第三章 地主之谊

们露宿野地了。她们大声招呼自家的孩子,一起喊着号子搭毡包,先把哈那和乌乃捆绑好,再裹了毛毡。原来每家每户的毛毡都要裹个里三层外三层,邵千户只给每家一层毡子,花袁氏搭毛毡时就向邻居吐苦水,一层就一层吧,还这么薄,哪能挡得住西北风呢?这要到了冬天,还不得把娃儿冻出病来?邻居也无奈,说,我们家的毡包连马鬃绳都短一大截,将就着住吧,过两天搓了绳子再加固一下。

二

刮了一白天大风,到了夜晚,风势见小。

子夜时分,那喈喈的怪叫又从松林里传来。吃了亏的女人不再指望族长父子的庇护,她们纷纷钻出毡包,举了用松明子和杉树皮做的火把,站在各家已经分开的马群和羊群前,松明子哔哔剥剥迸着火星。她们的马群又开始骚动,但她们人单力薄,照顾了这头,照顾不到那头。后来她们把睡在毡包里的老人和孩子都喊出来,和她们共同协防。

陆氏是孤家寡人,平常家里只有两匹马,是穆尔图打仗用的主马和副马。穆尔图一走,她家就只剩下她一个喘气的了,既没有马,也没有羊。陆氏在空荡荡的毡包里睡了一觉后,听见外面又是女人喊,又是小孩叫的,就穿了衣服出来看。毡包一家挨着一家,黑乎乎的一片,毡包里没有一点动静,火光和大呼小叫是毡包外面的空地上传来的。那天夜晚没有月亮,也没有星星,所以看不到夜空有多么高远,只看到五十顶毡包的外围,隔几步就有一支火把在燃烧,有的火把熄灭了,就点燃篝火代替。丘穆陵氏家族的女人虽然手无寸铁,但在她们每家的马群羊群前面都用炽热的火光编织了一道防御网,她们用不知疲倦的叫喊震慑着传说里的神兽。

陆氏走到花袁氏的羊群前,她看见木兰木莲姐妹俩不住地从附近的松林边缘拿回越来越少的干树枝,再一根一根投在火堆上。花袁氏举着已经烧了一半的火把，在羊群前面不停地转悠，她一边转悠，一边打着哈欠。

陆氏说，你转也没用的，你就是把两条腿磨短了、磨细了，也保不住你家的羊。

花袁氏听了，呸呸呸吐了几口唾沫，说，你能不能说点好听的？我都快困死了，你还说这种丧气话。

陆氏看见花袁氏的眼睛都快睁不开了，可她的两个女娃娃却跑得啪嗒啪嗒的格外精神，就对木莲说，木莲，你不要捡松枝了，树林里黑黢黢的，说不定那个吃马的东西就藏在哪棵树后面，死只羊倒没啥，别把你们给叼了去。

花袁氏又是一串呸呸呸地吐唾沫，说，你不要在我们跟前站了，狗嘴里吐不出象牙。我知道你们家连根羊毛都没有，你当然不用操心马和羊了。可你看看你现在都活成啥样儿了？吃饭都是有上顿，没下顿的，前些日子还啃羊骨头呢，眼下你连羊粪蛋蛋都啃不上了。为了羊，我们受点累没啥，总比咽唾沫挨饿强吧？

陆氏挨了骂，也不翻脸，她笑嘻嘻地对花袁氏说，我不是可怜木兰和木莲嘛，两个小女娃娃，这么晚了，还屁颠屁颠地拾柴火，我是没娃，我要有娃，肯定不会让她们受这罪。

花袁氏咬了咬嘴唇，没再吱声。她不是理屈词穷没话说，她是懒得说。

你看看你手里拿的是啥？陆氏一时来了兴致，她大声嚷嚷着，不就是一根着了火的木棍嘛，那个吃马的啥，真要扑过来，你能防得住？

花袁氏心里说是防不住，可她嘴上却说，那总不能躺在毡包里睡大觉吧？

这是一个劳心费神又吃力不讨好的不眠之夜。

族长穆阳秋也没有在毡包里享受春秋大梦。他家的人最多，战斗力也最强，而且是独当一面的那种，可他家的羊群马群牛群也最

第三章　地主之谊

多，即使把他们一家六口人一劈两半，变成十二口人，也围不住他家的马群羊群和牛群。穆阳秋一边举着火把巡逻，一边大骂老鹿和邵千户不是东西，如果不是邵家人把他们的兵器丢进火堆里，他家何至于空有几双大手，却没奈何一只野兽？后来，他举着火把转烦了，把火把朝火堆上一丢，摇摇晃晃回毡包里睡觉去了。穆阳秋一走，人心浮动。他家老大穆承嗣也伸了伸懒腰，钻进盖右老汉的毡包里。老二承弱对老三承昊说，你瞧瞧他们那德行，就好像这些马呀羊呀都是咱哥俩的，吃饭时候也没见阿母多给咱俩夹一块肥肉，轮到守夜，就成咱们的事儿了。你想挺着就挺好了，反正我是困了。

族长的两个儿子一前一后都溜掉了，最后剩下老三和族长的女人刘氏，还有一个坐在火堆旁不住地打盹儿的闺女。老三就对姜黄了一张老脸的阿母说，我阿父不想守夜，我的两个哥哥也不想守夜，家里数我岁数小，我不怕吃苦。可我就是不甘心，给咱家守夜就算了，还要替穆库翼看羊，凭啥呀？我阿父睡了穆库翼的女人，我又没睡，我阿父都不熬夜，凭啥叫我熬夜？阿母，我也睡觉去了，你要觉得守夜吃亏，你也睡去吧。这羊这马，咱还就不看了。

邵家花板的不眠之夜是那样难熬，但夜晚终究会过去。第二天是阴天，没有日头，自然的光亮顺着东南方山巅的边缘，缓慢地，如蚕食桑叶般吞噬了黑暗。盖右老汉在火堆旁迷糊了一下，只迷糊了一下，天就唰地亮了。他神经质地跳起来，吃惊地看着自己的仅有十五匹马的马群，一匹不多，一匹不少。他有些不相信自己的眼睛，走过去，挨个儿拍了拍马，十五匹马都诧异地转过头来看他。他心里踏实了，知道眼睛没有欺骗自己，知道自己的马，自从那匹乌雅马出事以后，再没有损失一匹。盖右有些得意忘形，背着两只手，像狗一样绕着五十户人家的马群和羊群转了一圈，说不来是想要表达什么意思。最后又转回到自己的马群时，他突然明白了，所有人家的马群羊群都好好的，都没有出事，自己的得意显得一点价值都没有了。

族长穆阳秋在吃过早饭后，用指甲剔着牙缝里的肉末儿，站在五十户人家的牲口前面，发表了一通讲话。话的大概意思是，人不是铁打的，不能整宿整宿不睡，人也不是夜猫子，不能总是白天睡觉，夜晚出巡，得寻思个一劳永逸的法子，把那只嗐嗐怪叫的畜生找出来，喊里喀喳用刀剁巴了。但前提是，手里要有金刚钻，没有金刚钻，揽不得瓷器活儿。这个金刚钻就是打猎或防身用的兵刃。我寻思了整整一个晚上，总算寻思出一个主意，就是每家出一头牛或两只羊，由他和他三个儿子出面，跑一趟善无郡，换一些刀枪棍棒回来。

族长的本意是要体现一下族群里的民主氛围，只是族长讲完话，停顿的时间太短，就自作主张把事情定了下来。当天，族长带着他的儿子们，骑了马，赶了六十只羊，从西侧下到坡底，顺着一条溪水，朝西走了一阵，又朝南拐了个弯，又朝北转出了山沟。

他们在善无郡耽搁了两天。两天后的中午，他们带回五十三件长矛，十把长柄大刀，七副配有箭壶的弓箭，箭矢若干捆。

分配兵器时引发了一点小小的纠纷，高氏不要长矛，也不要大刀，她要她的五只绵羊。她指着族长的羊圈说，我要我的五只羊。

族长听了一头雾水，咋回事吗，你倒说清楚是咋回事吗？

高氏说，我要我的羊，我要我的羊，我要刀做什么？我又不会杀人。

族长说，你的羊怎么啦？他说这话时，心里忽闪一下，回头就寻找他那个黄脸婆，黄脸婆没有给他好脸色看。因为刘氏那张姜黄的老脸上有三条血道道，明眼人一眼就能看出来是用锋利的指甲挠下的。族长又把目光转向高氏，最后定格在高氏那只肥嘟嘟的胖手上了。

在族长父子出山的这两天里，那只看不见的吃马的家伙再一次光顾了邵家花板的马群。这一次倒霉的是高氏。

高氏是个很会过日子的女人，她男人穆库翼打仗去了，她在家里就成了顶梁柱。女人当家不是一般地辛苦，高氏不想辛苦，就把心思放在族长身上。族长在族群里不是没有其他相好的,可自从和高氏好上以后,族长就用心专一了。高氏波澜不惊地把他迷惑得神魂颠倒。高氏的付出当然有回报,别人家夜里都要在马群羊群前面烧一堆火,然后举了火把绕着牲口转圈,即使打不过那只吃马的猛兽,也多少能够吓唬吓唬壮壮胆,可高氏不需要这些,族长把高氏的家畜都混进自家牲口群里了。族长在家,什么都好说,三个儿子没有一个敢当面给族长拆台的。问题是族长和三个儿子出门了,留下一个黄脸婆,一个十七八岁的大闺女,守夜就成了问题。也怪高氏太自信了,她以为族长家的两个女人对自己构不成多大威胁,可她忘了她家的牲口还在人家圈里圈着呢。

三

高氏是早上起来才知道自家的羊出事的。

这个夜晚,高氏睡了一个非常踏实的安稳觉。她在梦里既没有听到松林里传出的喈喈怪叫,也没有听到女人们半天一句有气无力的恫吓声,甚至从顶部的陶脑上看不到明明灭灭的火光。

早上起来,她也没有打算出门去看看自家的羊和马这一夜过得怎么样。后来是她儿子穆蓟乌出去撒尿,尿了半泡,就跑回来,还跑得变脸变色的,小嘴打着嘟噜说,阿母,树林里死了好几只羊,有一只羊我认得,就是咱家那只奶山羊。

高氏出来晚了,已经有七八个女人和盖右老汉出现在树林里。

女人们大惊小怪地尖叫着,把气氛搞得既紧张又新鲜。哎哟,这死的是谁家的羊啊?哎哟,还不止一只哩,这里一只,那边还有一只,肚子都掏光啦,羊尾巴倒是留下了,还挑肥拣瘦的。

喔唷,你们快看,谁家的羊啊,都在树林里乱跑呢。

从毡包到树林,不过百十来步距离,高氏竟然摔了两跤。她没有感到疼痛,爬起来接着跑,接着摔。她从人们的腿缝里看见一副羊骨架时,实在跑不动了,双手拄着膝盖喘气,喘了好一阵儿,才平息下来，故作镇定地挤进人群。

花袁氏后来对她的两个女儿说，高氏这下可亏大了，死了整整五只羊。费了半天工夫，大伙儿才帮她把其它走散的羊都收拢回来。高氏那个伤心哟，又是拍腿又是跺脚的，哭得像下雨似的。

唉，木莲说，她家的羊怎么跑出去的，她是不是睡过头了？

这还用问？木兰白了木莲一眼，族长没给她看好羊呗。

花袁氏吃了一惊，不知道木兰怎么连这些都清楚。她说，可不敢乱说，你个娃娃家懂个啥。

她们母女在毡包里说话，陆氏掀开毡帘探进脸，笑嘻嘻插了一句，你们听见没有？高氏那个不要脸的货，不说她自个儿没看好羊，反倒跟人家刘氏吵起架了，上去就挠了人家个满脸花，亏了人们把她抱住了。

花袁氏说，这倒也怪了，谁家的羊都没跑，唯独她的羊跑了。

陆氏说，这也是给了刘氏那老实疙瘩了，要换作我，早把她的羊赶进山坳里全喂了狼，凭啥你的羊让人家给你看着？人家刘氏又没有趴在你高氏的肚皮上瞎折腾……

花袁氏打断陆氏的口无遮拦，说，依我看，刘氏也做不出这事儿来，窝囊归窝囊，可也犯不上把她的羊都轰到林子里。

陆氏挤了挤眼，忽然压低声音说，八成是族长那宝贝闺女干的。别看那丫头平时不声不响的，人家又不傻，还看不出她高氏跟族长那些破事儿来？这回高氏算是疼到大腿根儿里去了。

四

穆阳秋把脸拉得足有一尺长。他知道高氏眼窝子浅，这件事情跟自己的女人必定脱不开关系。他只好当着众人的面儿，从自家的羊群里，挑出五只肥羊给了高氏；回头，又恶狠狠地吼了女人刘氏一嗓子。在场的女人都看见，刘氏浑身树叶似的哆嗦一下，姜黄色的一张脸，忽然白了，白得有些怕人。

第三章 地主之谊

从来都是自己说了算的族长,这一次翻了个个儿,他想听听所有族人的意见,该怎么对付那只可恶的隐藏在黑暗中的猛兽。

他们或蹲或站在五只羊的骸骨前。在一层枯枝腐叶上面,这里一坨,那里一片,留有带着血迹的羊皮羊毛,而黑红色的羊血已经渗入枯枝下面了,场面十分惨烈凌乱。任何一只猛兽都不可能生吞掉五只羊,还嚼烂羊的脊椎、两肋和四肢,不会从骨头间隙中掏取肉和脏腑。但这只传说里的神兽却做到了,而且做到了极致。

这家伙肚子该有多大啊?盖右老汉用树枝扒拉那些零散的毛皮,不无艳羡地道,它还不吃羊皮,也不吃羊毛,嘴倒挺细乎的。

它要是个男人就好办了,穆尔图的婆娘陆氏这时候又出现在案发现场,陆氏笑着说,咱们女人们这么多,谁奶子大,屁股圆,挑出几个来,脱光衣服,坐在马群前头勾引它。它一露脸,万箭齐发,我就不信……

大家嗤嗤地都笑了,笑声有些刺耳。

族长的眉头皱成疙瘩,说,不要扯那些没用的,说正事儿。

贺氏一边笑一边帮族长出主意,我有个法子不知行不行?

族长说,行不行你得说出来呀,不说出来谁知道行不行?

贺氏就讲了个故事,说她小时候在娘家那会儿,听说过一件事,她们贺兰家族有个老汉,羊圈里天天晚上丢羊。牧场上人烟稀少,不像邵家花板这样人多手杂,老汉连个帮手都没有。他在羊圈四周交错着挖了七八个陷阱,陷阱里倒插了削尖的木棍,上面苫盖了草皮。到了夜里,老汉点了三堆火,他不守在火堆旁,却披了件羊皮袄蹲在羊群里,手里拎了一杆长矛。长嘴蚊子几乎把老汉裸露在外面的手背和脸叮个遍,就差叮他的眼珠子了,他都忍着,一声不吭,一直守到后半夜,偷羊的家伙出现了。当时,天上是大月亮,能看见那家伙黑乎乎肉滚滚的好大一坨,每走一步都要停下来左右看一看,闻一闻,慢慢腾腾绕过陷阱朝羊群走来。老汉心想,这家伙不会是神灵附体吧,还知道躲避陷阱,又想管它呢,吃我的羊就不行,

053

横竖不能放过你。老汉举着长矛朝黑乎乎的大家伙戳过去。那家伙也吓了一跳，羊群里怎么会伸出一杆长矛呢？它本来走得四平八稳的，一下就站住了，正好老汉的长矛从它张开的嘴里插进去。那家伙嗷嗷叫着，一摆脑袋，就把长矛撅断了，把老汉也扔在一群羊身上。老汉就想，这下可完了，还不得让人家一口吞下去？毕竟那东西也是有灵性的，发现中了招儿，顾不上嘴里扎着的矛头，扭头就跑，轰隆一声落进陷阱里了。老汉觉得机会难得，拿了那半截长矛的木柄，冲过去朝陷阱里一通乱戳，每一次好像都戳到东西了。他想还不把那东西戳个稀巴烂呀。后来，他戳累了，直起身想喘口气，忽然看见一大团黑乎乎的东西从陷阱里蹿出来，嗷嗷叫着，向远处跑去，声音比群狼狂嚎都令人震撼。天亮以后，老汉弯下腰查看陷阱，发现下面倒栽的尖木棍齐刷刷断了，除落下一些黑色的如同马鬃一样的毛外，什么都看不到，甚至连一点血迹都没有。

后来呢？木兰仰起脸问贺氏。

贺氏说，完啦，没后来。

所有人都缩了缩脖子。这个故事除了给丘穆陵氏的女人带来无尽的恐慌，似乎没有更多的现实意义。

穆承嗣轻蔑地哂了一声，你这算啥法子？你意思是挖陷阱不行，用长矛扎也不行吧？

贺氏说，不是不行，都行，反正我老叔家的羊再没畜生来糟蹋过，那家伙一定给吓破胆了。

族长穆阳秋松了一口气，他认为贺氏的故事还是蛮启发人的。他说，挖陷阱吧，不管行不行，总是个法子。

事情定下来后就没有了下文。因为大家找不到任何可以挖陷阱的工具，没有镢头，没有镐，也没有青铜铲，除了每家有一杆长矛外，就剩下每人两只手了。

到了晚上，照例是在马群、羊群前面点燃篝火，照例是举了松明子和杉树皮做的火把，只是这样的火把越来越少。女人们大多找

第三章 地主之谊

不到能够提取松明子的枯树根，她们只好找来一些树枝绑在一起，火苗微弱不说，还容易熄灭，而且烟雾缭绕的，呛人。

谁都想不到，花弧家那个淘气鬼木兰做了一件令人啧啧称奇的事情。白天时，木兰对花袁氏说，我困得受不了，再熬夜，非困死不可。

花袁氏心疼孩子，就说，你和你姐不用守夜了，有阿母在就行。

木兰去找盖右老汉，说，老爹，我跟你说件事。

盖右一看是木兰，就笑着说，你这小丫头，有啥事想跟老爹说？

木兰就把她的想法对盖右说了。盖右听完，摸了摸木兰的小脑瓜，叹口气，说，老爹活了七十多岁，白活了。

整整一天，盖右和木兰、木莲，还有元吉、蓟乌几个小孩子在毡包西侧的松林里忙乎。他们把穆阳秋用羊换回来的七副弓箭，绑在树丛里，做成固定的弓弩，用驼毛线连接在一起，又让花袁氏她们几个女人用驼毛线编了几张大网，架在树干以上的部位。天黑之前，盖右让女人们把各家的牲口都赶到西边的空地上。天一擦黑，又让人在东边毡包前点燃六七堆篝火，留下几个人在篝火四周走来走去，以掩人耳目。其余的人都围着马群、羊群蹲坐在地上，屁股下面垫了毡子。盖右告诉她们，不用整夜睁着眼，想迷糊就迷糊，想打盹儿就打盹儿，就是不要回毡包里去。毕竟谁家再死了羊或马，他盖右都赔不起。

盖右老汉想不到他的铜钲又能派上用场了。盖右一只手抱着他的宝贝疙瘩，一只手握着一根细铁杵，也蹲在一棵树后面，算好了自己的位置不在弓弩的射击范围内。

盖右老了，觉少，即使迷糊一下，稍微有点动静就醒了。他是听到一声喈喈的怪叫睁开眼的，声音来自他身后的树林。他先是听见有什么东西撞在网上了，咚地掉在地上，接着是一连串轻微的枯枝断裂声，然后就是嘣的一声，一根箭，瞄着触线的地方射出去。好像箭射空了。盖右一动不动，在等待第二支箭响。盖右几乎没有听到动物的惨嗥，但他分辨出七张弓都射出去了，就把手里的铁杵敲了下去。敲了几下,他把铜钲扔了,举着长矛冲入松林。

邵家花板的女人们是在听到当当当的鸣金声后才纷纷从地上站起身,手里握着长矛,不知道该不该朝盖右蹲守的那棵树围过去。有人说,点火把,点火把。女人们就把长矛放下,各自摸索带在身上的火镰、火石和纸煤。

在熊熊火把的照耀下,松林里躺着六只体形细长,头圆若猫,毛色棕黄中夹杂黑色斑点,爪牙尖利的小兽。七支箭,仅落空一支,六支无一例外贯穿了它们的颈项。

这啥呀,像猫不是猫,像豹不是豹的,牙这么尖。你们看它的爪子,挠一下谁受得了?

花弧家的,你快看看是不是这东西把你们家的枣红马吃掉的?

这还看不出来?木兰早就说了,这叫神兽。

盖右从树根底下找到他扔掉的铜钲,笑呵呵地说,这哪是啥神兽,分明就是几只成了精的猫豹子嘛。

第四章　牧女习织

一

事先没有任何征兆，夜里突如其来的一场大雪把邵家花板遮盖得严严实实。

早晨，族长穆阳秋在五十顶毡包之间的雪地上来回踱步，每一步都会踩出两个不太直溜的雪窟窿。他走得很吃力，清晰的脚印大多留在毡帘前面。他的耳朵贴着毡帘左听听，右听听，然后底气十足地喊几声。各个毡包很快有了动静，那些男孩子女孩子揉着眼睛，嘴里嘟嘟囔囔的，都被他们的阿母赶出了毡包。他们先惊喜地尖叫，哎哟下雪啦。接着在雪地上深一脚浅一脚地来回跑几趟。等疯够了，他们才分开几拨儿，朝北梁上走去，朝对面的小山上走去，脚底咯吱咯吱响着，雪把他们的鹿皮靴子都吞没了。他们穿越树丛的身影很快就被浓密的树枝吞没了。他们不是去玩儿的，他们是去眺望他们的阿父回来没有。不知道他们的阿父会不会奇迹般地出现在邵家花板。

族长把所有的小孩子都打发出去以后，还要在五十顶毡包之间走儿圈，耳朵还要贴在每个毡帘上，左听听，右听听，有时会耗子一样滋溜钻进一个毡包里，毡包里间或会有一声喑哑的尖叫响起，但很快尖叫消失了，会有另外一种令人愉悦的声音传出。当然，嘎鱼找嘎鱼，鲶鱼找鲶鱼，大多时候，穆阳秋会身不由己地钻进穆厍翼家的毡包里。

邵家花板只有一个穆阳秋，所以女人们在每一个清晨大都闲着。雪后的白天，待在毡包里的女人出去喂了牲口，回来又煮了酥油茶，站在门口朝东边的天空望一望，知道距离孩子们回来吃早饭或吃午饭的时间还有一阵儿，她们就袖着手，准备去邻家串门。

在牛川，毡包之间的距离不是能够目测的，串门要骑马，一走就是半天。现在住在一起了，家家低头不见抬头见，串门一时成了习惯。花袁氏常跟陆氏走动，显得两人最亲。她们坐在一起，谈论最多的话题就是男人打仗打得怎么样了。这是个大话题，又涉及几乎每家每户每个女人的切身利害，她们每说一句，表情都很严肃，也很紧张，而且不会吐露半句不中听的话。从八月到腊月，掐头去尾少说也有四个月了，按说男人们早该回来了。但孩子们天天在山坡上眺望北方，从来没有把一个出征的男人给望回来。

花袁氏对陆氏说，族长这个主意糊弄娃娃还差不多。搬家搬到这鬼地方，就是放出去的鸽子也怕找不回来了。男人们又没长千里眼，怎么能知道咱们搬到这鬼地方了？可天天让娃们在山梁上傻等，这天寒地冻的，又扯着大风，他穆阳秋倒忍心，他当然不心疼了，轰出去的娃里没有他家一个人，外出打仗的也没有他家一个人。他又是喝酒，又是吃肉，又是烤火盆的，人还胖了一圈，嘴上说得倒轻松，不要急嘛，你们急啥？男人出去几个月你们这些骚娘们就憋不住了？他们都会回来的，他们鼻子底下有嘴呀，四十几张大嘴，还能问不到邵家花板来？

花袁氏这么说，陆氏也基本认同。陆氏懒归懒，可在看待男人能不能找到邵家花板这件事情上，她是站在花袁氏这边的。她靠着冷清清的被子垛说，穆阳秋是挂羊头卖狗肉呢，他是个啥东西谁不知道？每次朝廷征用戎马，都是咱们的份儿，他哪一次出过一

第四章 牧女习织

匹？我听说朝廷要民羊满百口的，才征调一匹马。谁家的羊最多，一眼就能看出来。这一回也是，他不出征倒罢了，他三个小子都是十八九岁的年纪，凭啥待在家里享清福？

花袁氏嘘了一声，挑开毡帘朝外面看了看，回过头来，压低声音说，理是这么个理，穆阳秋啥时候跟人讲过理呀？再说男人们都不吭气，咱们这些女人说话顶个屁用？万一让他知道咱们在背后说道他可就糟了，还不得给你小鞋穿？

女人们在毡包里嘀嘀咕咕说着闲话，穆阳秋已经软溜溜地趴在高氏的肚皮上不动了。这时候的穆阳秋，就像一只酣睡未醒的猫，而且是一只没有脊椎骨的猫。

高氏扭一扭身子说，你是越来越不行了，以前能折腾半个时辰，如今也就几下，我是把你看扁了，真没劲儿。家里没羊肉了，你得让你家承嗣给我宰一只羊。

穆阳秋很痛快地说，行。自从搬了家，我天天发愁呀，羊和马都掉膘了，又遇上吃马的猫豹子一搅和，哪还有精神弄这个呀。不过你也甭说大话，等我缓过劲儿来，看我怎么收拾你，有你求饶的时候。

高氏吃吃地笑起来，我倒要看看你咋收拾我，来呀，有本事再来呀。

穆阳秋来不了了。高氏又扭一扭身子说，我家粟米也吃得差不多了，你让承弼帮我去邵家村碾一斗粟米面。

穆阳秋狠狠拧了一把高氏的屁股，说，行，你想要啥都行。

高氏这回不扭身子了，双臂抱紧穆阳秋，柔声说，前两天，我看见你老婆戴了顶垂裙皂帽，挺好看的，哪买的？

穆阳秋说，行，你要什么都行。说完又觉得不妥，改口说，下次去平城，我给你买两顶回来，我不能亏待我喜欢的女人……

他们在毡包里讨价还价，穆阳秋的三个儿子已经穿好皮袄，背了弓箭去南面的松树林里打猎了。他们临出门，老三穆承昊对阿母说，我阿父又去混女人了，你也不管管他。

他们的阿母，那个面色姜黄的女人，一时不知该怎么回答儿子。

二

这年冬雪来临之前，邵家村的邵千户在邵家花板主要做了两件便民实事。一件事是派长工帮牧民把北坡上的松树砍了不少，清理出一片足够五十户人家独立居住的场地，另一件事是足额赔偿了牧民每户一顶毡包，并赠送了部分粮食和炊具。两件事情做完，邵千户都没有露面，只是打发管家老鹿来办理。直到那年腊月天，一场大雪之后，邵千户才在老鹿的陪同下踏上邵家花板，那样子像极了领导下乡来视察工作，隆重而充满功利色彩。

那天，木兰正在东岭的小路上和穆蓟乌那帮男孩子打雪仗。他们并不很认真地对待瞭望他们的阿父这件事，把族长的吩咐当作耳旁风，他们的雪球在空中乱飞。他们的呐喊声比族长的三个儿子在林中捕杀麋鹿时的呼应都要响亮。

就在这时，老鹿陪着邵千户从东岭那边骑着马走过来了。

木兰没看见对面有人过来，手里一团雪球嗖地飞出去。她是瞄着穆蓟乌那颗扁圆的脑袋砸过去的，力量恰到好处。她预计这一次一定砸到穆蓟乌的脑瓜子，并且会开一朵灿烂的雪花，却不想那颗脑瓜子竟然奇迹般地闪开了，闪开的瞬间又让邵千户赶个正着，不偏不倚，那团雪球越过马头，在邵千户的胸脯上碎了。

木兰吐了吐舌头，一缩脖子，站在那里不动了。

邵千户倒没说什么，老鹿却火了，拿眼瞪着木兰，你是谁家的娃？没长眼睛啊你？知道这是谁吗？

邵千户连忙摆手，说，老鹿，你跟娃娃们置啥气？他们又不是故意的。

木兰并不怕老鹿瞪眼，也不管邵千户是何方神圣，只是可惜邵千户身上那件崭新的羊皮袄。但她很快转移了视线，她看见跟在邵

第四章　牧女习织

千户后面的两个少年,两个少年各骑一匹马,一匹白马、一匹黑马,白的像缎子一样白,黑的像缎子一样黑,泾渭分明。

孩子们都停止了对攻,对立的双方聚拢在一起。他们对陌生的邵千户感到很新奇。

木兰噗嗤一笑,悄悄对穆蓟乌说,你看那两个男娃。

穆蓟乌问,你认识?

木兰说,你没长眼,还是没长心?上次在沟底溜掉的那两个男娃。

穆蓟乌哦了一声,很快也认出了邵素和邵璞,不由得也笑了,说,他们俩的膀子肯定又痒痒了。上一次我没动手,这次我把他俩吊在前面那棵大树上,让老鹰啄了他们的眼珠子。

木兰的眼珠子骨碌碌乱转,她在分辨哪个是邵素,哪个是邵璞。她也很快认出来了,她认出那个在毡包门口想一把捉住自己的邵璞了。邵璞骑了一匹黑马,头上还戴了一顶黑色的风帽,显得脸更白。不知为什么,木兰朝邵璞使劲眨了眨眼。想不到那个被她在胳膊上咬了一口的邵璞也朝她眨了眨,还扮了一副鬼脸。

老鹿说,娃娃们,大冷的天,不在你们的毡包里烤火吃羊肉,出来做啥?

木兰想说是出来瞭阿父的,又觉得对老鹿说这些没什么意思,就说,你走你的路呗,管我们做啥?

老鹿眼一瞪,又要发火。邵千户却笑道,这丫头,年纪不大,嘴巴倒挺厉害,你叫什么名字啊?

木兰不答。

邵千户又说,我们有事找你们族长,谁给带带路呀?

不等其他人回答,脑后拖了一条小辫子的穆元吉抢着说,我知道族长在哪个毡包里。他家的毡包在所有毡包的最后面,紧挨穆蓟乌家的毡包。

孩子们把目光都投向穆蓟乌。穆蓟乌的脸唰地红了,狠狠瞪了穆元吉一眼,心说,你扯族长就扯族长吧,扯我们家做啥?

去邵家花板的路上,老鹿对邵千户说,宗主,你瞧瞧,你瞧瞧,这帮胡人,连娃娃都这么蛮横无理,更不用说他们的大人了,更不用说那些还没有打仗回来的男人了。邵家花板自古是你们老邵家的祖产,想不到郡守一张纸,就把宗主吓住了,拱手把这几百亩的山坡林地都送给这些鲜卑人。往后呢,咱只要踏上邵家花板一步,就等于到了人家鲜卑人的地盘上了,想起来都觉得别扭。

邵千户说,你把人和事都净往坏处想,胡人与汉人各有各的好,也各有各的孬,不要一概而论。

三

穆阳秋被人从高氏的酥胸上喊下来,并没有不高兴的意思。他把一夜攒下的力气都在高氏身上释放光了,浑身懒洋洋的,没有不高兴的理由。

他穿好羊皮大袄,穿好狗皮长裤,脚上套了新擀的毛靴,站起来,又从哈那上摘下狐皮鲜卑帽,戴在头上,把火盆里的炭火拨动了两下,临出门,又在高氏的屁股上拧了一把。他听见高氏嘤咛一声,才乐呵呵地走出毡包。

毡包外面站了一圈人,男人女人,大人孩子,认识的不认识,高兴的不高兴的都有。所有人的目光都投向了穆阳秋,大家复杂的眼神表现出心照不宣的默契,似乎大家早就想看穆阳秋的好看了。

你们这是干啥?穆阳秋一时愣住了,这个阵势还是第一次见。他不知道谁喊他的,只听见有人在毡包外面连喊三声族长,挺痛快就答应了。但他不知道毡包外面站了这么多人,其中还有自己那个面色姜黄的女人刘氏。刘氏反而低着头看自己的脚尖,倒好像自己在毡包里偷汉子似的。

他有些生气了,这不是分明让他难堪吗?

族长正要发作,却见一个陌生的中年人向他拱手道,打扰了族

第四章 牧女习织

长,鄙人是邵家村的邵道生,事先未能通禀一声,多有冒犯。

邵道生?穆阳秋想了想,不记得有这个名字,不过听来人的口气,知道是个通情达理之人。

旁边的老鹿也朝穆阳秋拱了拱手,说,穆族长,这是我们邵千户邵宗主,你们占的这个邵家花板过去就是我们邵千户的祖产。

哦,穆阳秋明白了,他学着邵千户的样子也拱手作揖,说,原来是邵千户邵宗主,久仰久仰。

邵千户他们被族长穆阳秋领进自己的毡包,倚着火盆席地而坐,他们开始促膝漫谈。他们都是些健谈之人,而健谈之人谈论的话题又非常地广泛,天上的、地上的、人间的、鬼神的,随口说来,都是成文成章的。穆阳秋没有想到坐在对面的邵千户竟然知道的那么多,都是些自己从未听说过的。邵千户谈的是尧舜禹、夏商周,春秋战国乱悠悠,也谈《内经》《诗经》《易经》《道德经》,当然孙膑赛马、李广射石、三英战吕布这样的典故自然少不了。

穆阳秋也算是见过世面的人,虽说以前没有跟汉人打过交道,一直以为汉人除了咬文嚼字的书呆子外,剩下的都是些埋头种地的泥腿子,直到与邵千户谈了一席话后,才知拓跋氏坐了龙庭,纯属侥幸。谈话中间,邵千户没忘记把自己两个儿子依次向穆阳秋做了介绍。穆阳秋装作第一次见面,说了许多奉承的话。他想到自己三个傻不楞登的儿子,不觉暗叹一声。

老鹿见时辰不早了,便对邵千户使了个眼色。邵千户就言归正传,道明今天的来意,主要有两件事。一是私事儿,想拜访一下穆族长。原本早该来的,因家里村里杂七杂八的事情给耽搁了。今天来到邵家花板,就是要修秦晋之好的,依朝廷懿旨,鲜汉两族本应和衷共济,切不可因小小的误会伤了彼此之间的和气,往后的日子长着呢,谁都有用得着谁的时候。二是公事,郡守颁布了公文,顺便给族长捎过来了。

邵家花板的女人都是第一次看见布告是什么样子。她们挤在族长的毡包后面的一块大石头前,看到那个叫老鹿的人把一张淡黄的棉纸贴在石头上,上面密密麻麻写了一些字,没人能认得,以为是鬼画符。

邵千户让自己的大儿子邵素来念。邵素摸了摸后脑勺说,我有两个字不认识,还是让邵璞念吧,他比我记性好。

女人们这才发现,邵千户身边除了老鹿外,还跟着两个小男孩。那两个小男孩都挺面熟的,因为衣装变了,她们一时没认出他俩是谁。后来是木兰把邵素和邵璞的身份透露给了看热闹的女人们,她们才恍然大悟,她们一边咯咯地笑,一边指指点点的。

这就是那俩小孩呀?我怎么没看出来呢?

喔唷,还真是的,那天他俩都挺厉害的,这个那个的,还说脏话呢,今儿怎么变乖了?

你们快看,俩小孩长得还蛮漂亮的,像个女娃娃,嘻嘻……

邵璞的脸顿时红了,他磕磕绊绊地念道,前志有之,人生在勤,勤则不匮。凡庶民之不畜者祭无牲,不耕者祭无盛,不树者死无椁,不蚕者衣无帛,不绩者丧无衰。教行三农,生殖九谷。教行园圃,毓长草木。教行虞衡,山泽作材。教行薮牧,养蕃鸟兽。教行百工,饬成器用。教行商贾,阜通货贿。教行嫔妇,化治丝枲。教行臣妾,事勤力役……

念完,邵璞用袖子揩了一下汗津津的额头,然后看了看他爹邵千户。

邵千户用手往下压了压,清了清嗓子说,这是前些年朝廷颁发下来的布告,郡守说布告虽不是现在颁发的,可上面说的话,还算数,就是要大家该种田的种田,该织布的织布,该打鱼的打鱼,该行猎的行猎。男人要做事,女人也要做事,不能总在家里待着,坐吃山空。即使家中衣食无忧,也不能整日无所事事,东家进西家出,搬弄口舌,颠倒是非。你们从草地上迁来,你们有你们的风俗,善无郡的汉民有汉民的风俗,二者并不冲突。我们汉民有句老话讲得

第四章 牧女习织

好,入乡随俗,也就是说,你到一个地方,就要按当地的风俗行事。你们在草地上吃的都是肉,喝的都是奶,到了善无郡,就该换个口味了,你们尝尝莜面的味道,你们尝尝荞面的味道,你们也尝尝粟米面的味道,看看是肉好吃,还是一边吃肉,一边吃面,两样搅和起来好吃?你看你们住的毡包,也不如我们汉民住的窑洞和房子结实、敞亮。窑洞里放一把火,不一定能点着,毡包呢?我们还有火炕,这大冷的天,要有一盘火炕该多好!盘腿坐在火炕上,一边喝酒,一边啃骨头,多美的事情呀?

邵千户煞有介事地环顾一圈在场的男男女女,咽了口唾沫,没有把这个敏感的话题往下延伸,很巧妙地转个弯儿。你们是不是想碹窑洞啊?你们是不是想修房子啊?天下事有难易乎,为之,则难者亦易矣。老人们说得多好啊,只要做,没有做不成的事儿。可做这些事情,是要有本钱的。本钱从哪里来?我告诉你们吧,不是从天上掉下来的,是你们的双手挣来的。

这人说起话来跟母鸡下蛋一个样,咯哒咕咯哒咕,没个完,陆氏笑着对花袁氏低声说。

花袁氏说,这人嘴皮子溜,像个倒腾牲口的捐客。

一个时辰后,邵千户他们骑着马走了。花袁氏看见那个骑在一匹黑马上的少年和她的女儿木兰在雪地里说了句什么。突然木兰从雪地上抓起一把雪,朝那个少年掷去。少年一夹马肚子,那马一溜烟跑下土坡。

过了两天,邵家花板来了一队骡子。赶骡子的是邵千户的几个长工,都穿着青布交领左衽袍子,袖口松垮垮的,脸冻得通红。他们一边搓手,一边从骡子背上卸下一些木头架子。

木兰好奇地问,这都是啥呀?这能做啥呀?

有个长了一副驴脸的长工瞟了木兰一眼,待搭不理地说,这是织机,小女女家嘴巴倒长,告诉你也不懂。

木兰说,织机能有啥用?

驴脸就懒得回答了。

另一个圆脸的长工说,织布用的。你看见我们身上穿的袍子了吗?我们的袍子就是用布缝的。

长工们把五副织机安装在五户人家的毡包里。族长本来是要陆氏安一张的,陆氏不要,说,你要是按个铁锅煮肉还行。族长瞪了瞪眼,就把这张织机安在花袁氏家了。花袁氏的毡包里乱糟糟的,本来三口人够挤了,还有零零碎碎的一些居家过日子的东西,现在又添了一张织机,她们全家人只好侧着身子在毡包里活动。

唉,木莲叹气的时候,嘴噘得挂得住油瓶,阿母,你也太好说话了,族长他们家怎么不放这东西,偏偏往咱们家放?你又不是不知道,咱们家的毡包是最小的。

木兰说,阿母的耳朵软,谁说啥,她就应承啥。

花袁氏直叹气,不是阿母好说话,也不是阿母耳朵软,是阿母想让你们住房子,住窑洞呀,是阿母想让你们吃荞面,吃莜面,吃粟米呀。

木兰说,你就不怕上了邵千户他们的当?汉人都精得像鬼似的。

上当?花袁氏咯咯地笑了,她拍了拍木兰的后脑勺,咱家这么穷,还怕上人家的当?光脚哪有怕穿鞋的?织机是他邵千户的,梭子是他邵千户的,梳扰是他邵千户的,麻线也是他邵千户的,他到时候把布匹一收,就给咱们荞面和莜面。只要阿母不偷懒,保不住一年就能把房子盖起来。你们还小,好多事情都不懂,依阿母看哪,邵千户是个好人。

安了织机,接着就该教女人们怎么织布了。说好织娘这几天就来,给邵家花板的妇人传授织布技艺,不巧赶上汉民的朝岁节,织娘忙着给家里做年食,就推迟到节后了。

木兰记得,织娘来的那天,邵家花板的女人都把自己打扮得花枝招展,像赶马会一样,分成五拨儿,朝他们五家摆放织机的毡包走来。她们一边走,一边还说,族长真是偏心眼,谁跟他相好,织

第四章 牧女习织

机就往谁家里放。看来不跟族长相好,房子是住不成了,莜面也吃不成了。

说话的人嘻嘻哈哈的,听的人也嘻嘻哈哈的。木兰站在自家的毡包外面,板着脸说,织机是族长硬塞给我们家的,我们又不想要,谁想要,把它搬走好了。

女人们都笑着说,花弧窝囊,想不到有个厉害女娃,等长大了,哪个小子敢娶她做媳妇呀?

我们家元吉不敢,他嘴笨,木兰十句话,他蹦不出一句,那会憋出毛病的。

我们家那小子嘴巴倒跟得上木兰,可针尖遇麦芒,两张利嘴,天天就顾了吵架,啥也别干了……

女人们东扯葫芦西扯瓢无所顾忌地说笑,让坐在织机前教她们怎么定综线,怎么抛梭子,怎么踩踏板的织娘,一遍遍地重复着说过的内容,直到忍不住拉下脸来骂她们一通,你们到底听还是不听?把你们的麻雀嘴给闭上,你们不学就回你们的毡包里去,真是烦死人啦。

女人们顿时鸦雀无声,你看我一眼,我瞅你一眼,窃窃地笑,还吐舌头。

又过了十天,邵家花板五十顶毡包里,都安上了织机。每天天不亮,织机就嘎吱嘎吱响开了,响得不太协调,有半天一响的,也有咔嗒咔嗒乱响一气又骂骂咧咧重新返工的,当然也有由生涩到顺溜逐渐入港的。这样七高八低的声音,使每一顶毡包都变成了制造噪音的机器,一直嘈杂到月上中天。女人们的起早贪黑,让她们依稀看到传说中的房子和荞麦面,但更加清晰地看到孩子们圆圆的脸蛋变小了,变黑了,也变干了。放养牲畜的任务完全落在这些饥肠辘辘的孩子们身上。木兰经常拿木莲越来越瘦的身子骨取乐,外面刮大风呢,木莲,你就不要放羊了,一出门就怕找不着你了。

四

从邵家花板的高岗之上,举目四望,能够看到层层叠叠的树林的那边,每天都要飘起一缕缕烟雾。起初,木兰不知道那些烟雾是附近村庄的农人在烧荒,她以为是树林着火了,又以为是有许多人在未知的远方埋锅造饭呢。

木兰记得,花弧他们回到邵家花板是那一年春天的一个傍晚。当时,天空已经渐渐暗下来,只是山上的树木,坡上的毡包和野花野草,围在木头栅栏里的羊群马群,沟里潺潺流淌的溪水,还有他们这些挥动长矛呼哈乱喊的男孩女孩,都还能够看得清。

木兰拖着一杆长矛,蹲在通往小路山的一棵梨树下面。她左耳抽了抽,右耳也抽了抽,对跑过来的穆蓟乌兴奋地说,穆蓟乌,你听见没有,反正我听见穆尔图的大青马的马蹄声了?

穆蓟乌笑嘻嘻地说,我也听见你阿父的飞燕骝的马蹄声了。

木兰摇了摇头,但很快又点点头。她朝着身后山坡上的毡包大声喊道,阿母,我阿父回来了,我阿父他们都回来了。

大风把木兰的喊声吹向相反的方向。

第五章　守株待兔

一

穆阳秋初到邵家村,两只眼睛立刻被邵家村的堡墙吸引住了。

邵家村的堡墙简直是铜墙铁壁,厚墩墩的,仿佛平地长起来的土山,上半部分是黄土与沙砾夯筑而成,下半部分则是用红石条铺砌,齐崭崭的,共砌十二层。站在村口的老鹿对穆阳秋说,这些红条石,都是从几十里外的胡彩沟搬运过来的。三个石匠斫了半年石头,仅搬运也费了个把月工夫。村里有个佃户,路上不小心让条石把腿压折了,老宗主补偿了他三石粟米和十亩水浇地。老鹿没有赶上堡墙的修筑工程,邵千户也没赶上,但老鹿的爹赶上了,邵千户的爹老邵千户也赶上了。

穆阳秋龇牙一笑,老鹿你这人真会说话,你直接告诉我,这墙是老邵千户修起来的不就完了吗,还跟我绕这么大的弯子?

老鹿没笑,一脸正经地说,不能这样说,邵家村的堡墙高有三丈二尺,宽两丈,周匝一里四十五步,有角楼,有马面,有瓮城,有城门楼,这不是一个小工程,是要写进家谱的。当时修墙的是村里所有的青壮年,监工的可就我爹一人。老宗主就说了一句,你们把墙修漂亮了,这是传辈子的大事,然后就没他啥事了。你说说,假如给这堵墙立碑,我爹是不是该排在老宗主前头?

穆阳秋想了想,觉得也在理,但又觉得别扭,只是不清楚哪里别扭,就龇牙似笑非笑的,像是牙疼。

穆阳秋是代表邵家花板所有女人送新织的棉布来的,所有棉布都标了记号,哪几匹是花袁氏的,哪几匹是高氏的,等等。穆阳秋重任在肩,所以他让人把所有的布匹都摞在一起,又分成五大摞,带了五个人,牵了五匹马给邵千户送来了,顺便把赚到的酬劳给女人们驮回去。那年月不兴银钱交易,一般只是以物易物。

女人们不容易啊,穆阳秋发自肺腑地说,就拿我那老婆来说吧,天没亮,我还在皮袭里呼呼地打呼噜,她就不声不响爬起来,点了酥油灯,坐到织机上,啪嗒啪嗒织开了。一织就是一整天,除了做饭吃饭拉屎撒尿,她一整天就在织机上坐着,一天到晚啪嗒啪嗒,不停地织,把那根梭子抛过来,抛过去。我的眼睛都看花了,我说你歇一歇,喘口气,喝口水。她说不能歇,人家花弧家的都织五匹了,我才织出四匹半。女人们就喜欢争强好胜,五匹跟四匹半有多少差别?到了夜深人静,我老婆也困得不行了,从织机上钻出来,人都离开织机了,两只手还抛过来抛过去的,都成习惯了。不说别的,就说灯油吧,三个月费了我家好几斤酥油。老鹿,你说这不是死要面子活受罪吗?

老鹿不置可否,回头看了看穆阳秋后边跟来的五个男人,笑着说,我上几次去你们那里,除了看见你和你三个小子外,就见有几个老汉了,这回怎么多出几条汉子来?

穆阳秋也瞥了一眼身后的随从,说,女人们总算熬出头了,她们外出打仗的汉子都回来了。这些家伙骑着马,东走三百里,西走三百里,还别说,瞎猫碰见了死耗子,找来找去真就找到邵家花板了。这些狗日的,鼻子就是尖,他们是闻见他们家的女人味儿了。

汉子们听了穆阳秋的调侃也不恼,每个人脸上都挂着憨憨的笑,是幸福的快乐的劫后余生的笑,全无战场上砍斩人头时的穷凶极恶。

第五章 守株待兔

穆阳秋怎么会知道他们所受的辛苦呢？几乎是磨破了马蹄，问破了嘴皮才误打误撞找到邵家花板的。

老鹿忽然想起了什么，说，上一次忘了跟你们提了，这放活儿收活儿要分开两步走。我们东家把麻线和织机放给你们，这算是第一步。收布时要分出上中下三个等级，上等布按约定的付酬，中等的按约定的一半付酬，下等的不付酬，这算是第二步。

乐呵呵的穆阳秋，原本是想在族人面前狠狠地表现一把，听了老鹿的话，忽然不乐了。他转回身去看身后跟着的五个老爷们——花弧、穆尔图、穆塞图、穆库翼，还有穆戎陆。穆阳秋对花弧他们说，你们都听见了吧？人家鹿管家说了，不是织好布就行了，人家还要验布，验成上等的还好说，验成下等的可就白织了。

花弧没说什么，他知道他老婆的手艺准差不了。穆尔图也没说什么，原来指定的十匹布，陆氏只织完四匹，他虽没见过上等布是什么样子，可他看了陆氏的四匹布后直摇头，说你这疙瘩溜秋的，穿在身上能舒服了？陆氏说，嫌不好，我以后就不织了呗。所以穆尔图本来都不抱多少希望的。倒是后面的穆库翼嚷嚷起来，我说老鹿，话可不能这么说。我每天都要站在织机前看我老婆织布，女人们织布不比我们骑马打仗轻松，又熬眼又熬手又熬脚的，还把我操女人的时间都占了。你给她定个下等布，她几个月的工夫不都白搭了吗？

穆尔图也附和道，是哩，这不欺负人嘛，早知道还有这一出，就不让她们接这鸡巴活儿了……

穆阳秋觉得话脏，在汉人的地盘上他实在是听不下去了，吼道，你们把臭嘴都给我闭上，我就是让你们知道这事儿，你们倒不依不饶了？活儿好活儿孬有我穆阳秋在，还轮不到你们插嘴。再说那时候你们还在后山拉骆驼呢，你们咋不捎回话来吩咐你们家女人不要揽这瓷器活儿？

老鹿一边摇头一边笑着对穆阳秋说，这个年轻人说话硬撅撅的，一看就没见过大世面，放活儿收活儿，做买做卖，都是讲究规矩的，哪有随着性子胡来的？就是当兵打仗也得听从长官老爷的调遣，何况织布是个细致活儿，活儿做得粗了，朝廷也不买账啊。这都是邵千户给官家定做的，次等品就算砸邵千户手里了。你们说不按规矩来能行吗？

老鹿的一席话把邵家花板出来的几个男人说得哑口无言。老鹿又把穆阳秋拉到一边，耳语了一阵，仿佛是把天机泄露给了穆阳秋。

花弧看见族长的脸色由暗转明慢慢恢复了正常。族长沉吟片刻，看样子是在慢慢消化老鹿的精神，等深刻领会到了，就走过来对他们几个说，没办法的，这是人家邵千户定的规矩，也是汉人的规矩，要不怎么说人家汉人有教养哩，有规矩就是有教养，骨头里的东西，学不来。不过呢，你们来了的几个都不用急，你们家织的布，我都会让老鹿关照的。验完布，你们领上你们的粮食回家就行，其他人家的粮食由我来处理。这个锅我替你们背。

穆阳秋一脸大义凛然的样子，五个男人还能有什么话说？

邵千户住的宅子是村里最阔气的，不用细看，邵家花板的男人们心里也有数。穆尔图对花弧说，我老婆怕是织一辈子布，都换不来邵千户的一间房。花弧说，我见过汉人住的房子，也见过他们住的窑洞，可我没见过这么漂亮的房子。房顶上一道一道铺的那叫瓦，是用来走雨水的，下多大的雨，都淋不进房里去，不像我们住的毡包，遇上连阴雨，再厚的毡子都要淋透的。

他们经过一个过厅时，老鹿让花弧他们停在前院等一下验布的师傅，他领着族长去见邵千户。花弧他们就在邵千户家的前院转悠，他们闻到一股浓烈的香气从后院飘来。花弧皱了皱鼻子说是达子花开了。他们看见有两个女佣从一间房里抱出几个陶瓷坛子。花弧又皱了皱鼻子问，你们抱的坛子里装的是酒吗？有个女人看了看另一个女人，笑着说，是酒，你闻出来了？花弧说，我没闻出来，我猜出来了。他又对穆尔图说，你喝没喝过汉人酿的烧酒？穆尔图说，

第五章 守株待兔

怎么没喝过？上一次平阳王犒赏中军，咱们州郡兵也领到不少酒，轮到咱们，每人就够喝两口，我喝了四口，不知道把谁的那两口让我占了。说完，穆尔图咕咕地笑了，倒好像占了多大便宜似的。

春天到了，邵千户家的长工都去耕田了，在前院另一间房里，坐着两个男人在聊天。他们旁边放一个小方桌，桌上永远摆着四样东西，茶壶、茶碗、痒痒挠，还有一盘大红枣。两个男人最大的区别就是年龄，一个已经老朽不堪，脸上的皱纹像核桃皮一样；另一个是个少年。老头儿是邵千户的父亲老邵千户，少年是老邵千户的长孙邵素。他们都惊讶地看着院里站着的几个穿戴松松垮垮的鲜卑人。这几个鲜卑人腰里系着带扣的革带，目光呆滞地与他俩对视了几下，像烫着似的躲开了。

这几个客人我以前从来没见过，他们是打哪里来的？老邵千户从桌子上摸到几枚红枣塞进嘴里，嘴巴蠕动着，问孙子邵素。

爷爷，你的记性真的不行了，没几天你就把事情给忘光了？他们就是那伙从草地上迁过来的胡人。县令发了布告，让他们去邵家花板定居。我和老二不让他们的女人砍咱们的树，她们就把我和老二绑起来了，是我和老二挣脱绳子才跑回来，要不爷爷您早就见不到我和老二了……

你不用说了，爷爷想起来了，爷爷知道他们是谁了，他们都是些不讲道理的强盗，要搁在前朝，是要让官府捉了去杀头的。他们这几个赶着牲口，牲口上还驮着布，他们是给咱家送布来了。老邵千户一边吃枣，一边很有把握地说。

邵素观察了一下这几个人的牲口和牲口背上驮着的布匹也点了点头，说，我爹看见邵家花板有好多鲜卑女人，闲着没事干，就让她们帮咱家织织布，看起来她们把布都织好了。

哦，我想起来了，老邵千户又想起来了，总担心有人说他越老越糊涂，凡事都要抢着说，年前，你爹说要去平城买一些织机，我没见他把织机买回来，原来他是给这帮胡人买的，亏他想得出来。

你爹肚子里尽是些花花肠子，你们哥俩也要学着点，跟胡人打交道就要动动脑筋。

二

　　穆阳秋从邵家村带回一些粮食，不多。有的分到了，有的没分到，没分到的也不敢找族长闹事，他们私底下询问是怎么回事。花弧就给他们透了透底，是你们没把布织好，上等布让你们的女人织成下等了，不要说人家邵千户给你们酬劳，不让你们赔人家的麻线已经够给面子了。这话是那个管家老鹿亲口说的，不是我花弧说的。

　　来问花弧的都是些和花弧平时关系不错的男人，他们都是替他们的老婆问的。他们就把花弧的话带回家，复述给了还在织机上织布的女人。女人们一听就不干了，把手里的梭子一扔，把绑在身上的带子一解，一边拍打着衣服上的棉絮，一边说，敢情织了几个月，白给他们织了？我又不是闲得蛋疼想给自个儿找事儿做，不织了，不织了，老娘不替他们白织了。

　　这种火冒三丈撂挑子不干的女人在邵家花板仅有十几个，不占多数。她们愤愤不平地站在各家的毡包前，重复着她们的委屈。只要有人从毡包前经过，她们就问人家，你们家领粟米没有？你们家领莜麦没有？人家说，我们家领了。她们一拍巴掌就抢白道，看看这还有没有天理了？一样织的布，你们领了粮食，我们屁也没闻到一个，凭什么呀你们？族长是你们什么人，凭什么这么偏三向四……

　　她们明显是把火气冲着领了粮食的人家发泄的。这些说领了粮食的人就开始后悔，事先没有打听清楚这些负气的女人初衷是什么。再有经过那十几户人家毡包前的男人女人都有了防备之心，他们先是静静地倾听对方的提问，然后询问为什么要问这个问题，接着才胸有成竹地一口咬定自己也没有领到粮食，连一粒粟米都没有领到。家里的粟米都是用牲口去善无城换来的，我们才不稀罕邵家村的粟

第五章 守株待兔

米呢。那些仍然义愤填膺的女人听得目瞪口呆,找不到可以攻击的目标,只好悻悻地说,没领到粮食,你们也咽得下这口气?你们都哑巴了?你们怎么不去找族长问一问?遇到好事,他就是族长,出了岔子他就不是族长了?

女人们最后都把火气撒到那个没工夫向她们解释的族长穆阳秋的头上了。只是这样的火气都是在背后撒的,没人敢当面锣对面鼓地对穆阳秋瞎咧咧。穆阳秋不吃她们那一套。

原本静若止水的邵家花板,因为穆阳秋的一趟邵家村之行,变得不再融洽,不再安宁,不再按部就班。几乎整个村子都沉浸在翻江倒海的窃窃私语中,包括那些领到粮食的人家。他们不知道拿那些粮食怎么做成熟食,煮熟了不好吃,生吃更难吃。她们觉得得到的不是粮食,而是一堆野地里随处可以拾到的野草的种子。后来她们对那些没有领到粮食的女人说,你们不用后悔了,我们都上邵千户的当了,我们都上老鹿的当了。他们给的粮食压根儿就不能顶饭吃,汉人就会骗我们鲜卑人,他们都当我们是傻瓜呢。

这天,被人骂来骂去的那个老鹿来了,邵家村的骗子老鹿来了。蹦蹦跳跳的木兰把老鹿来了的消息在第一时间告诉了花弧。

花弧哼了一声,又哼一声,说,老鹿?他来了就来了呗,你高兴个屁?

木兰碰了个软钉子,不满地道,你打仗不在家,你当然不知道老鹿这个人了。老鹿一来邵家花板,准会有大事情。

坐在织机上织布的花袁氏说,汉人的脑瓜子都比咱鲜卑人活络,这老鹿比一般汉人还要活络。他把村里的女人都拴到织机上,白天黑夜给他织布,到头来,要么不给粮食,给了的粮食也不好下口。女人们都说,不给邵千户织布了,我织完这匹布,麻线就用得差不多了,我也不打算织了,免得心甲不如意。

这些日子,花袁氏在织机上一坐就是一整天。花袁氏比过去都要织得起劲,她倒不是越织越有信心,而是担心外人说三道四。他们家领到足额的酬劳，十匹布换来五十斤粟米。像她这样能够领到五十斤粟米的，在五十户人家里只有七八户，大多是领到二十五斤，还有一斤都领不到的。可花袁氏并没有为领到粮食而忘乎所以，她越来越觉得邵千户、老鹿他们是在作弄邵家花板这帮傻女人。她想把剩余的麻线尽快用完，就金盆洗手不干了。

木兰把消息传给家里人，又像燕子一样轻盈地飞走了。她贴着邵家花板的地面快乐地飞翔，看到那个叫老鹿的中年人两手恭恭敬敬平端着一根黄澄澄的卷轴。他后面也没有跟着别的长工。他不再问木兰他们族长住在哪里，像邵家花板的老熟人那样径直走向族长穆阳秋的毡包。木兰不知道，老鹿这一次不是给邵家花板的女人送麻线的，带来一张黄绢诏书。

老鹿没有把诏书直接张贴在族长毡包后面的大石头上，而是交给了穆阳秋。他告诉穆阳秋，诏书是朝廷统一发向全国的，因为邵家花板是邵家村的属地，所以只能发到邵家村。以后有什么事情都要经过邵家村向上或向下转达，不要动不动就往郡府跑。这也是规矩，没有规矩不成方圆嘛。那天，宾主二人交谈了很久，只是交谈的方式有些头重脚轻，一直是老鹿说话穆阳秋听，好不容易等到穆阳秋能插一句话了，老鹿却起身要走。穆阳秋急了，说，别价呀，咋来了就走呢？有些事情我还没搞清楚，中午咱们吃烤全羊，边吃边聊。你不要急着回去，我可是把你当朋友看的。老鹿忙说，我这人没口福，东家要我把诏书送到就回去，我得安顿村民征牛呀。穆阳秋看看留不住老鹿，便说，这次你想走就走吧，下一次可不兴空着肚子回去，丘穆陵氏别的没有，羊肉管饱。哎老鹿，你们那粟米是不是旧的？嚼在嘴里噎嗓子，跟羊肉比差远了。老鹿歪着脸看穆阳秋，觉得奇怪，粟米还有不好吃的？一问穆阳秋的做法，老鹿笑了，笑得捂着肚子直喊疼，用手指点着穆阳秋的额头说，怪不得都喊你们胡人呢，连粟米饭都不会做，糟践了那么多粮食，可惜了，可惜了。你们得上石磨碾成粉呀，再用水把粟米面和匀，捏成窝窝呀，你们

第五章 守株待兔

得上笼屉蒸呀,蒸熟了才能吃,不是直接下锅煮。那能好吃吗?

穆阳秋不住地点头,有种茅塞顿开的后知后觉。汉人的许多做法和想法,都是需要慢慢消化的。他们胡人对这些新鲜玩意儿的理解都隔着一座山呢。

穆阳秋目送老鹿很远,才让大儿穆承嗣把盖右老汉喊来。他对盖右老汉说,叔啊,这是皇帝从平城打发快马送来的加急诏书,我得让族里人都来听听,皇帝是怎么吩咐咱们的。族长说这话时,他已经把诏书平铺在毡包外面的一张条案上。这张条案是族长用来供奉神灵的。他在上面烧过高香,点过酥油灯,摆过滴答血水的三牲。这一次他把朝廷颁下来的诏书,平铺在了上面。

盖右糊涂了,说,你喊我来就是为了告诉我这个的?我知道了,那我回去了。

族长忙说,叔,看你着急的,我喊你来,是想让你把那个钟给咱敲一敲。

盖右越发糊涂了,说我哪来的钟?我要钟做啥?

族长说,你打仗时敲的那个钟嘛,还哪来的钟呢。

盖右明白过来了,族长是要自己鸣金,便说,这又不打仗,也不是行军,鸣的哪门子金?

族长说,人老了,废话真多,让你鸣你就鸣吧,还啰哩啰嗦的,烦人呢。

盖右耷拉着脑壳蔫蔫地回到自己毡包里,抱出一个用山羊皮包裹得严严实实的东西。他把山羊皮慢慢揭开,露出那个铜钟似的金钲,对穆阳秋说,族长,那我就敲呀?

族长说,你敲吧,敲响一点。

盖右当当当敲了一阵,声振长空。

族长以鸣金的方式招来丘穆陵氏家族的所有男人。他指着条案上的诏书对大家说,看见没有?这是皇帝爷亲自给咱邵家花板发下的诏书,说明个啥呢?说明皇帝爷在宫城里都惦记着咱们,操心咱们五十户丘穆陵氏的族人从牛川好不容易搬到这邵家花板来，吃得好不好，住得暖不暖。皇帝操心操得够多了，咱们的事情他还挂在心上。皇帝在诏书上说了些啥呢？我一字一句念给大家听，听的时候不要乱说话。这是诏书，等于是皇帝站在你们面前，亲自和你们说话，在平城的宫城里，上自外朝大人，下至通署三十六曹，都要行大礼听诏书。咱们是平民百姓，这一套大礼就免了，大礼免了，小节上不能乱来。

木兰挤在人群里，觉得族长太磨叽了，就仰着小脸说，族长，你啥时候学会认字了？你知道诏书上写了些啥，别价是编故事骗我们吧？

族长听见有个孩子在人群里说风凉话，就探头探脑地找，边找边说，我是不认得字，可邵家村的老鹿一字一句讲给我听了呀，我记性好呀。你们要是觉得我给你们讲不清楚，是骗你们，那你们来讲，只要你们能认得一个字。

大家都不说话，花弧用手拽了拽木兰的衣领，低声说，一边玩去，大人的事儿你掺和啥？把你日能的。

族长随后就把诏书念了一遍。念完，围观的男人们你看看我，我看看你，然后拍拍打打地散了，好像诏书上说的，和他们没有一点关系。族长在他们背后大喊，你们听清没有？皇帝要天下每九家，征用大牛一头，把粟米运到塞上，具体到哪几户，怎么个出法，都由族长确定，你们都听清了没有？出牛的名单是朝廷要我定的。

他又指着诏书说，九户一头，族长指定，诏书上写得清清楚楚，不是我穆阳秋蒙你们。

其实由族长指定这个授权，本身就给族长带来不小的麻烦，九户一头，五九四十五，四十五户好定，剩余的五户怎么定，这就要看族长的智慧了。不过族长也没费多少脑筋，就把名单公布出来，族长当然不在征牛范围之内，另外免除徭役的四户是族长的两个叔伯兄弟穆巴雅尔和穆布日固德，还有两户是穆尔图和穆库翼。

第五章　守株待兔

虽然大家都认为除族长外，自己更有恰当的理由跻身于四户免征名单里，但族长这么定了，谁也没什么好说的。等五头牛征上来，穆阳秋就让他的两个叔伯兄弟去邵家村送牛。送牛人只用了一个时辰就打了来回。巴雅尔告诉穆阳秋，老鹿说族长理解错了，除了大牛，朝廷还要粟米呢。因为没有征用粟米的具体数量，邵千户考虑到丘穆陵氏家族的实际情况，就以两只羊替代吧。

族长当时正在羊圈里剪羊毛，羊毛从羊身上雪片般飞落下来，堆积在一张干羊皮上。听完巴雅尔的话，穆阳秋半晌无语，忽然把剪刀朝羊毛上一扔，骂道，婢子养的，当我是傻子？

问题就出在两只羊该谁出这件事上了。

族长在听说这件事后，思考再三，最后把指标分配给他的两个叔伯兄弟。巴雅尔一听就不干了，他一脚把穆阳秋家的一条在他脚面上嗅来嗅去的狗踢飞了，也不做一些言语上的铺垫，直通通地怒怼穆阳秋，凭啥呀？我们哥俩把牛给你赶去邵家村，没功劳也有苦劳吧？你怎么好意思把五户人家的账都算到我们哥俩头上？你咋不给穆尔图和穆库翼安顿呢？

族长心疼狗，狗被巴雅尔踢得汪汪只叫，他瞪着牛眼说，你踢我的狗干嘛？你吵吵啥，吵吵啥？就你会算账，别人都是傻子？皇帝在诏书上说得明明白白，名单由我定。我没让你们哥俩出牛，族人在背后早就戳我脊梁骨了，我又不是不知道。这次拿羊来顶粟米，也是人家邵千户看在我的面子上只定了两只羊，让你们哥俩出羊你们出就好了，嚷嚷个尿啊！

布日固德起初绷着脸不言语，见族长火冒三丈了也动了气，梗着脖颈说，你也甭嫌巴雅尔说话粗鲁，你是我们的头人，做事就要一碗水端平，要出羊也行，我们四户平分。

四户平分？族长用手指点着布日固德的额头说，你长了个猪脑子还能分清四户？你说是哪四户？你让穆尔图出羊？他家里就有两匹马，那两匹马还是战马，这你又不是不知道。你想让穆库翼出羊？

他是条疯狗你又不是不知道。我说巴雅尔,平时我对你们俩够照顾的,你就拿这话顶撞我?还有你布日固德,别看平时闷葫芦一个,关键时候你也给我来一脚?

谁顶撞你了?我是在跟你讲道理。穆巴雅尔那张脸,像笼屉里蒸熟一样,通红通红的,还冒着气。

讲道理?穆阳秋哧地一笑,你长个猪脑子还知道讲道理?你不要惹我生气,我的脾气可不好。

布日固德一看穆阳秋要火了,知道吵不出个结果来,就息事宁人地拽了巴雅尔的胳膊要走。巴雅尔却赖着不想走,他还是想不通,嘴里嘟嘟囔囔的,老子一家要出一只羊,还不如和他们九户一起出头牛呢,这也叫照顾?我是脑子不好使,可再不好使也分得出个好赖。

布日固德边走边低声说,穆巴雅尔,胳膊拧不过大腿,你就少说两句吧。你和族长能辩出个长短?他就一赖皮……

他们听见族长在身后吆喝,赶紧把羊给人家送去,不敢把正经事耽搁了,你这个猪脑子,你们是一对猪脑子。

木兰真是个野小子,六岁的木兰不需要别人帮忙已经能够单独驾驭成年马匹了,再顽劣成性的马,在木兰调教下都会变得格外听话。倒是在邵家花板,牧民们越来越不像牧民了,他们的马群和羊群随着牧草面积的锐减,也在不同程度地萎缩。有的人甚至买来一些农具,在北坡上要开荒种田。他们把丘穆陵氏家族几百年延续的光荣传统都给遗弃了。但他们的儿女,像木兰这种调皮捣蛋的,正像他们的父辈那样,很小就学会骑马,学会在马背上舞刀弄棍,甚至出落得青出于蓝而胜于蓝。

那天,木兰和村里的几个少年,骑马翻过小路山,去了他们从未去过的邵家村。他们在村口等来了邵千户的次子邵璞。这次找邵璞是木兰的主意,怎么同邵璞交流,也是木兰的事情。木兰问邵璞,朝廷的诏书是不是写错了,说是九户一头,族长指定,为什么我们

第五章 守株待兔

出了牛,还要让他们再加两只羊?邵璞摸了半天后脑勺,说,我不知道你说的是什么诏书,可我知道诏书上不可能有族长指定这句话。皇帝不会给什么族长授予这种权力的。邵璞又说,你们等着,我去找我爹问一问。

木兰说,你不要告诉你阿父,是帮我们问的。

邵璞笑着说,花木兰,我早看出来了,你是人小鬼大。不过我知道怎么做,这不用你教我。

木兰他们不敢踏进邵家村。他们在堡门下面仰望拔地而起的堡墙,就像看到兀立的一座齐簇簇的危峰。

穆元吉说,这么高啊,门一关,鸟都飞不进去。

穆蓟乌说,汉人真会享受,住在房子里,吃着粟米饼,睡着什么炕,还用这么高的大墙圈起来。他们站在墙上,能尿柔然人一脸。

木兰说,邵家花板要是也起了大墙,阿父他们就不用打仗了,打仗会死人的。

穆元吉说,族长啥时候答应修大墙呀?

木兰和穆蓟乌对视了一下,他们没法回答穆元吉的问题。

他们在村口等了半天,却总也等不到邵璞。

穆蓟乌说,木兰,那个姓邵的会不会把咱们给晾了?都好一阵儿了,也不露脸。我敢断定,他一定有事瞒我们,一定是藏起来了。

再等等,你急啥?木兰一点都不急。

西天升起了火烧云,远处的山峦、近处的田野,不远不近的小路和树木,还有邵家村的堡墙都被染红了。有个牵毛驴的路人唱着山曲从一个土崖后面闪出来,同样像个血人。木兰红着脸说,天上下火了。穆蓟乌说,我不觉得热啊。穆元吉说,我热了,浑身都往外喷火呢。木兰说,我看见你喉咙里都有火苗了。穆蓟乌,你也着了,快灭火呀……几个孩子在城门外面的空地上开起了玩笑。

玩笑过后,又等了一阵儿,还是不见邵璞的影子,穆元吉就说,咱们回去吧,他就是问清楚了,又能怎样?我看咱们本来就不该来邵家村，汉人都拿咱们当猴耍。

其实木兰心里也没底，但总觉得什么地方不对劲。她说，既来了，啥都没问出来，不等于白跑一趟？

正说着，邵璞出现在堡门里边，朝木兰招了招手。几个孩子都牵着马往里走，邵璞却让穆元吉他们在外面等一下，他有事跟木兰说。

穆元吉警告邵璞，姓邵的，你别耍滑头，我的拳头可不是吃素的。

看你说的，倒好像我能把木兰咋的了，邵璞说，我和木兰就说几句话。

在瓮城里，邵璞悄悄告诉木兰，我问过我爹了，我爹一开始不说，也拿小孩子家别管大人的事儿搪塞我。我说老鹿给邵家花板送过去的诏书是不是假的，我爹先是笑，后来对我说，也不能说全是假的，只能说他们族长手里的诏书是一份旧的。那份新的在我爹那里保管着呢。老鹿说，反正你们鲜卑人也看不懂，诏书的原文是，天下十家出大牛一头，运粟塞上。老鹿想照顾一下你们族长，就让他说成是九家出大牛一头，起码你们族长不用出牛，至于老鹿后来追加的那两只羊，连我爹也不知道，估计是老鹿想捞油水了。

木兰说，我知道了，我知道是怎么回事了。

三

关于十户一头，还是九户一头这件事，木兰没有对穆元吉他们提起。即使回到家里，她也只告诉了花弧和花袁氏。她并不清楚九户与十户的区别，只知道族长说谎了。

但是，漏嘴的花弧把这件事捅出去了。

事实上，花弧说了也白说，他没有料到自己说这件事时，听话的族人脸上都呈现出一种模棱两可的笑容。他说完了，也就完了，族人们心照不宣地转换了话题。花弧碰了几次软钉子后，也不再纠缠这事儿。他甚至怀疑木兰听来的消息是假的。

第五章 守株待兔

族长要盖房子了。

有一天,木兰把这个消息带回家里时,她看见花袁氏正在毡包里舂米,捣着捣着,突然恶心起来,蹲在地上一阵呕吐。除了吐出一些清水外,也不见她呕出什么实质性的秽物。

木兰不安地问道,阿母,你怎么啦?着凉了吗?用不用去邵家村请个郎中看看?

花袁氏不说话,只是摆手,吐完了,一抹嘴,红着脸瞥木兰一眼,也不解释,接着去舂米,好像什么事都没有发生。这让木兰疑惑了好些天。

最近一段时间,花袁氏不再啪嗒啪嗒地织布,而是经常抱着一只碗大的石钵咚咚咚地舂粟米。她开始从粟米面蒸的窝窝头里寻觅到了羊肉牛肉里品尝不到的粮食的香甜。

她对木兰说,你不要总是在村里疯跑,也该帮大人做点事了。

阿母,你记性真差,木兰搂着花袁氏的肩膀说,我没疯跑呀,我不经常帮你干这干那吗?

又说,阿母,我告诉你一件事,我看见好多人都去族长家帮忙了。族长要盖房子,要盖五间大房子,以后他们家一人一间房,就不用因为你碰了我一下,我蹭了你一下吵嘴打架了。

花袁氏把石钵里舂碎的粟米倒在一片褪去羊毛的干羊皮上,又用木碗从口袋里舀出多半碗粟米灌进石钵里。她对木兰说,族长就是住上金窝银窝,咱也不稀罕。族长家盖房子,其他人去凑啥热闹?他们又不会盖房。

木兰说,你傻呀,你不知道族长喜欢热闹?我们小孩子也不愿一个人玩。

木兰在毡包里左右看了看,问,我阿父呢?

花袁氏说,他出门了,给人相马去了。

木兰说,你和我阿父都不去族长家,就不怕族长背后说你们坏话?

花袁氏停下手里的活儿,抬起头看着木兰,嘴巴嚅嗫着,隔了一会儿,方说,那我过去看看。你姐放牲口去了,你帮我来舂米,不要把米撒在地上。

老鹿是个热心肠的人,是老鹿提议族长要入乡随俗起院盖房子的。老鹿说,你看我们东家那房子院子多气派!再粗俗的人,只要走进邵千户的大宅子,就会管紧自己的嘴。你是族长也该有族长的样子,说话做事是一方面,最要紧的是衣食住行要与一般族人区别开,免得让人瞧不起。

族长想了半天,深以为然,说,盖就盖,盖他娘的木头房子。咋个弄?

老鹿就帮穆阳秋找来一个喊夯师傅,用牲灵运来木夯、铁铲、镢头之类的工具。

喊夯师傅也是全才,他一边做示范,一边教前来帮忙的族人怎么定房子位置,怎么挖地基,怎么夯根脚。在族长选好的位置上,一个浩大的工程在喊夯师傅有节奏的喊夯声里拉开了帷幕。嗨哟的狠呀,伙计的们呀……那样振奋人心的号子在邵家花板略显凌乱的土坡上经久不息。

丘穆陵氏的族人感觉大地都在木夯落下时不停地颤动。

以后的几天,族长家不分白天黑夜,夯声四起,喊夯人的号子能传出四五里远。地基筑好,就开始起墙,喊夯人教大家怎么编墙模,怎么上土,怎么换模板。房子的山墙与东西墙就在喊夯人不紧不慢的号子声里竖起来了。

老鹿在邵千户家的工作冗杂繁忙,即使再忙,老鹿也没忘记穆阳秋家盖房子这件事,他又帮穆阳秋请来三个木匠。木匠一上手,族人又忙得脚踢后脑勺,他们去南梁砍来六七棵直溜溜的大树,穿沟过溪,运到族长的工地上,以后的事情多是木匠动手了。族人拍去身上的尘土,纷纷辞别族长,该放牧的放牧,该狩猎的狩猎,该学着种庄稼的种庄稼……他们都很忙,各家有各家的事情。他们能够抽出十多天来帮族长盖房子，已经让族长铭记在心了。

再后来，花弧悄悄告诉花袁氏，他有一次路过族长的工地，看见房子要上梁了，族长家里大摆酒宴，一是要祭天祭地祭祖宗，二是要答谢族人的帮忙，三是图个吉利。族里的男人去了一多半，都蹲在地上喝酒吃肉。他经过的时候，穆尔图喊他去喝两碗，他说自己不会喝酒，一喝就呛嗓子。穆库翼喊他去吃肉，他想说不会吃肉，又觉得太不近人情了。正要走过去时，族长站在人群里大声说，人家花弧和你们不是一路人，看不起你们这些俗人。我盖个房子，你们手痒痒得不行，非要帮我砸夯。你们一边喝酒，一边吃肉，一边还勾三搭四的，烧酒都烫不住你们的嘴。

听了族长的话，花弧脸红得像猴屁股，尴尬极了。他讪笑两声，说，你们吃，你们吃，我得赶紧给人相马去，人家早等得不耐烦了。

花袁氏听罢，半天无语。最后她对花弧说，在人屋檐下，不得不低头。他好赖是个族长，族里的大事小情离开他不行，你该帮他一把就帮一把，不要到时候又给你小鞋穿。

花弧说，他家起房盖屋也没喊我过去帮忙，我咋好意思不请自到？

花袁氏瞥了一眼花弧叹口气，人家是族长，凭啥要请你？你去帮忙是咱要想巴结人家，你怎么连这个都不懂，还用我教你吗？

四

十月十九日夜，邵家花板刮了一夜大风。

风过林梢，像无数只野狗在撕咬，肉与皮毛一块一块落在地上，落进毡包里，落进木兰的梦里。木兰一惊一乍的。木兰睡着以后习惯磨牙，咯吱咯吱响，让人以为她嘴巴里藏了一只饥饿的小老鼠。花家的男人女人都听惯了木兰的磨牙，所以睡得很踏实。大风不停地拍打毡包的声音，让花弧惊醒了两回。偏偏在他被惊醒的间隙，听见木兰含混不清地喊了两声，一声是喊阿母，一声是喊阿父。花弧嘟囔了一句,这丫头,睡着了也不省心,真烦人。

　　天亮以后,风声小了不少,毡包里的气温很低,入夜前点着的火盆里只剩下灰烬。天窗上透进一层轻薄的光亮,让花弧能够看清那架交织了经纬的织机,冷清清地蹲在他们旁边。花弧从皮袭里钻出来,穿好衣服,想出门去解手。毡包的小门被什么东西封住了,推不开。不会是熊瞎子一屁股坐在自家毡包外面吧?一想到熊,花弧紧张起来,胳膊不由自主得伸向挂在哈那架上的弓箭。花弧虽不是个好猎手,但也很快意识到与熊近距离对决是不能使用弓箭的。他就把手缩回去,摸了摸肚子,觉得膀胱憋得难受,又用力去推那扇东南方向的木头门。这一次,门裂开一道缝,一坨白花花的东西挤进来。花弧这才明白,堵了门的不是熊瞎子,而是一场好大好大的雪。

　　这场雪厚墩墩地掩盖了邵家花板所有的树木、田垄、毡包和唯一的五间大瓦房。

　　狗在羊栏那边开始叫。这样的叫声很欢愉,就是想把毡包里贪睡的大主人和小主人唤醒,让他们也来分享第一场银装素裹的雪景。这些狗,都是男人们打仗回来后陆续饲养起来的,唯独花弧没再养。他觉得狗连自己的性命都保不住,还怎么保护主人呢?

　　不多一阵儿,木兰和她的小伙伴,已经在狗的陪伴下打开雪仗。他们从木兰家的毡包前挑起战争,雪球在空中飞翔,双方互有攻防。站在木兰这边的,永远都是两个少年,一个是穆蓟乌,一个是穆元吉,三个人显得势单力薄。但他们手脚的灵活程度远胜对手,他们把战线逐渐推到邵家花板的北梁上面,那里的田野空空荡荡的。

　　穆元吉突然感到对面抛来的雪球密集了不少,但他很快就发现,不是对方人手增加了,而是他们这一边缺少了主力。从来都是身先士卒的花木兰,不知为什么站在族长家瓦房后面的土塍上,直愣愣地朝小路山方向张望。他大声提醒木兰,木兰,你在干啥?我们都快顶不住了。

第五章 守株待兔

花木兰指着小路山大声说，你们不要打了，朝廷的信差又来了。

孩子们偃旗息鼓，只要听到信差二字，就能联想到他们的阿父即将要远征了。他们的阿母会面带忧郁却故作轻松地为阿父整理出征的衣物和食物。马匹要阿父亲手去牵，兵刃要阿父亲手拿的，这两样是不准女人摆弄的。

孩子们守望在北梁的雪地里，嘴里哈着大团的白气，小脸通红地熬了半天，总算把两匹快马等到了。快马上的信差果真是来征兵的。孩子们都佩服木兰的先知先觉，并且习以为常了。

又过了不多一会儿，盖右当当当地敲起他的金钲。族长把丘穆陵氏的族人集中在他家的院门口，穿了皮袍的族长把脚下的雪地踩得又瓷实又平坦。他对慢慢聚过来的男性族人连看都不看一眼，好像这些人的到来与自己一点关系都没有，自己的主要任务就是把雪踩平。

等族人到全了，盖右对族长说，人齐了，有啥事你就吩咐吧。族长这才咳嗽一声，先把征兵的名单念了一遍，所有人都沉默了。这一次征兵不是家家户户出人出马，而是只选十个人，名单自然是族长定的。

花弧的名字第一个从族长嘴里跳出来，把花弧吓了一跳。其实他原本知道征兵的名单里注定少不了自己，可还是有点意外，意外的是族长第一个就把自己的名字点出来，可见族长多么"器重"他。世间的事情往往很难圆满，被忽略的时候，会产生失落感；被器重的时候，便会产生疑惑。花弧内心的疑惑已经上升到愤怒的地步。

回到家里，花弧仍旧闷闷不乐。

花袁氏起初不理他。花袁氏肚子大了，舂米织布之类的粗活仍是她分内的事情，经常是干着干着就腰酸背痛。她对花弧说，我上辈子欠你们家的，今生跑来还债呢。花木莲倒懂事，已经能够坐在织机上织布了，只是速度慢，手也不十分灵巧，一个时辰下来，出不了多少布，经纬也参差不齐。花袁氏叹着气说，我是没靠人的命，你去做针线吧。

花弧蹲在火盆边抽旱烟,就像受了后母欺负的闵子骞。花袁氏起初不愿搭理他,后来实在是忍不住了,就抢白他说,你不用总拉着个苦脸,哪回打仗能缺下你?反正出去小心一点就是了,杀不了柔然人不算啥,别把自个儿折进去就行。

花弧吐了一口唾沫愤愤地说,我愁打仗吗?当兵打仗是天经地义的事儿,哪回出征我愁过?我是愁族长心里总惦记着我,好事轮不上,孬事一件都不落下,他都成了我的丧门星了。

花袁氏已经坐在织机上了,把织机上的腰带缠在身上,说,你怨谁都没用,要怨就怨你自个儿,谁让你不把族长放在眼里。他又不是君子,他不记别人的好,总记别人的孬。

花弧明知花袁氏说得在理,嘴却硬,山场大了,都有了绿骡子,还偏偏让我遇见了,想不到他是这么个人。

花袁氏说,你想不到的事情多了去了,就是行军打仗,你也得多留个心眼儿,千万不要得罪人。

花袁氏在家里叮嘱丈夫不要得罪人,木兰却在外边闯祸了,闯大祸了。

五

近日,邵家花板的族人散养在孤山下的牲畜经常丢失,有时是马匹,有时是绵羊,不多,一匹两匹的,一只两只的。但对牲畜越来越少的丘穆陵氏族人来说,少一匹马等于是从身上割去一块肉,血淋淋地疼。一开始,大家都没有感到异常,以为牲畜吃草吃迷糊了,自己走丢了,后来这样的事情隔三岔五发生一回,就引起大家的注意了。有人说,一定是有狼在孤山周围活动,以后放牧可要小心了。

花弧外出替人相马,家里的牲口总要有人放养,花袁氏家务事缠身,再说又身怀六甲,自己走路都不方便,更别说外出放牧了,放牧的事情最后就落在两个小女孩头上了。花木莲不敢往远处驱赶

第五章 守株待兔

牲畜,而近处的牧草早让族长家三个儿子的马群、羊群占了。花木莲每次出门总是小脸板着,嘟嘟囔囔的。花木兰偏偏与花木莲掉了个个儿,就喜欢赶着羊群往孤山后边走。她去的地方总是最偏僻的,草肥水美。路程越远,她觉得风光越好,心情也大不同。

别人家丢失了牲畜,花家的牲畜却安然无恙,这与花木兰走远路有关。丢失牲口的时间往往发生在男人回家吃饭的空当。这是盖右老汉慢慢琢磨出来的,他要族人们尽可能中午都不回家,即使回去也要几家留下一个人来看场。这个办法行不通,牧场太大了,草深似海,一眼望不到边,即使牧民一眨不眨地盯着自家的牲畜,也未必能够避免牲畜走散。所以,牲畜丢失的现象越发频繁。

有一次,木兰和木莲赶着牲口绕过孤山去寻找牧场,她们走了好一阵子,木兰耳朵抽了抽,勒住缰绳对木莲说,有人跟来了。木莲回头看了看平地隆起的孤山,什么都没看到,便说,你的耳朵这回是失灵了,啥也没有呀。但隔不了多久,孤山后面就闪出一溜羊群和马群,领头的是穆蓟乌的黄骠马。

花木兰不走了,穆蓟乌只好硬着头皮赶过来。

花木兰大声责问,你怎么老跟着我们呀,我们又没邀请你?

穆蓟乌不好意思地摸着后脑勺,支支吾吾地说,我,我不想让我们家的羊饿肚子,你能找到最好的牧草。

花木兰说,你家的羊饿不饿肚子跟我有啥关系?

穆蓟乌笑着说,我可从来没把你当外人。咱们起码是好朋友,好朋友就要有福同享,有难同当啊。再说,再说我也不想让我们家的马丢了,羊也丢了。

穆蓟乌家的马已经丢过两匹了。穆库翼早上把牲口赶进草场,一匹不少,一只不缺,晚上把牲口轰出草场时,却发现马丢了一匹,还是一匹日走八百的好马。他返回草场找了一个时辰,一无所获。这件事很突兀,绝非出自穆库翼本意,但他老婆高氏嘴碎,说,这么大个活人看着,还能把马弄丢了,怎么没把你给弄丢了呀?你准是找野女人寻快活去了，鸡巴过了瘾，就不管马了……穆库翼是个粗人，马丢了，心里窝着火，一言不发。可女人的话越讲越难听，他就忍不住了，一巴掌扇飞了吊在哈那上的陶灯座，在漆黑的毡包里，薅着高氏的头发，没头没脑一通泼揍，就像逮到一个盗马贼。他把丢失马匹的恶气全撒到老婆高氏身上了，一边用拳头揍女人，一边咬牙骂道，你个卖屁股货，老子不找你茬算你烧高香了，你反倒给老子头上泼脏水，揍不死你……

穆蓟乌对花木兰说，我阿父一气之下就不放马了。我看见你们总是绕过孤山，一走就是一整天，我知道你一定是找到好草场了，我也想沾沾光嘛。

花木兰像个小大人那样上下打量着穆蓟乌，想用目光逼退穆蓟乌。可穆蓟乌执着得很，木兰最后只好叹口气，你真缠人。

他们本来是打算放牧的，但穆蓟乌用猜测的语气对木兰说，真奇了怪了，好端端的，马呀羊呀就能走丢了。盖右老爹说是狼叼走的。狼叼只羊不算啥，可叼走马就玄乎了。

又说，木兰，你脑瓜子好使，你替咱想想，马都到哪儿去了，难不成飞到天上去了？

花木兰下意识地瞟了一眼天空。蓝天上没有一朵云彩，也没有一只鸟。她说，我哪知道啊？我又不是神仙。可心里却开始犯嘀咕。

他们走了大约有半个时辰，木兰忽然扯住缰绳，对几丈开外的穆蓟乌说，喂穆蓟乌，你家的马不是走丢了，也不是让狼叼走了，我估计是让人用套马杆套走的。

真的吗木兰？穆蓟乌的小眼睛瞪得溜圆。他还初第一次听人说丘穆陵氏族人的牲畜是让人用套马杆套走的。你怎么知道是被人牵走了？这人胆子也太大了，会不会是北边过来的盗马贼？

花木兰说，傻子都知道是让人偷走的，盗马贼倒未必，如果是盗马贼，就不会一匹两匹地牵马了，他们会把马群都轰走的。

接下来，邵家花板的少年，在一个名叫花木兰的小姑娘的指

第五章　守株待兔

引下,沿着孤山一线布下一张严密的侦察网。他们像兔子一样,星星点点潜伏在茫茫雪原上的羊群或马群里,等待着冥冥中猎物的出现。孩子们对未知的猎物投入极大的热情,他们对花木兰的猜测深信不疑。他们忍受着雪地的酷寒与呛人的羊膻味,近乎痴迷地关注周围。

雪地上的光线让人看了眼晕,总有些古怪的影影绰绰的精灵在遥远的地方出没。孩子们时不时就被那些幻象迷惑了心智,他们在一次次错觉过后修正自己的判断力,直到真正的猎物出现了。

大人陆陆续续回家吃饭的正午,阳光强烈地照在白茫茫的冬天的草场上。在孤山东侧的一个土丘后面,忽然冒出两匹矮个头的马。那两匹马行迹鬼祟地走走停停,间或还要吃两口冒出积雪的荒草。马背上的骑手把身子紧贴在马背上,仿佛睡着一样,一点都不像是大马金刀的盗马贼,倒像是两个走累了的迷途行者。直到他们俩慢慢逼近族长穆阳秋的马群,手里突然多了两根套马杆,他们的身子才挺起来,一人拽了一匹马,他们已经得手了。

藏在远处羊群里的穆元吉,对那两个陌生人手里多出来的套马杆百思莫解,那么长的两根白桦木杆子被两个人怎么藏起来的,又是怎么变戏法似的变出来的?他看见一个人伸长手臂去套一匹埋头在雪地上吃草的枣红马,既娴熟,又镇定,就开始怀疑,那个人是不是族长三个儿子中的一个?只有穆承嗣、穆承弼、穆承昊他们三个中的一个才敢用套马杆套自家的马头。

有人在远处呜呜地吹响牛角号,从一些马群或羊群里忽然出现了许多手举长矛的孩子,这些孩子呵出一团一团的白气,一边大声呐喊,一边翻身上马,朝族长家的马群慢慢围拢,把两个盗马贼包了饺子。

雄壮的声势在北风的衬托下很快传染给盗马贼,他们用套马杆牵着两匹马,匆匆忙忙朝孤山遁去,只有孤山那里岑寂无声。

身后有群马在风掣雷行般追逐,仓皇逃窜的盗马贼没有时间回望追赶自己的是大人还是孩子。他们只知道鲜卑人手里的长矛都不是吃素的，无论捅在身体的哪个部位，都不好受。他们慌不择路地奔跑，很快就暴露了他们的真实身份，他们不是杀人越货的亡命之徒，连真正的盗马贼都算不上，他们只是贪图些小便宜。包围圈在一点点缩小，留给他们逃命的口子仅剩几丈宽的一片雪地。顾不上去牵偷来的马匹了，他们死命磕打着自己的马，只恨不能在肋下生出双翅来，直到他们的坐骑跌跌撞撞被几根又粗又长的绊马索掀翻在地。两个盗马贼连翻几个跟斗，轻飘飘地落进一个苫了雪糁的巨大的陷阱里，然后爹呀娘呀的呼喊从陷阱里传上来，他们被陷阱里倒栽的木刺戳烂了身体。

抓到盗马贼本该是一件好事，偏偏两个贼娃子命薄，没等被邵家花板的族人从陷阱里弄出来，就断气了。

都是被木刺扎个透心凉。

死人了，扎死人了。胆小的穆元吉突然尖叫起来，他变脸失色磕磕绊绊地告诉大家，你你你们把人给扎死啦。

孩子们面面相觑，刚刚还激情高涨杀气腾腾，现在都像霜打的茄子。他们在短暂沉默后，把目光定格在领头的木兰的脸上，要小姑娘花木兰拿主意。

那是一张红扑扑的又圆又鼓的脸，那张脸连一丝慌乱的神色都没有。

你们看我也没用，木兰一点都不慌，你们还是不是男子汉？好汉做事好汉当，死就死了呗，不就是个盗马贼吗？

穆元吉大喊，杀死人是要偿命的，我不想当这个好汉。

这句话的结果是，孩子们顿作鸟兽散，他们都不想当好汉。

只有花木兰没走，她在陷阱边儿上，一直等着大人们闻讯赶来。那时候，她仍骑在马背上，眼睁睁看着大人把那两具已经僵硬的尸体从木刺上拔下来，直挺挺抬出坑口，摆放在雪地上。尸体的血早已凝固或流干，一个死人大张着嘴巴，像是在呼疼，另一个死人眼睛瞪得快要从眼眶里迸出来，似乎是在寻找挖陷阱的人。

族长穆阳秋觉得晦气，嘴里嘟囔着，抓贼管抓贼，怎么把人给弄死了？

他瞥了一眼旁边的花木兰，没好气地道，小孩子家凑啥热闹，还不滚回去，死人有啥看头？小心晚上做噩梦。

穆阳秋是直接受益者，不好甩手不管，就派人把那个陷阱连同两个贼娃子都一块埋了，又让族人把自家的孩子看管好，不要再给族里捅娄子了。

穆阳秋以为这件事做得天衣无缝，他对埋死人的族人说，你们可听好了，埋了，就啥事儿都没有了，以后谁再提起这事儿，全族的人就跟他没完。

在以往，很少有人对穆阳秋做事跷大拇指的，唯独这件事，族里的男人女人都在背后说穆阳秋的好话。

真应验了穆阳秋的话，到了晚上，木兰开始发烧，又是喊又是叫，还手舞足蹈的。花袁氏用手摸了摸她的额头，像摸到了火炭，立刻就慌了神儿。她把睡得跟死猪一样的花弧推揉醒，说，木兰病了，这可咋整啊？花弧点着油灯，也摸了摸木兰的额头，说，是挺烫的，可这三更半夜的去哪找郎中？要不你给木兰喊喊魂儿吧，木兰准保是让那个死人吓丢魂儿了。花袁氏一想也是，连忙夹了木兰的一件贴身羊皮小袄，撩起毡包的门帘，一头扎进墨汁似的冷酷的夜色里。过了半顿饭工夫，花袁氏带了满身寒气，念叨着木兰呀，快跟阿母回家。边念叨，边进了毡包，她把手里的小袄，在火盆边烤了烤，塞到木兰的身子下面。

说来也怪，天亮后，木兰的高烧退了，又蹦蹦跳跳跑出了毡包。

花袁氏忙喊，木兰，你不要命了？病了一晚上，大清早的出去又给冻坏了……

等她冲出毡包，木兰早跑没影儿了。

世上没有不透风的墙。几天后，善无县令派差役来查案，说威远有两个屠夫在孤山附近走失,一同走失的还有两匹坐骑,一连数日,活不见人死不见尸,家属怀疑是被人谋害了。按路程分析,邵家花板的嫌疑最大。事先,穆阳秋已经叮嘱过族人,这件事谁也不准捅出去,都把这事儿烂肚子里。所以,明面上,公差在邵家花板挨门逐户盘问时,大人小孩都一股劲摇头,一问三不知;暗地里呢,还是有人向公差吐露了实情,只是无法确定主谋是谁,主犯又是谁。一时之间,村里风声鹤唳,所有参与过抓贼的小孩子的家长,都矢口否认他们的孩子在那天挖过陷阱,甚至去过草地。

　　花弧把顶部竖有长缨的头盔,端端正正扣在头上,又把牌子铁两当铠披在身上。他喊木莲帮自己把带扣系好,在束腰带的时候对腆着肚子给自己收拾衣物的花袁氏说,族长不是说了吗,啥事都没有,谁提起这事儿,就是跟全族人过不去?你不用替木兰担心,木兰从来都没去过孤山,更没有让人挖过陷阱,她还是个六岁的孩子呢。

　　花弧临出门,还对木兰和木莲扮了个鬼脸,他要让这张鬼脸给孩子们带来好运。

　　花弧他们十个应征的州郡兵,不敢在家里多耽搁一天,即使天塌下来也万万不可延误军队集合的时间。

第六章 以卵敌石

一

始光三年春正月壬申,太武帝拓跋焘带领北魏大军从大漠深处班师回朝,北伐战争结束。按照惯例,世祖犒赏了所有参战的将士。当然,赏赐份额的多与少,还要依调遣或留驻后累计的功绩区别对待。不过,邵家花板十个州郡兵倒是满载而归,他们除了出门时带的主马和副马,另外又赶回一大群牛马驴羊骆驼,还有一些金银、珍玩、布帛之类。按花弧的话说,他们这一趟军差算是发财了。

州郡兵经过善无县城时,在城外的营帐里留宿一夜,然后就地解散。

回哇,花弧对其他九个族人说,咱们也回家吧,出来这么长时间,估计家里人都担心坏了。

穆尔图一脸坏笑,花弧,你急啥?你要是想女人,咱们进城里找,我知道善无城的婆娘不比平城的差。

花弧不好这口,忙说,你当然不急了,你婆娘是只不下蛋的老母鸡,你回去也是大眼瞪小眼,两个大人是没啥想头。我们就不一样了,婆娘娃娃一大堆,这个喊阿父长,那个喊阿父短的,不想才怪呢?再说你没听汉人有句老话吗,家里的田都荒着呢,还有心耕别人家的田？

　　你怎么好赖话听不出来？穆尔图鼻子里哼了一声，我是为你好，大老爷们来世上混一场不容易，有福享福，有乐行乐。咱们这一趟都赚发了，有骡子有马的，进城里找个野婆娘玩玩儿，手里有本钱，不怕人家轰出门来。你花弧不想这个就算了，甭拿娃娃婆娘挤对人，老子不稀罕。再说了，你不就是比我多两个崽吗？你比比别人看，人家都有儿子，你咋就两个丫头片子？

　　眼看两个人因为一点小事儿吵起来，一块出来的另外八个人都围过来劝，都少说两句吧，你们就少说两句吧，屎上的事情也值得翻脸，还想打一架咋地？

　　正吵吵着，有人说快看，那是谁来了？

　　花弧越过一片人头和马头，看见不远处有三匹马并驾齐驱，中间那个人是他们的族长穆阳秋，左右两侧是族长的大儿和二儿。他们不知道，族长跑了七八十里路，是专程来迎接他们的。

　　花弧走的时候，老婆花袁氏还挺着大肚子，做什么事都不方便。等到花弧得胜归来，花袁氏已经给他生下一个大胖小子。

　　花弧刚进村，就有族人远远地跟他打招呼，花弧，你老婆给你生儿子了，你该请我们喝一顿烧酒。

　　花弧本来脸是冷的、硬的，仿佛冻坏的茄子，听了这话，立刻就眉开眼笑了。他说，是吗？你甭日哄我，我可是较真儿的人。

　　那人说，生就是生了，有啥好日哄的？

　　花袁氏果真给花弧生了个儿子。花弧进了自家的毡包，乐呵呵地就去抱娃娃。围着皮裘坐在毛毡上的花袁氏说，你一身寒气不怕把娃冰着？花弧赶紧找火盆烤手，一边搓手，一边说了些行军打仗的故事，随后又说，你是咱家的功臣。我花弧算是有后了，往后看他狗日的谁还敢说我花弧没儿？

　　从外边跑回来的木兰喊了一声阿父，花弧头也不回应了一句。

　　木兰说，族长家又发财了。

第六章 以卵敌石

花弧摇晃着襁褓里的小儿子,笑嘻嘻地想用胡子拉碴的一张糙脸去蹭那张嫩得能掐出水的小脸。花袁氏害怕花弧的胡茬把娃娃划着,连声叫着不让亲。花木莲静悄悄地蹴在火盆前给花弧弄饭……他们没有一个人搭理回来通风报信的木兰。

木兰觉得无趣,说,你们都是聋子。

停了一会儿,花弧却冷不丁地说道,他发的是昧心财。

花袁氏一脸雾水,看了看嘟着小嘴的木兰,又看了看抱着孩子的花弧,不解地问,啥昧心财?你说谁呢?

花弧不想说。

花弧不想说却避不开花袁氏眼睛里的执拗,只好挑一些重点说了说。一是他们十个从军的族人都囫囵回来了,毛都没少一根。二是皇帝和他们一块北伐的,吃一样的大锅饭,睡一样的行军营帐,脸让老北风吹得跟猴屁股似的。三是他们满打满算打了四个月仗,把柔然人赶到北漠去了。四是皇帝是个好皇帝,班师回朝时赏赐了他们好多马匹牛羊,大家都夸小皇帝体恤士卒。五是州郡兵在善无县城外解散的。族长破天荒去接他们,顺便把朝廷赏赐给他们十个人的牲口大都截留了,只给他们每人分了五头牲口。

花袁氏叫起来,他凭啥,他凭啥呀?赏赐是朝廷给的,又不是他穆阳秋给的,他又没去打仗,凭啥呀?

不凭啥,花弧不温不火地说,就凭他是族长。穆阳秋对我们十个人说,这次打仗,本来族里的其他人都想去,是他替我们争取下来的。他事先就知道这一趟军差是肥缺,是成心要照顾我们哩。

照顾个屁。

从来都不爆粗口的花袁氏第一次爆了粗口,她说,他怎么没让他三个儿子去打仗呀?谁不知道刀箭不长眼,打仗哪有肥缺瘦缺那一说?

花弧说,里边有一匹白缕贯睛的千里驹,我一眼就看出来了,论鼻纹,论寿旋,论鬃毛,论口叉,论头面,论骨架,都是百里挑一的好品相。我说你把那匹马给我,其他牲口我都不要了。族长瞅了那马一眼,又瞪着我说,给你哪匹就是哪匹,你啰嗦个屁?

花袁氏说,族长他不是人。

花弧说,他那张嘴比大粪都臭,他那张脸比城墙都厚……

他们夫妇二人一递一声,说着这件闹心事,木莲突然说,木兰跑了。

两个大人都扭头看木莲,木莲又说,我妹妹跑了,她把阿父的马鞭也捎带走了,一准是找族长去了。

花袁氏忙对花弧说,快把她拦回来。这闯祸包,出去总不干好事。

花弧说,让她玩儿去吧,我不信她敢去找穆阳秋。她还是个娃娃,屁事儿不懂。

二

族长家也是一团糟,因为一匹好马,族长的三个儿子闹得不可开交。他们的妹妹莎尔娜抱着胳膊站在院里看热闹,冷笑着说,你们打吧,使劲打吧。兄弟生来是两家,马比兄弟情分值钱。

恨铁不成钢的穆阳秋在自己家的牲口棚前对小儿子穆承昊说,家有家规,族有族规,你们弟兄三个不要闹着分家,等你们娶了婆娘,生了娃,我自会让你们分家另过的。你是家中的老小,凡事不要跟你两个哥哥一般见识,他俩都是猪脑子。你脑瓜子比他俩都活络,眼睛不要总盯着圈里的马群、圈里的羊群,天下大了,眼光要放远点。你看你阿父,跑了一趟善无县城,带回多少匹好马,带回多少头肥羊?这些马、这些羊,将来不都是你们哥仨的?但有一条,我说朝东走,就不要往西行,谁跟我拧着来,就不要怪我偏向了别的弟兄。

又说,不就是一匹马嘛,你们哥仨争啥,还动手动脚的,让外人看了,不背后笑话你们不懂事吗?花弧说它是千里驹你们就信了?我还说它是天神骑的火龙驹呢,鬼才信呀。

第六章 以卵敌石

又说，改天我一刀把它剁了，看你们再争。

穆阳秋的五间新房修在邵家花板最平整的一块空地上，学着邵千户家的样子，还砌起一丈高的院墙，修了垂花砖雕门楼。以后，穆阳秋在院子里又修了西厢房和东厢房，还有三间南房，这已是后话了。随着基础设施的逐步完善，穆阳秋把场院建在院子的西侧，牲口棚又建在场院里，雇了个汉人给看护牲口，放牧。那个汉人叫甘老三，是老鹿帮他找来的，平时就住在穆阳秋不住了的一顶毡包里，开始是一个人，后来把婆娘和三个娃娃也接来了。甘老三有次跟穆阳秋开玩笑说，你看你也是三个儿子，我也是三个儿子，你是两条胳膊两条腿，两只耳朵一双眼，我也是两条胳膊两条腿，两只耳朵一双眼，可你住的是大瓦房，我住的是破毡包，你吃的是牛羊肉，我啃的是窝窝头，天旱雨涝不公平呀。穆阳秋觉得甘老三说话挺风趣的，就说，什么公平不公平，我还馋你们邵千户有钱呢，人跟人哪能这么比，你好好放你的牲口吧。

那天，甘老三正要和他家的老大、老二赶着马群出棚，看见一个小姑娘推开东家的院门，然后就听见一阵狗叫。

甘老三不认识木兰，也就对木兰质问穆阳秋这件事没有关注。但是甘老三的三小子满屯却目睹了事情的全过程。

甘满屯那年刚满十二岁，他爹和他两个哥哥出去放牧时，他就留在场院里照看几匹马驹子、几只羊羔子、几头牛犊子。这些幼崽都很听话，事实上并不需要甘满囤的照看，甘满屯就把全部心思放在照看庭院上了。场院东边有一大堆干草垛，甘满屯经常爬上干草垛趴在穆阳秋的西院墙上往院里看。这一天，他看见那个叫花木兰的小姑娘，用一根细长的马鞭，把族长家的几只看门狗打得四处飞奔。甘满屯最怕族长家的狗了，那几只狗见了甘满屯总是龇牙咧嘴一顿狂吠。甘满屯从来不敢走进族长院子一步。但那个比他矮一头的小姑娘却用一根马鞭把三条恶狗抽得满院乱窜，直到族长从屋里出来，站在台阶上，才把木兰喝止住。

木兰，打狗还要看主人呢，你这是成心欺负你叔呀？你小小年纪，身手倒不赖嘛。

　　你家的狗乱咬人，我不打它们，它们就扑上来咬我，你该管管你的狗，怎么倒说起我来了？木兰得理不饶人。

　　穆阳秋的婆娘隔着窗户说，木兰，听说你阿父他们回来了？

　　木兰大声朝着窗户说，我阿父是回来了，可我阿父带回来的牲口都让我叔给扣下了。我想问问我叔，啥时候还我们牲口呀？

　　穆阳秋说，你一个小孩子家，懂个啥？这是族里的规矩，不是我穆阳秋想要你阿父的牲口。

　　木兰说，朝廷赏赐给我阿父的牲口，是我阿父用性命换来的，你不能说要就要了去，总得讲理呀？

　　穆阳秋说，讲理也轮不到我跟你个小丫头片子讲，有甚事情，喊你家大人来，我不跟小屁孩过话。

　　木兰说，你是族长就该拿出族长的样子来，不能老是一副不要脸的嘴脸。

　　穆阳秋一愣，愣着愣着，突然一指院门吼道，出去，你给我滚出去。

　　穆阳秋的几只看家狗听了主人的话，它们也开始朝花木兰狂吠，但没有一只狗敢袭击那个小姑娘。

　　花木兰站得直溜溜的，手里的马鞭不住地在院子里抽来抽去，抽得尘土飞扬。

　　穆阳秋吼不走花木兰，就只好气鼓鼓地在台阶上喘气。他一边喘粗气，一边骂道，花弧那根狗鸡巴，咋操下你这么个没教养的玩意儿……

　　花木兰的脸唰地变得通红，手里的马鞭像蛇芯子一样吐出一根牛皮条，啪地抽在穆阳秋的嘴巴上。穆阳秋没有反应过来，他只是感觉嘴唇一麻，然后又一热，血就花一样绽放开小小的一朵。

　　那时候，趴在西墙上的甘满屯，笆斗似的大脑袋不由得向后一仰,似乎那朵鞭花最后是落在他嘴上了。甘满屯连忙用手去摸嘴,当然什么都没有摸到,却听见穆阳秋哎呀了一声,接着又哎呀一声。然后穆阳秋用手捂着裂开一道血口子的嘴,呜呜哇哇的在台阶上跳来跳去,像只被线头拴住的蚂蚱。

花木兰最终没有从穆阳秋那里讨回原本属于花弧的那部分战利品。穆阳秋被花木兰用鞭子抽烂嘴的消息却长了翅膀一样,转眼间就传遍整个邵家花板。

三

陆氏来到花弧家,把听来的消息掐头去尾跟花袁氏一说,花袁氏那张长脸像霜打了的茄子。她还在坐月子,却把毡袭从身上一掀,着急忙慌找靴子穿,说,我知道要出事的,我知道木兰拿着鞭子出门肯定没好事。我让花弧拦,花弧偏不听,这下好了,太岁头上动土了⋯⋯

花弧没在家,他一回家,抱了抱小儿子,随便吃点东西,就赶着自家的牲口放牧去了。木兰捅了篓子的事儿,他一点都不知道。在孤山下的草滩上,花弧和几个族人正添油加醋地讲自己战场上的经历呢。

后来,有人打马跑到孤山下,大声对花弧说,快回去看看吧,你家木兰把族长打了。你婆娘去给族长说好话,让穆承昊踢了一脚,木兰又把穆承昊抽了两鞭子,正乱着呢。

花弧浑身连一点劲儿都没有,在马背上摇了摇,看样子要摔下去了,却又稳了稳身子,强打精神说,这还得了,这还得了⋯⋯

花弧嘴巴里嘟囔着,心里却暗自替花袁氏娘儿俩担忧,一个坐月子的女人、一个六七岁的孩子,竟然敢和族长一家闹腾上。木兰真不是盏省油的灯,惹谁不好,偏要惹族长一家,那不是去捅马蜂窝吗?花弧不敢往下想,再想下去自己就该哭了。那个报信的人又在身后对他说,我听族长说了,实在不行,就让你们家滚蛋吧,滚得越远越好……

　　族人后面这一句话把心情糟乱的花弧惹火了，花弧暗藏在心底的血性腾一下蹿上来，呼啦啦布满全身。花袁氏娘儿俩没事儿还好，真叫族长的三个儿子打坏了，我花弧舍得一身臭皮囊，也要找族长拼个长短的。花弧不惹事儿，但也从不怕事儿。花弧把他家的牲口扔在草地上，只骑了那匹飞燕骝，一路飞奔，穿沟过涧，盏茶工夫就爬上了邵家花板的黄土坡。丘穆陵氏家族的毡包蘑菇似的东一顶、西一顶，散落在坡头上。他们尽可能寻找平整坦荡的地方把毡包支起来，并围着毡包用树枝扎起一道环形的篱笆墙。篱笆墙里可以堆放草料，可以搭建一些简易的牲口棚。邵家花板到处充斥着牛马羊粪濡湿的酸甜味儿。这些熟悉的味道让花弧紊乱的心情慢慢沉寂下来，他没有听见任何吵闹声，他甚至开始怀疑传递消息的人是不是在跟自己开玩笑。这样的感觉似乎很快就得到了印证，花弧直奔族长的庭院。族长的院门敞开着，院子里却静悄悄的，几只恶犬卧在廊檐下虎视着街门……哪有什么抽鞭子踢一脚的场面，分明就是一个玩笑嘛。这样，花弧心里对族长的怒意渐渐消弭了不少。他看见场院的栅栏里站着一个十二三岁的少年，那少年脑袋大得出奇，个头却不高，显得比例失调了。那是长工甘老三的小儿子甘满屯。花弧没见过甘满屯，甘满屯也没见过花弧。花弧发现那个孩子身上穿一件破旧的褒衣，整个人显得脏兮兮的。那孩子打量自己的眼神就像防贼一样，这让花弧感觉不舒服，嘴里嘀咕道，谁家的娃咋瞅人哩？

　　也就在这时，族长家的院子里突然响起一声愤怒的咆哮，甭拦我，今儿我不把那个黄毛丫头一刀宰了，就不是你穆阳秋的儿。你能咽得下这口恶气，我咽不下去。你们谁也甭拦我，谁拦我，我他娘一刀攮死谁……

　　听声音是穆承昊。

　　花弧一激灵，敢情真有那么一回事啊？要按族长一家的暴脾气

第六章 以卵敌石

来说，中间不该有一大段时间的沉默。

你有完没完了。

是族长的声音，族长在叱责穆承昊，不就是挨了一鞭子嘛，这鞭子抽得好，谁让你踹花袁氏了？她还坐月子哩，你把她踹出个好歹，花弧一家人会记恨你一辈子，我这族长也甭想当了。

花弧觉得族长总算说了句人话，想把族长当下去，就得有点度量，就得以理服人。

族长又说，你都这么大了，总不能跟一个小孩子置气啊？她抽你一鞭子，你还非得攮她一刀？你把她攮死，你把花弧一家都灭了，你以后还想不想在邵家花板混了？我一直以为，你和你两个哥哥不一样，你比他俩脑子好使，我不想让族里人看我穆阳秋的笑话。你老实给我听好了，这事儿就算过去了，谁也不准再提……

花袁氏后来告诉花弧，你甭听穆阳秋说的脸光屁股净的，你当时是没在场，穆阳秋把他那口长柄大刀都抬出来了，我要是晚一点到他家，指不定他一刀就把木兰给劈了，好吓人的。

花袁氏一边给儿子喂奶，一边给花弧讲那天的经过，越往下说，心里越后怕。她说，你不要听他那一说，他是怕他儿子来咱家一闹，让村里人说他不管好儿子，以大欺小，穆阳秋便落个赖名声。你没听见他怎么撒赖，他口口声声对我说，你还有脸来求情？你看看你闺女干的啥事儿？想杀人哩。当初木兰在孤山下扎死人，还不是我穆阳秋替她糊弄过去了？你们不报答也就算了，还要来我家闹事，以为我穆阳秋是软柿子吧，想怎么捏就怎么捏？

后来呢？花弧问。

后来盖右赶过去，给说合了半天，穆阳秋也就不吭气了。

我可听人说穆承昊还踢了你一脚，木兰又把穆承昊抽了两鞭子？花弧觉得事情并没有花袁氏说得那样简单，女人一定向自己隐瞒了什么。但花袁氏坚决否认被穆承昊踢一脚的传闻，而且不相信木兰也把穆承昊抽了两鞭子。她说，我去了穆阳秋家，就把木兰给骂走了,我说你是成心要气死你阿母呀?

四

穆尔图想要碹两孔窑洞。

木兰像只野鸽子一样飞来飞去地不着家,成天拖着一杆长矛,骑一匹儿马,在孤山下和一帮鲜卑少年打打杀杀的。有一天,木兰气喘吁吁地从外面回到家,突然对花弧说,阿父,元吉家要碹窑了。

当时,花弧正给自己的飞燕骝挂马掌,他听不懂木兰的话,穆尔图有啥好炫耀的?

是碹窑,不是炫耀,你这人真是的,啥都不懂,你还给人当阿父呢。

花弧笑嘻嘻地说,你阿父别的不懂,可我懂怎么相马啊。天下的好马千千万,天下的驽马也千千万,你阿父都能把它们区分出来。你说厉害不厉害?

但是,穆尔图果真要碹窑了。他牵着马,从坡地驮来一筐一筐的黄土,卸在他家的毡包前,慢慢地就堆成一座小土山。他又从井沟里刨出一些大石头,用驼毛绳捆住,牵了三匹马来拉,一块一块往坡头上运,也卸在他家的毡包前,慢慢地就堆成一座小石山。他的土山和石头山的面积在不断扩大,都到邻家的毡包前了。邻家说,穆尔图,你是想把毡包搭到石头上去呀?穆尔图笑嘻嘻地说,你猜错了,我是想住到石头下边去。族人都说穆尔图疯了,一定是在战场上杀人太多,被野鬼缠上了。

事实上,穆尔图是个颇有心计的人,碹窑并不是心血来潮要出洋相。他专门去邵家村咨询过一个匠人,是按照匠人的指点在备料。等土石料预备得差不多了,匠人带着他的徒弟就来到邵家花板,要帮穆尔图碹窑,工钱是十只肥羊。

一家人开始碹窑,十家人都要眼红。当然丘穆陵氏的族人不一定都要碹窑,也有仿照族长家房子的样式要造房子。但造房的成本太高，很少有人能够负担得起。

　　花弧看见别人都在做着碹窑的准备工作，便对花袁氏说，我先给我儿子取个名字吧。给我儿子取个好名字，我就出去再给别人多相几匹马，估计用不了多久，就能赚回几间房子来。咱们家要么不动手，要动手就盖他六间大瓦房，把狗日的穆阳秋给比下去。

　　花袁氏说，你吹吧，你好好吹吧，你吹牛也不是一回两回了，看你啥时候能给你儿子把房子盖起来。

　　花弧说，你不要把人看扁，你男人躺着是条汉子，坐着是条汉子，站着更是一条汉子。

　　花袁氏不禁笑骂道，你不是条汉子，难不成是匹马，是只羊？

　　起名字之前，花弧洗了三遍手，净了三次面，在毡包外拍打了半天衣服，然后庄重地走进毡包。他问大丫头木莲，木莲，你说给你弟弟取个啥名字合适？

　　木莲说，我不知道该取个啥名字合适，我和木兰的名字当初是谁给取的？

　　花弧说，你的名字是族长给取的，是我用一只小羊羔从族长嘴里换来的。轮到给你妹妹木兰取名字的时候，我舍不得一只小羊羔了，就满世界瞎转，在牛川的草地上到处开着马兰花，我说你叫花马兰花吧。你阿母说我笨得像只狗熊，哪有叫这名字的，还不如叫花木兰呢。我说花木兰不错，我也想到这个名字了，可就是话到嘴边从舌头上蹦不出来。

　　花木莲咯咯地笑个不停。她对花木兰说，木兰，你的名字原来叫花马兰花，花马兰花，我以后还叫你花马兰花……

　　木兰说，你才花马兰花呢。噢，我不能叫你花马兰花，我以后就叫你花小羊羔。你这只花小羊羔不能住在毡包里，应该住在羊圈里。你也不能说人话了，你以后要咩咩咩地叫。你咩咩两声，就是说你饿了，我就给你打草吃。你咩咩三声就是你困了，我让其它羊不要打扰你，让你饱饱地睡一觉………

你说起来没完了，木莲气得直跺脚，你还有完没完了？阿母，你管管木兰………

一旁的花弧直摇脑袋，他对花袁氏说，看来我儿子的名字还得我来取。他的两个姐姐就知道吃吃喝喝打打闹闹，一点都不关心她们的弟弟。

花袁氏笑道，你个大老爷们都不会取名字，反倒让两个娃娃帮你取，亏你想得出。

花弧摆了摆手，示意花袁氏不要说话了，影响到他思考名字了。花袁氏也懒得再理他。花弧又出去转了一个下午，晚上回到毡包，兴奋地告诉花袁氏，儿子的名字取好了，是盖右给琢磨的，就叫花雄，花雄花雄，花家的英雄。丘穆陵氏没有第二个这么气派的好名字了，最重要的是还省下一只小羊羔呢。

取完名字，花弧果真早出晚归替别人相马，倒是把放牧的事儿都推给了木莲姊妹俩。

五

邵家村不像邵家花板那么乱，邵家村很少有人起房盖屋，与人不和，劝人盖房，这是汉人的习俗。盖房子碴窑洞，谈何容易，一般人家，连吃饭都是个问题，哪来的闲钱去盖房子？不到万不得已，谁也不轻易去张罗。大家都忙着在田里侍弄庄稼，是一茬一茬春种秋收的庄稼让他们能够把心思踏实地放在传宗接代上。

七月，是邵家村最闲适的时光。一些鸡在草堆里啄食，一些狗在大街上乱窜，一些鸟在树冠里蹦来蹦去，而那些街门口坐街的，往往是风烛残年的老者，头上戴着白色小帽，脸孔黝黑，张开的嘴巴又黑又深，擤鼻涕的姿势很壮烈。他们很少热烈地交谈，有时半天说上一句半句，也是些前言不搭后语的寡淡话。他们说胡人来了就不走了。他们说门户可得看紧点。他们说以前邵家花板是宗主家的祖产，眼下都让胡人给占了。他们说看上去胡人赖着不想走了。

第六章 以卵敌石

他们说胡人连粟米都不会吃,不会在石磨上磨成面粉,不会把面粉揉成窝窝,不会放在笼屉里蒸,就会把粟米丢进铁锅里煮,煮熟了瞎吃。

下午,头戴漆纱笼冠的邵千户,一手摇着芭蕉扇,一手背在身后,悠闲地站在西堡门前的一棵楸树下面。楸树已花开烂漫,叶子还密密地留在枝头。西斜的日头把对面的几棵树拖曳出很长的暗影。

管家老鹿从一块豌豆地里一跛一跛走出来,像一只跛脚鸭子。老鹿裤脚高绾,手里提了一把镰刀,斗笠下面的一张脸快比斗笠都大了,鼻梁两侧麻子似的冒出许多细碎的汗珠。老鹿一见邵千户,就气不打一处来。当然老鹿不是朝邵千户发火,他骂的是邵家花板的鲜卑人。他喷着唾沫星子说,真他娘是群野人,他们把马都放到咱们的庄稼地里了,孤山下那么多草不吃,偏偏跑到邵家村这里来寻食⋯⋯

邵千户一直笑眯眯的。他知道老鹿滑头,老鹿跟那个穆阳秋走得挺近。他在邵千户跟前说穆阳秋的坏话,其实是想证明自己与穆阳秋一点干系都没有。邵千户心里嘿嘿笑了两声,装作什么都不知情。直到老鹿说完,邵千户把扇子递给老鹿,不提庄稼地上的事,却提起另外一件事,哎老鹿,我让你请的匠人定好日子没?

老鹿说,定是定了,可不一定能按时来。眼下最吃香的就是木匠和碹窑匠,工钱都是见风长。善无县差不多村村都有迁来的鲜卑人,都想住木头房子和石碹窑,匠人就那几个,去了威远,就来不了邵家花板。老爷,你急啥呢?胡人住不上木屋窑洞,兴许就搬回他们草地上去了。

搬回去?这可不是由他们定的。邵千户摇了摇头,你哪知道啊,他们来了,就不会再走,朝廷都给他们拨下修房款了,家家按人头发放,天命不可违啊。

邵千户抬头望着长空,若有所思。

天蓝得像面镜子,连一丝一缕的云彩都没有。邵千户说,伏天没雨，谷子没米，今年的年成好不到哪里去，这也是天意呀。老鹿，你让长工们把谷子从头至尾都锄一遍，你不常说锄头自带三分雨嘛。

  行嘞老爷。老鹿一肚子怨气还没有撒完，一边答应一边又说，这些胡人一来，咱可亏大了，邵家花板的南梁都要让他们剃成光头了，当初就不该答应他们在那里落脚，更不该答应帮他们修房子。这可倒好，地搭上了，树也搭上了，他们哪个念你一句好？都是些白眼狼。

  邵千户笑了笑，满不在乎的样子让老鹿看不懂。

第七章　润屋润身

一

　　木兰一家从毡包里搬出来，住进三间新碹的石头窑已经是始光四年秋后的事儿了。

　　头一年，从夏天到秋天，丘穆陵氏的族人陆陆续续住进一些简陋的窑洞里。他们像汉人那样，从毡包搬进窑洞时，也要炸油糕吃，说这叫安锅糕。锅是个什么玩意儿，他们不知道，他们做饭用的是铜鍑。

　　那些日子，木兰仍旧天天在村里村外疯跑，一会儿回来对花袁氏说，元吉家的窑洞要封顶了，一会儿跑回来说，穆蓟乌家的窑洞连门窗都按好了，听说过两天就能搬进去住……

　　花袁氏嫌她烦，你阿父一早就去邵家村找邵千户了，邵千户也答应给找匠人，定好了十只羊给砌三眼窑。碹窑洞不比搭毡包，总得一步一步来。

　　木兰说，我倒纳闷儿了，我阿父又不缺胳膊少腿的，可人家做啥，总比我阿父上手快？

　　你这孩子怎么说话呢？你有本事，去找个匠人来，我们又不拦你。

花袁氏没好气地回了一句,男人再没本事,也不是任由孩子们随便指指点点的。

一天,花弧又闷闷不乐地蹲在地上叹气,一声接着一声。

抱着花雄的花袁氏问他,咋的啦,你唉声叹气的,谁又惹你啦?

花弧扬起脸,盯着挂在哈那上的一把新弓出神。

你就这德性,花袁氏撇了撇嘴角,难怪木兰看不起你,十棒槌都揍不出一个响屁来。人家都遇事说事,你倒好,蹲那儿抽风哩。

你管我抽风不抽风哩。花弧恼了,他忽地站起,狠狠瞪了花袁氏一眼。

花弧很少恼的,尤其冲花袁氏发火,但那天花弧憋不住了,他喘着粗气说道,狗日的穆阳秋当个族长以为是当皇帝了。他家的羊比谁家的都肥,他家的羊比谁家的都多,他不出羊,偏要其他人出羊,就不怕天雷把他狗日的劈了?

出啥羊啊?花袁氏听得有些糊涂,她把花雄放在毛毡上,转脸问,穆阳秋又出啥幺蛾子了?看把你气的。

花弧愤愤地道,人家邵家村联名把咱丘穆陵氏给告了,说咱们的羊群马群把人家的庄稼地糟蹋了,自打咱们迁来,过去路不拾遗,夜不闭户的邵家村就丢开了东西,到处是贼,防都防不住,说咱们个个都是贼……

这也没说让咱家出羊呀?花袁氏重新抱起花雄,摆出一副法不责众的样子,甚至对花弧的杞人忧天感到不可理喻。她接着数落自己的男人,谁家的牲口啃了人家的庄稼,让谁家赔好了,你火冒三丈地往自个儿头上揽做啥?吃饱了撑的。再说凭啥要咱家出羊?就是要告,也该告他穆阳秋呀,他家的马呀羊呀比谁家都多……

真是头发长,见识短,你知道个屁。人家告的是邵家花板五十户牧民,又没点出族长的名字。花弧对女人的后知后觉表现出一脸的不屑,伸手在地上啪啪地拍了几下,提醒花袁氏,人家要轰咱们走哩,说邵家花板庙小,供不起咱们这些大菩萨。县令派人来调解,

第七章 润屋润身

族长想出个馊主意,要咱们族里的人出十几只羊,做十几桌全羊宴,宴请邵家村的汉人,算是给他们赔个不是。

花木兰在院子里大声说,族长要宴请全村人呀,是哪天的事儿?让不让我和木莲去?你们不去我去,不吃白不吃。

吃吃吃,你除了玩就知道个吃。花袁氏又气又笑地朝院子里扔了一句,回头对花弧说,咱们是谁,难不成又没他穆阳秋啥事儿?

花袁氏不用转脑子也猜得出个八九不离十,但她还是不死心地想从男人嘴里掏出点不一样的回答。

花弧直叹气,可不嘛,每三户出一只,没他穆阳秋的份儿。我气就气这个,你摊的事儿,让别人替你擦屁股,还算人嘛,以后还怎么在族人面前发号施令哩?

他本来就不是人,他就是个无赖。花袁氏愤愤地说,我当是他报复咱家,专拿咱一家开刀呢,这事儿你也犯得上动气?我看你一天到晚就是闲得,实在没事干,就出去放马吧。你看咱家的马,瘦得都显骨架了。

二

事实上,木兰没有吃上全羊宴。从牛川迁来的牧民除少数几个外,大都没吃上全羊宴。

全羊宴宴请的是邵家村所有男性汉民,陪席的是丘穆陵氏的族长和族长的两个叔伯兄弟,还有穆库翼和穆尔图两个族人代表,连盖右老人都没那口福。坐正席的不是邵家村的宗主邵千户,而是宗主他爹老邵千户,挨老邵千户坐的是邵千户邵道生。另一边才是族长穆阳秋,再往下排是管家老鹿,邵千户的两个公子哥,族长的三个儿子。

过了好些日子,花弧在街头听吃过全羊席的穆尔图吹嘘,咱不服人家族长就是不行,十几只羊就把邵千户给摆平了。邵千户不仅答应把状子从县令那里撤回来,还答应教咱们一些养家糊口的手艺。

你猜族长替他家老大挑的是啥手艺？猜不出来吧，酒米行，贩了粟米和烧酒转手卖给咱们。他给他家老二挑的是铁器行，他家老三是竹木行。穆库翼要学剃头。我嘛，挑了个最难学的，做豆腐……

花弧有点着急地道，还有没有剩下的手艺？你看我闲的，连点正事都没有，婆姨嫌，娃娃怨的，都把我快给憋坏了。

穆尔图拍了拍花弧的肩膀，噗地笑了，你以为谁想学手艺就教给谁？人家老鹿说得好，手艺人分三百六十行，卖肉的，卖宫粉的，卖成衣的，卖玉石的，卖丝绸的，卖纸扎的，卖花纱的，多了去了。可有的手艺能学，有的手艺不能学，能学的也不能一窝蜂都来学，比方沽酒吧，都学卖酒，家家都开酒坊，谁来买你的酒喝？再说了，邵家村会手艺的也不多，就那么几家，有的愿意教你，有的不想让你学会。他们说教会徒弟就能饿死师傅，你花弧又没去吃酒席，学手艺当然轮不上你了。

当时，穆尔图正端着一碗冒着热气的和子饭，一边用筷子往嘴里扒拉，一边对花弧卖力地学说手艺的事情，他没防着往日绵绵善善的花弧突然恼了，走过来朝他碗里看了看，说，你吃得倒香，就是狗嘴里吐不出象牙。说完，呸一声，把一朵又黄又黏的痰，吐在穆尔图的碗里了。

三

邵家花板的新房子和新窑洞如同雨后冒出的野蘑菇，越来越多，越来越密，一些街巷就曲曲弯弯形成了，无章法可言，无规矩可循。穆阳秋不止一次敲打族人，盖房子哪有你们这么乱盖的，你堵了他家的门，他占了你家的院子，能不能守点规矩，还以为在牛川的草地上呢？以后凡是有盖房子的，必须经我划定方位再动工，否则拆了重来。

村子在逐渐成形，而丘穆陵氏族人的马群羊群却在不断萎缩。他们的马匹和牛羊大都胡噜胡噜跑进帮他们联系木匠石匠的老鹿和木匠石匠家里去了。他们是在不知不觉中甘情愿地改变了自己的身份。

房子盖起来，窑洞竖起来，邵家花板的毡包就让房子和窑洞挤对得不好立足。

族长穆阳秋说，要学人家汉人起房盖屋，也该学人家汉人修堡筑墙，起了高墙，往后就不怕强盗和柔然人打家劫舍了。

族长的话就是圣旨。那年秋天，族里的男人放下手头的营生不做，天天去南梁取土往村口运送。他们边挖土运土边用石碾夯墙，高三丈、厚两丈的堡墙一丈一丈地往前延伸。他们在村子的西南角修了一个小小的瓮城，还修了箭楼，修了马面，堡门和瓮城门都用碗口粗的圆木扎起来。取土筑堡是项大工程，邵家花板的男人陆陆续续用了三年时间，最后才让堡墙合拢了。堡墙合拢的那天，穆阳秋请来邵家村的邵千户和老鹿，一边喝酒吃肉，一边见证邵家花板围墙的落成，颇有些纪念意味。邵千户趁着酒意微醺，让人回邵家村取来纸笔，在一张蔡侯纸上写了邵家花板四个字，让人照着样子刻在瓮城里边的城头上。因为是土墙，刻出来的字差强人意，不是邵字少了笔画，就是家字掉了一块，不过总体看上去，也有了书卷气，有了儒雅的味道。邵千户语重心长地对穆阳秋说，古人说得好啊，"货力为己，大人世及以为礼，城郭沟池以为固"。想过好日子就要学会做生意，生意是立身之本。想过好日子就要学着遵循礼制，礼制是做人之范。想过好日子就要修墙筑城，修墙是护命之根。从今往后，你们丘穆陵氏就算是这块土地的真正主人了。邵千户的一席话，说得穆阳秋热血沸腾，很长一段时间都平静不下来。他一次次来到堡门前仰望那几个刻在土墙城头的汉字，怎么看都觉得这个邵家花板是他穆阳秋的邵家花板。

那是深秋的一天，堡门里贴了一张麻纸布告。字写得不错，横竖撇捺，样样不缺。可邵家花板的牧民愣是看不懂，大家都是睁眼瞎，族长穆阳秋也不例外。

人们看不懂，就问，是谁把这么好的纸贴门上去了？

麻纸在善无是一种稀缺的商品。如果是朝廷颁发布告的话，照以往的惯例，应该由邵家村的老鹿带过来，亲手交给族长穆阳秋的。可这一次连穆阳秋都给晾一边了。

穆阳秋听说这件事后很生气，他晃晃悠悠踱到堡门口，抬起眼皮看了看墙上的纸，又看了看纸上的字。字认得他，他不认得字，他说，新墙上贴张纸做啥？快把它撕下来，多难看呀。

负责照看堡门的盖右说，别价呀，这是人家骑马的公差给贴上去的。来了两个人，带了一大卷纸，就贴了一张。我说要贴就多贴几张嘛，人家拿眼瞪我，说一个萝卜一个坑，一村就一张，一张不能多，一张不能少。哪村贴不上，还得回县上取去。

穆阳秋哦了一声，心里翻了个个儿。

人们在布告下面七嘴八舌地争论不休的时候，木兰也从人腿之间挤进去，在堡门外的土墙上找了半天，最后才看到那张叫作布告的纸。纸是土黄色的，黑字在日光下连颜色都模糊了，那张纸看上去像堡墙一样黯淡无光。

木兰大声问，说啥呀，上面说啥呀？是不是又要打仗了？

围观的族人都咧着嘴笑了，露出黄黑不一的大板牙。他们笑花弧家的二丫头问得太没水平了，谁不想知道上面写了些啥，说了些啥？可大家谁都不问，谁问这个，谁就是冒傻气。大家只是问谁贴的，要是邵家村的老鹿给贴的，右上端和左下角一般是光秃秃的，什么都没有，内容不外乎是村约村规之类的老生常谈。如果是州郡的公差贴的，那就一定是印有关防大印的军书了，是要征兵哩，一道，两道，三道……最多的时候，一天能贴出七八道。如果是县上公差贴的，右上端和左下角是有县令的大红戳子的。至于县令说什么，庄户人是猜不透的，谁也不是县令肚里的蛔虫。但有一点，一般情况下族长事先是知道布告内容的，但这一回有点怪，连穆阳秋也是丈二和尚摸不着头脑。

第七章　润屋润身

穆尔图说，公差肯定是忘记提前告诉族长了。

穆塞图说，他贴出来就是要人看的，与其看不懂，贴不贴都一样了。

穆库翼说，那干脆就撕了吧。

说着话，穆库翼走过去，伸手就要撕那张布告，却听有人咳嗽了一声，很干脆，也很利落。那声音让穆库翼伸出去的手又缩了回去，他转脸看着穆阳秋。

穆阳秋说，先不用管它，我让人去邵家村找邵千户问问。

事实上，连邵千户都不知道贴布告这件事，公差打马去了西边，把东边的邵家村给落下了。那天，邵千户和老鹿正忙着收租子，附近租种邵千户田地的佃户都推着独轮车或挑着担子来交租，过秤的累得满头是汗，记账的也忙得团团转。邵千户和老鹿只好亲自动手，帮着验粮，帮着看秤，帮着计算应交与实交的斤两，帮着入仓。穆阳秋是打发老三穆承昊去的，邵千户脱不开身子，老鹿也脱不开身子。旁边看热闹的老邵千户就说了，我去吧，我去看看布告上写了些啥。

老邵千户上年纪了，一般只在自家的门洞里枯坐着，身边有女佣给沏茶续水，两人有一搭没一搭地闲唠嗑。老邵千户对待下人很和气，绝无半点居高临下的气势。他常说老邵家祖辈就一土财主，有啥高人一等的？和气生财的条幅就挂在老邵千户住着的中堂上。老邵千户坐在马扎上，旁边放一个小方桌，桌上永远摆着四样东西，茶壶、茶碗、痒痒挠，还有一盘大红枣。老邵千户喜欢吃枣，不吃新摘的硬皮枣，嫌吃多了腹胀，还放屁，常吃阴干以后的绵绵枣，软和、香甜、肉厚。老邵千户虽说平素很少在街上转悠，但只要堡门外贴了布告，总会坐了两人抬的敞篷轿子，吱呀吱呀出了堡门，帮人来认字。老邵千户年轻时候是进过乡学的学生，读的是经学义埋，念一份布告更不在话下。这次是去十几里外的邵家花板看布告，虽说路程远点，老邵千户还是蛮乐意的。

那天，木兰一直等到老邵千户的敞篷轿子落地，又等到老邵千户捋着颏下三绺长髯，一边嘴里嚼枣，一边一字一句把布告念完，就对老邵千户说，你神神道道地念了些啥？我一句没听懂。

老邵千户笑眯眯地对木兰，也是对在场的所有人说，布告上就是这么写的，诏给内迁新民耕牛，计口授田。新民就是指你们鲜卑人，要你们鲜卑人赶紧从马背上下来，跟我们汉人学种田，学做手艺，学做买卖，这就叫入乡随俗。劝课农耕。听懂没有啊小丫头？我跟你一句两句也说不清，你家大人是谁……

木兰险些把花弧的名字说出来，但她又咽回去了，不知道为什么。

木兰回到家里，气冲冲地对坐在织机前的花袁氏说，人家穆承嗣去平城跟人学酿酒了。元吉说他阿父跟邵家村一个剃头师傅学剃头呢。盖右都奔七十的人了，还打算跟汉人学种谷子呢。我阿父啥事儿不干，就知道在人家马圈里乱揣乱摸的。

花袁氏叹气道，你还不知道你阿父那德行啊？

四

北魏始光三年十月，朝廷向京畿之地发下兵书，要御驾西伐赫连昌。

道武帝拓跋珪从登国到天赐年间，沿袭鲜卑旧制，实行世兵制，也就是八部大人制，构成中军和镇戍兵的兵源是终身服役的鲜卑族成年男子。他们的随军家属称为营户，生息繁衍的后代也是终身为兵。那些从幽都之北不断南迁的鲜卑男性牧民，则是州郡兵征募的对象，上马为兵，下马为农。邵家花板的丘穆陵氏的男人都属于临时征募的州郡兵范畴。

出征那天，刮着大风。穆阳秋裹一件厚厚的羊皮袄，在瓮城门口为男人们践行。穆阳秋说我也想从军打仗，可胳膊上的疔疮又犯了，天天发烧，恨不得把整条胳膊都剁掉呢。

第七章　润屋润身

人群里看不到丘穆陵氏的女人，她们把自己关在家里，用眼泪为出征的男人祈祷。

穆阳秋让甘老三抱了一坛子烧酒，依次给男人们斟酒，一人一大碗，酒香四溢。

穆阳秋说，你们是草原上的雄鹰，郝连昌就是只兔子，这一次你们这些雄鹰可不能再做缩头乌龟了，丘穆陵氏家族的荣耀就靠你们发扬光大了。

木兰把脑袋伸过去，闻了闻，说，我也尝一口。

盖右老人把她扒拉在一边，你这丫头，啥热闹都想凑。

穆阳秋笑着说，花弧家的闺女可了不得，别看年纪小，还是个黄毛丫头，又是骑马，又是舞鞭的，出手又快，反正我是领教过的，这要大了，一准能提刀杀人。

木兰才不听穆阳秋的奉承呢，她从人缝儿里寻找阿父花弧，找到了，就挤过去，让花弧弯下腰，贴着耳朵眼说，阿母要我给你捎句话，刀枪不长眼，操点心。

花弧想笑着对木兰说，不用替阿父担心，阿父又不是小孩。可喉咙被什么给堵住了，一句话也说不出，他装作风大，眼里进了沙子，一边揉眼，一边使劲点头。

一个月后，西征军得胜回朝。丘穆陵氏的男人每人赶着十几匹马，马背上驮着一捆一捆的绫罗布匹满载而归了。那天，穆尔图第一个骑马踏进邵家花板，他猴急的样子让人看了真好笑。

这一次，穆阳秋没有带着他的儿子们去半路上迎接，朝廷赏赐给花弧他们的那些四条腿的战利品，就浩浩荡荡拥进各家的牲口棚里了。

但是，有一件事情却几乎影响到花弧与花袁氏后半程的和睦婚姻。起初，村里人并不知道花弧在凯旋的路上竟然意外拾到一个从夏国都城统万逃出来的宫女，当然那个宫女生得闭月羞花。花弧也是看见那女人长得楚楚可怜，才在混乱的马群中把她拉上马背的。

他原以为这件事神不知鬼不觉的。因为像他这样抢女人的士兵特别多，好多士兵抢了不止一个女人，而自己却是出于好心，一心想救那女人的。让花弧没想到的是，一同出征的穆尔图回到邵家花板后，在酒后失言捅破了这层窗户纸。

那天，穆尔图已经喝得醉醺醺的了，他对偶尔从街头经过的花袁氏说，花弧家的，我跟你悄悄说件事，你不要对花弧说是我穆尔图告诉你的。你愿不愿意听我的悄悄话？

花袁氏最讨厌酒鬼了，她想绕开这个酒鬼，并不打算听穆尔图的悄悄话。但是穆尔图坚持要她听，伸开胳膊左右阻拦。她没法躲开这个讨厌的酒鬼了，才不得不听的。这样，花袁氏从酒鬼穆尔图嘴里意外得到一个消息。花弧半路上捡到一个女人，原来是打算带回家的，说汉人都有好几个婆姨，他也想学着汉人的样子，把这个女人带回家慢慢享用。可不知为什么，花弧在孤山以北，把那个女人转手送给一个种地的农人了。

花袁氏直愣愣地瞪着酒鬼穆尔图，她说，穆尔图，你说话可当真？

穆尔图吐着大舌头说，你别管真不真，反正你家花弧不是你想象的那样老实，他的心可花了，那个女人他搞了不下十回八回……

花袁氏不再听酒鬼的絮叨，听不下去了，一把推开穆尔图，匆匆忙忙奔回家去，她要跟花弧大闹一场。

花弧做梦都没有想到，在半路上拾到一个宫女的消息会钻入花袁氏的耳朵里。任凭他指天画地赌咒发誓，说是可怜那个女人才从乱糟糟的统万城里把那女人救下来的，一点都没打过那女人的主意，一路上只是让那女人骑着那匹副马赶路。到了晚上宿营，也与那个女人并不同帐，而且他和村里的族人都是一路相跟着回到邵家花板的，哪个人见他花弧搞过那女人？天地良心啊……

但花袁氏听不进去，就是听不进去。她像疯了一样不住地哭嚎，不住地用头撞花弧，把花弧撞得跌跌撞撞，满院子乱跑。

第七章　润屋润身

　　花袁氏一边哭一边嚷，算我瞎了眼嫁了你这个窝囊废。我原以为你老实，别人能干出丑事来，你干不出来，哪知道你一点都不老实。你还想把那个野女人娶回家呢，你干脆把我一枪捅死得了，我这辈子给你花家当牛做马，什么苦没尝过？什么罪没受过？可我又何苦呢？

　　花弧说，你听哪个嚼舌头的胡说八道了，我是一份好心才救那个女人的，你不要冤枉我好不好？

　　冤枉你个鬼，花袁氏大声叫着，你都快把野女人带回家了，还说我冤枉你？花弧，我算看透你了，你是个彻头彻尾的王八蛋。

　　花弧不知道是哪个龟孙子把自己出卖了。花弧到死都不知道是酒鬼穆尔图把自己推进了坑里，还踩了一脚。

第八章 知人知面不知心

一

穆承嗣的酒坊开业那天，族长穆阳秋发了许多拜帖，他连邵家村的几个长老都请到了。但到了开业那天，邵千户却没来。

不过，邵千户事先让管家老鹿把贺礼送来了。贺礼不是金器银器，也不是绫罗绸缎，而是一幅轻飘飘的字轴——刘醉侯的《酒德颂》。字轴上龙飞凤舞写着，"有大人先生，以天地为一朝，以万期为须臾，日月为扃牖，八荒为庭衢，行无辙迹，居无室庐，幕天地，纵意所如。止则操卮执觚，动则挈榼提壶，唯酒是务，焉知其余……"

穆阳秋当然看不懂，他连一个汉字都不认识，汉字书法更是隔了一座山。老鹿把字轴当着他的面儿徐徐展开时，他闻到一股新鲜的墨香，但他有些犯魔怔，邵千户也不是一般的有钱人，怎么送来的是一幅鬼画符的绢轴呢？但他转而又想，汉人的习俗总是与鲜卑人大相径庭，要不怎么一个叫汉，一个叫鲜卑呢？这么想，他也就释然了，打着哈哈说，让千户破费了，老鹿呀，千户怎么没来？

老鹿说，朝廷要征粮，千户忙着让人开仓装粮呢。等开席时候，千户准到。

第八章 知人知面不知心

穆阳秋说，酒坊开业事小，征粮事大，可不敢误了朝廷的正事。

这一次，前来给穆承嗣捧场的汉人并不多，除了老鹿、甘老三父子外，其余都是丘穆陵氏的族人。

日头眼看要正了，邵千户还没到场。穆阳秋打发穆尔图去邵家村请，约莫一个时辰后，穆尔图慌慌张张跑回来，嘴里直嚷嚷，没喝开吧？没喝开吧？你们可不能把烧酒都喝光，多少给我留点……

穆阳秋在酒坊门口堵住穆尔图，你跑啥？我让你请的客人呢？

穆尔图踮起脚尖，朝门里张望，嘴上说，人家邵千户忙得脱不开身，要押着粮食去县署交割，说让老鹿代替就行。

说是穆承嗣的酒坊要开业，可大家都看得出来，穆承嗣就是个摆设。他连迎客的礼仪都不懂，所有议程，是他阿父穆阳秋帮着打理的。穆承嗣像个专门来喝酒的客人，大马金刀地坐在一张条案前，面前摆一只海碗，还有各色的烧肉和炖肉。因为要等邵千户，穆阳秋不允许穆承嗣开吃，他就显得格外烦躁，不住地用手敲桌子，嘴里嚷嚷着，咋还不来？这千户架子也太大了，他不饿，别人还饿呢。

门口的穆阳秋回头狠狠瞪他几眼，瞪也不起作用，穆承嗣已经下手抓起一块肉骨头了。

谁都知道酒不能喝刚出窖的新酒，新酿的酒，味道不纯，辛辣，烧胃。本来穆阳秋已经从善无县城拉来十几坛陈酒，要在开业这天宴请宾客时用，不想最重要的客人没来，他脸上挂不住，就没让人启封这些酒，而是把他现酿的谷子酒呈了上来。那股酸臭味儿，把整个酒坊都熏臭了，好多人是捏着鼻子往下喝的，喝了几盅就说醉了，摇摇晃晃走了。嗜酒如命的穆尔图也没喝几口，他问旁边的穆厍翼，这酒啥味儿啊，我怎么越喝越上头？

二

立冬前，盖右来到邵家村找老鹿租田。

盖右不算是邵家花板最早学种田的人，邵家花板有好几户人家已经在邵家花板周围开垦了一小块荒地，他们种了糜子或粟子。不管收成好与坏，毕竟在从未种过粮食的邵家花板播下了粮食的种子，只待秋天收获了。

老鹿决定把壕山上的三十亩杂拌地租给盖右是那年的深秋。壕山在邵家花板的西侧，隔了两道沟，是邵千户家的祖产。那天，邵千户正巧从后院踱到前院，随口问了问盖右的年纪，就说，壕山上的地不打粮，丢一升粟子，收不回一升半。老汉岁数这么大了，哪能经得起穷折腾？要不就把小路山下的水田租给老汉吧。

老鹿为难地道，那块地打下的粮食足够邵家一年吃的口粮，若要外租的话，租子怎么算？

邵千户说，老汉是草地上迁过来的，不用问，种地也是个二把刀，咱们家不缺那点粮，少算几担吧。

这样，盖右老人在小路山的东边租到十亩水田。虽说离村子远点，可他听老鹿说，这十亩地是邵千户压箱底儿的风水宝地，轻易不外租，年年都是邵家的长工去养种，犁呀耙呀撒粪呀播种呀除草呀间苗呀灌浆呀收割呀。邵千户让人把那块地拾掇得平平整整、熨熨帖帖的，就像摆弄他的三房婆娘一样下心思。

盖右起初不以为那块地能肥到哪里去，他对邵千户和老鹿的话将信将疑。后来，老鹿带着盖右翻过小路山去认地，才知道邵千户没说假话。不说别的，单论那地平得就像一块铺开的毯子，紧邻沿山吾河，浇地不发愁，土色是那种乌油油地黑，再看田里的禾茬，足有小指头粗，他就此断定邵千户说话靠谱。

改天，盖右提了二斤羊肉、一坛烧酒来穆阳秋家的场院里找甘老三拜师。

甘老三原来是邵千户的长工，据说甘老三种地种得好，也种得巧。可甘老三有个毛病，手脚不干净，邵千户就把他辞了。穆阳秋要找个替自家放牲口的，老鹿就把甘老三介绍给了穆阳秋。穆阳秋不怕甘老三手脚不干净，圈里的马驴牛羊都是有数的，甘老三再日能，也不会把自己的牲口给捣鼓没了。

照以往，甘老三是个挺随和的人，见了丘穆陵氏的族人总是面带微笑。可那天，一听说盖右老汉要拜自己为师，忽然就严肃起来，嗓音都变粗了、硬了，有了棱角。他连说三个不成，想说第四个，觉得多了，就咽了回去。

偏偏盖右性子执拗，一回不行两回，两回不行三回，他不信甘老三的心是铁打的。这年冬天，老汉天天缠着甘老三，要老三收自己这个徒弟。老三有点烦，说，你老汉是活到老学到老，八十岁还想学个巧，可我从来没听说过庄户人还有收徒弟的。

老汉说，你不收徒弟也行，反正我种地啥也不懂，你一样一样告诉我怎么种就成。

老三说，那跟收徒弟有啥区别？三年学个手艺人，一辈子学不成个庄稼人，我教不会你。你租了邵家的哪块地，这么上心啊？

这回轮到盖右犹豫了，开始还支支吾吾不想说，可老三说了，你连哪块地都不告诉我，哪像个想学徒的？心不诚嘛。

盖右只好说了，是小路山东边的河滩地。

老三愣了愣，问，是不是那十亩水地？

盖右说，那还有错？你们东家真是个善人，我头一回租地，就把那么好的地租给我。租子也不多要，让我看着给，说年景好就多交几担，年景差就少交几担。遇上个天旱雨涝，刮大风，下冷子，庄稼收不上来，租子免了都行。

老三啊，盖右把烟袋凑到甘老三的烟袋前，两只铜烟锅反扣在一起，甘老三咂着烟嘴儿呼一口气，盖右紧吸一口，盖右的烟袋就点着了。盖右又连着吸了两口，嘴里吐出的烟团越滚越大，这才停下来瞅着老三，你给哥估摸估摸，我那块地，寻常年景能打几担粮，种粟子好，还是种胡麻好？

甘老三眼神怪怪地睃了盖右几下，嘴上说，也行啊。却又想起什么要紧事，大声吆喝他的大儿，满园满园，我忘了跟你说，东家在院里想修个亭子,要我去二道梁请史先生看看哪天该动工,我把这事给忘啦,你给爹赶紧把马备好。

甘老三忙着起身找皮袄皮裤和毡帽,转脸对盖右说,你看你难得过来跟我坐一坐,板凳没捂热,我就得撵你走。唉,年龄大了,常忘事儿,东家头前刚吩咐过,要我吃罢饭就出门,我抽了两袋烟就把东家的话给忘了。

到了来年开春,盖右从邵千户家借了一副木犁、一副摇耧、一副铁齿耧,赶着自家的两匹骡子,按照从甘老三那里学来的方法,在十亩地上种了粟子。接下来,放了一辈子马的盖右,开始摸索着在十亩水田里打闹光景。

邵家花板的村民起得早,老人们一早起来就蹲在自家街门口抽烟,也有赶着骡马下地的,也有挑水的,拾柴火的。在这些勤快的村民里,就有盖右老汉的身影。每天天不亮,老汉就出村,骑马去十多里外的田里,看看青苗冒出地皮没有,看看幼苗长全没有,看看有没有地老虎咬坏苗根儿……老汉天天要翻越小路山,小路山上林深似海,断不了碰上狼呀豹子呀,老汉从不怵头,一杆虎头枪连熊瞎子都敢捅。

夏天过去就是秋天。到了秋收的时候,盖右去村西的小山上磕头。邵家花板西侧有两座小山,挨村最近的一座名字就叫小山,稍远一点的那座叫壕山。小山上原来就有汉人修的奶奶庙,见天,族人们就看见有外村人爬上小山去拜神。鲜卑人起初不信这个,可日子久了,也开始有了汉人的小心思,总觉得烧香敬神不管有用没用,总不是什么坏事情,慢慢地也就有人学着汉人的样子去小山敬香磕头了。一来二去,族人都觉得奶奶庙里的神灵验,磕头时许下的愿,总能如愿。

盖右老人去小山上敬完香,就带了四把镰刀,相跟了事先打过招呼的花弧、穆戎陆,还有穆塞图,他们四个人一块出村骑马朝小路山走。男人大多帮别人或自己收秋了,家里的女人也闲不住,花袁氏在家里帮盖右老人做饭，除炖了羊肉外，还把腌了小半年的肉鲊切成条，码进盘里，又熬了鸡羹，煎了兔膗，煮了白粥，然后央告甘老三的三小子满囤去小路山那边送饭。

日头慢慢转到小山那面了，堡墙的阴影已经笼罩了邵家花板堡墙外的一大块空地。有一群舞枪弄棒的孩子在空地上打打杀杀，有男孩，也有女孩。邻村汉人家的孩子来看热闹，都在不远处的土堆上、树杈上当观众。

木兰找不到对手。她在这一群舞枪弄棒而又不得要领的孩子堆里，总也找不到可以切磋枪法的对手。其实木兰也不懂枪法，有些是她从花弧那里学来的，有些是她无师自通的。起初，没有一个男孩会把木兰放在眼里，孩子们的体格和身手，看上去随便一个都不比木兰逊色。他们手里的长枪短刀都能够舞出花儿来，可他们没有一点办法可以压制住木兰手里的黑缨枪。他们说木兰手里的黑缨枪是眼镜蛇变的，总是在你不经意间偷袭你一下，而且一击就可得手。

那天，木兰只打了一个回合就跳出圈外，声称自己今天不打了，谁想打谁打，反正自己是不打了。

穆蓟乌对大家说，你们比猪都笨，你们出枪时就不会动动脑子？我的脸都让你们给丢尽了。

穆蓟乌是这伙孩子的头儿，穆蓟乌是沾了他阿父穆库翼的光。穆库翼的粗野在邵家花板是出了名的，可穆蓟乌并不像他老子那样蛮横。穆蓟乌恨铁不成钢的时候，忽然看见小路山方向的土路上扬起一溜尘土，他对木兰说，那是一匹马。木兰白了他一眼，说，谁不知道那是一匹马？你要猜出是一匹什么马，我就心服你。穆蓟乌摇了摇头，反问木兰，你能猜出来？木兰说，这不是一匹马，是一头骡子，是族长家耕地的黑骡子。

他们在西斜的太阳地里，慢慢等待一匹像马又像骡子的牲口出现在视线里，并且越来越大，最后变成穆阳秋家的一头黑骡子。

甘满囤一边用马鞭抽打骡子，一边拽着缰绳，还不时地回头张望什么，好像有狼在他身后紧追不放。

甘满囤的骡子跑过那块空地时，木兰看见他脸上的汗水流成一条条小河，木兰大声喊道，甘满囤，你骑这么快做啥呀，是不是狼在追你？

甘满囤没顾上回应木兰，或者他压根儿没有听见木兰的话，再或者他不愿搭理这个小姑娘。

木兰自言自语地说，甘满囤一定遇上麻烦了，要不他不会这么着急。

穆蓟乌说，甘满囤胆子太大了，他敢把族长的黑骡子往死里抽，都快抽出血了。

木兰踮起脚，眺望小路山上的树林，她总觉得那个地方发生了什么大事。其实也没过多久，村里开始乱了，最早冲出瓮城的是穆库翼。穆库翼生了一个酒糟鼻子，生气的时候穆库翼的酒糟鼻子红得像八月的醉枣。穆库翼骑着他那匹赤鲤驹，马鞍桥上的青铜戟已经摘下来了，就握在手里。接着是穆尔图的大青马，穆尔图手里一对铜板斧来回磕碰得叮当作响。

穆尔图一眼看见路边站着的木兰，就扬起手中的斧子说，丫头，你阿父叫金家花板的金长贵给捉住了，我们这就帮你把阿父救回来……

人过去了，声音还留在木兰的耳朵里。嗡的一声，木兰觉得脑子大了。谁是金长贵？金家花板又在哪里？花弧为什么要去招惹那个金长贵呀？

那天，邵家花板几乎所有会骑马的鲜卑男人都出发了。他们携带了所有能够派得上用场的兵器，群情激昂浩浩荡荡拥向小路山，他们复仇的气势足以把金家花板荡平。

花弧后来对花袁氏说，咱们一点都不知道盖右租的那十亩地上以前是死过人的，死过邵家村的人，也死过金家花板的人，就连善无县令都断不了这场旷日持久的官司。双方各执一词，都说那十亩好地是邵家的或是金家的。比方今年邵家在那块地上种了粟子，从春天到夏天，那块地安静得像睡着一样。可到了开镰的那天，邵家会发现金家的长工早就帮他们收光割尽了，他们连春天播下去的种子都讨不回来。要么这口气就一直憋着，要么就大打出手，直到出了人命。

盖右没做过农活，不知道什么时候粟子就算成熟，他提前好几天就下田收割了，一起帮他收割的有花弧、穆戎陆，还有穆塞图。他们刚割倒三亩地的粟子，金家花板就来人了，没容盖右辩解，四个人就让老金家的长工五花大绑了。金家的长工气焰嚣张到极点，这些人把花弧他们绑在四根砍掉树枝的木头柱子上，把他们不多的几件衣服扒了，丢进中陵川水里，让河水冲走了。花弧他们四个就赤裸裸暴露在西北风里，接受秋寒的洗礼。多亏那天天气不错，阳光抵消了北风夹杂的杀气，他们才有兴趣眼巴巴地瞅着金家的长工，把他们割倒的粟子，连秸秆带粟穗，扎成捆，驮在他们从金家花板骑来的四匹马的马背上，往金家花板赶走了。接下来，长工们又像收割自家的粟子一样说说笑笑把剩下的粟子也一垄一垄放倒，一捆一捆扎好，准备往牲口背上搬。穆库翼他们就是这时候，呼啦一下把十几个金家的长工包围在十亩大的粟子地里。

这是一场不损一兵一卒就大获全胜的械斗。最高兴的应该是盖右老汉，老汉要给金家的长工们每人脸上赏赐两记耳光，并配一句，叫你们抢，叫你们抢。可他打到第五个人的时候就不打了，都是些受苦人，何苦互相为难呢。老汉顾不得一丝不挂的尴尬，笑呵呵地对族人说，帮人帮到底，快帮我把粟子运回村里吧。穆尔图说，老汉你该操心的不操心，不该操心的瞎操心。说着话，他和穆库翼把金家长工的衣服扒下来，扔给老汉和花弧他们。

天快黑了，本来穆库翼是要带人闯一闯金家花板的，他们要把金家之前运走的粮食一粒不剩地替老汉要回来。可让族长家的老三穆承昊把他们拦住了，说穷寇莫追，见好就收。

穆厍翼想了想，觉得穆承昊说得在理，就让盖右清点一下粟子捆，说，你可点仔细了，谁帮你驮粟子，驮了几捆，你也记住，不要到时候说大伙儿给你弄丢了，要大伙儿一起赔你。

盖右一边穿衣服，一边说，哪能呢，这么多粟子，交完租子也足够我们家吃一年了。

事情似乎很顺利，穆厍翼一声令下，把金家那些长工的衣服也都扒下来，放了一把火烧光了。然后把他们光溜溜地赶进冰寒刺骨的中陵川水里，就一声唿哨，收兵回营。

盖右记得清清楚楚，除了让金家长工最初抢走的三亩收成外，剩下的一共有两百二十三捆粟子，可他在家门口清点粟个子时，只收到一个整数，一百捆，足足少了一百多捆。穆厍翼正要骂娘，花弧却说，一捆都丢不了，族长家老三让人把剩下的都驮回族长家了。

过了好些天，有一次花弧在街上遇见盖右老汉，问起粟子捆要没要回来，老汉苦着脸，直摇头，半晌无语。

三

细说起来，花弧是邵家花板唯一没有尝到穆承嗣那几坛酸酒的人。不是他不赏穆承嗣这个面子，而是牛家堡有位在县署做从九品小官的东家，派人来请他去相马。

花弧没什么大本事，可他会给牲口相面。他不知前人寒风是相马齿的高手，麻朝是相马颊的高手，子女厉是相马目的高手，卫忌是相马髭的高手，许鄙是相马尻的高手，而他只擅长侧耳倾听马的踢踏声，从萧萧的马鸣和马的呼吸上判断一匹马的优劣。他这一点三脚猫的功夫，在族人眼里还不如甘老三摇耧下种有用。所以村里很少有人请他相马，都不迷信他，相马谁不会呢？不过是准与不准的说法了。倒是近几年，花弧相马的名声在邵家花板以外的地方流传至广，可能是应了那句老话，远来的和尚会念经吧。

虽然错过一场酒宴，可这一趟牛家堡之行，花弧给家里驮回一匹丝帛、一袋粟米，还给小儿子花雄带回一顶毛茸茸的虎头帽子。

当然，不要以为花弧给人相马是一笔包赚不赔的买卖，花弧也有讨不到酬金还惹一身骚的时候，倒不是因为他看走眼，而是没有遇到真正识马的人。有一回，花弧去威远城给一位将军相马，他让士兵把上千匹马赶到贺兰山下，然后打了一声尖利的嗓哨。那些马就开始绕着偌大的贺兰山奔跑起来，仿佛一盘能够转动乾坤的石磨。花弧没有骑在马上跟着马群寻找心目中的良马，而是坐在红墙碧瓦的明显寺的方丈室里与一个军官喝茶。当时，将军不在贺兰山，但有副将陪同，副将听得山下马蹄声如雷，说不能总在寺院里喝茶呀，什么时候出去相马呢？花弧说，不急，才兜了一圈半，让它们再跑几圈，筋骨就松开了。过了半个时辰，副将又说，天不早了，该下山相马了。花弧又说，急不得，我刚相出点眉目，再等等。又是两刻钟过去了，不等副将开口，花弧说道，相好了，里边有六匹千里马，可只有一匹是马中上品。副将歪着嘴笑，你这不是胡扯吗？你连山门都没跨出半步，你相的哪门子马？花弧指一下耳朵，我眼力不好，可我耳力好，在几十匹马里要相一匹好马，我就站在马道旁边听。在几百匹马里要相一匹好马，我就在望得见马蹄蹿起尘土的地方听。在几千匹马里要相一匹好马，我只能隔着山梁，喝着茶听了，我要从马蹄声震动的茶水的波纹里断定有没有我要找的好马。当马群绕着贺兰山跑到第四圈时，我才从几千匹马里挑出六匹好马，跑到第五圈时，我才基本确定其中真有一匹宝马，还是古时候传说里的追风马哩。副将一拍桌子，站起来，夹了头盔要往室外走，他把花弧当成江湖骗子。临出门，他警告花弧，这可是军营，不比寻常百姓家，挑出千里马还有的说，若是挑不出，呵呵！副将没往下说。花弧便说，这茶我也不喝了，咱们这就下山找那匹马去。他们走到山下，马群已经停止奔跑，花弧骑了他的那匹飞燕骝，绕着马群转。当转到第三圈时，他指着一匹马鬃很短，耳朵直立的黑马告诉副将，就那匹。那匹马被人用套马杆牵出来，副将看了看，也看不出有什

129

么玄机，就说，你他娘滚蛋吧，你就一骗子，相马不看马，用耳朵听，鬼才信你哩。花弧就让副将抽了一马鞭，赶出军营。那是花弧最失败的一次相马。事情过去好久，花弧都对那匹追风马耿耿于怀，真是一匹好马。他指给副将看时，别的马一副惊悚不安的样子，只有那匹马高昂了头颅，远远眺望着花弧。他让人从马群里套那匹马时，别的马经过一场疾跑，已经气喘呼呼，而那匹马却气定神闲。花弧没有机会接近那匹马，却能感觉出那马的皮毛比绸缎都要绵软光滑，真是一匹好马。

四

穆承嗣只是名义上的酒坊掌柜，族长穆阳秋才是真正的当家人。穆承嗣在酒坊的营生就是喝酒，喝得醉醺醺的就骑马去南梁的松树林里打猎。倒是穆阳秋天天泡在酒坊里，研究酿酒的技艺。穆阳秋酿出来的米酒，说不来好喝不好喝，反正看上去就是酒。

鲜卑人喝酒不讲究醇正不醇正，只要能辣嗓子就行。

族长的酒坊建在族长家院落后面。他家的院子又修在邵家花板村北的最高处，再往后走，就是堡墙了。

穆阳秋每天都让甘老三家的老大、老二帮自己从堡门外的小溪旁提水，另外又雇了两个汉人在他的指点下负责酿酒。他们搅和了淘洗干净的粟米，入锅蒸煮，出锅加曲，然后开窖和出甑。从清晨到傍晚，浓烈的酒香如泉水下泄，浸满邵家花板的每一条黄泥巷子，勾魂鬼一样把每一眼窑洞里抽烟喝茶的丘穆陵氏家族的大老爷们勾引出来。他们朝着米酒飘来的方向不住地抽鼻子，打喷嚏，咳嗽，吐痰，然后倒背手，勾着腰，朝酒坊走去。他们边走边说话，谈论最多的话题是穆阳秋的烧酒比日婆娘都受活。

男人的下作与粗鲁甚至影响到了牲口。那些圈在场院里的马匹，也被酒香勾引得神魂颠倒，一会儿在槽头打响鼻，蹭脖子，一会儿咴咴地嘶鸣，一会儿摆动丰满的臀部，坚硬的蹄掌把湿漉漉

第八章 知人知面不知心

的马粪刨得四处飞溅……更有像穆尔图的大青马，一闻到酒香就显得格外兴奋，如同遇到一匹漂亮的母马，又是翻唇嗅天，又是仰首直立……

木兰有一次在场院里看见醉醺醺的穆尔图，手执马鞭，撩起马尾，捅大青马的屁眼，叫你骚，叫你骚，你以为你是谁？你他娘就是让老子骑了冲锋陷阵的牲口，还馋老子喝酒了？老子喝两壶烧酒能把你驴日的馋成这？你看人家花弧的飞燕骝，老得都快掉牙了，也比你本分。你看人家赛图的花尾栗，不吭不哈，就跟大闺女似的，谁像你这么烧包，谁像你这么骚？都骚出水来了……

不知从什么时候起，在酒坊里，喝酒的男人又开始谈论起大檀可汗。几乎每一年，丘穆陵氏的男丁都要加入州郡兵的序列，随中军东征西杀。他们征讨过慕容氏，追杀过赫连昌，也曾把宋军打得找不着北，但最挠头的要数深居北漠的柔然铁骑。

人们虽然常来酒坊喝酒，但穆阳秋明显感觉到族人对他的疏远和大不敬。疏远不是从见面说不说话、行不行礼、喊不喊他族长上显出来，而是从眼神和飘忽不定的语气中透出来的。牧民一旦不再跟着他四处寻找牧草，不再听从他划分放牧的区域，他这个族长就仅剩下了牛皮哄哄的臭脾气。穆阳秋听说有人曾打听过他去平城偷艺的事儿。这让他心里一咯噔，连自己都对那趟平城之行讳莫如深，竟然有人在背后翻自己的老底儿。

有人说，穆阳秋别看在邵家花板是说一不二的族长，可他去了平城，就跟龟孙一样尿。平城是啥地方？天子脚下，王侯将相就跟芝麻似的撒得遍地都是。族长算老几？他去了平城无非是想找个酒坊去学徒。人家一问他的年龄，又瞅瞅他的长相，都摇头说你适合去青楼里做龟公，哪有这岁数学徒的？他说他的确是来学手艺的，不想去青楼做龟公，就想学会手艺后回村里养家糊口。酒坊掌柜奇怪地把他打量半天，笑着说，原来你是想学手艺呀，我们这里不收学手艺的，就收老老实实干活儿的。收干活儿的也不收你这模样的，一脸凶相，师傅们都能让你给吓跑了。一连转了七八家，总算有户小酒坊的掌柜愿意收留他。掌柜老家是二道梁的，离邵家花板不足八里远，一听穆阳秋是从邵家花板来的，就答应让他留下，说好好干，干好了多给工钱。掌柜的又问他叫什么名字。穆阳秋多长了个心眼，说叫穆厍翼，家里有个小儿子叫穆蓟乌。掌柜倒也深信不疑。好在穆阳秋是真心实意来学本事的，不偷懒，肯出力气，脏活累活抢着干，短短几个月，他在酒坊里就挑过水，扛过粮食，烧过火，拌过酒曲……大师傅倒不会手把手教他怎么酿酒，可他成心想学手艺，谁也拦不住。一转眼，半年过去了，掌柜见他勤快，眼里也有活儿，就想好好栽培他，给他加了工钱不说，还让他跟着大师傅一块干。没多久，他就知道怎么辨酒糟的泛气，怎么闻醴味，怎么听盎响，怎么观醒色，怎么定沉糟。他觉得酿酒的本事都学到手了，就挑了个后半夜，工人们睡得云里雾里时，悄悄推了一辆独轮车，把两坛上好的原浆酒装上车，又把一大包事先藏好的东西也装上车，然后打开院门，一溜烟朝西城门跑了。

让穆阳秋奇怪的是，自己的经历别人怎么会知道？时间一长，他就打听出来了，给他传播坏话的，就是住在东街靠相马为生的花弧。花弧在二道梁给人相马，有人问他，你们村有没有个叫穆厍翼的，他家里有个小儿子叫穆蓟乌？花弧当时一愣，没说有，也没说没有，问那人，你认得穆厍翼？那人说我哥在平城开酒坊，收了个学徒就叫穆厍翼，说是邵家花板的，开始学徒时还人模狗样的，一脸老实相。我哥挺器重这人，要他好好学，说不定以后会提拔他做二师傅呢。谁承想，这小子不地道，觉得自个儿手艺学成了，半夜爬起来跑了。跑就跑吧，还把酒坊的两坛原浆酒给偷走了，更可气的是把酒坊所有储存的酒曲饼都给偷走了。整整一个月，酒坊配不成酒，坏了好几锅粮食。我哥说有机会要去邵家花板走走，倒要看看那个偷走手艺的穆厍翼能鼓捣成多大的生意来。花弧回到邵家花板，把这事儿跟花袁氏一讲，花袁氏咯咯地直乐，说，你也信偷人家手艺的是穆库翼？你不看看开酒坊的是谁？花弧恍然大悟，说，族长这人也太不地道了，给人家穆库翼头上扣屎盆子。

穆阳秋对这种传闻不置可否，只是心里冷冷地发笑。

第九章　游骑无归

一

北魏神䴥二年,木莲十二岁,木兰十岁,弟弟花雄四岁。

在邵家花板,花弧家的二丫头木兰野得出了名,开酒坊的穆阳秋不止一次神色暧昧地对喝酒的穆尔图说,你看出来没?木兰不是花弧的种,我敢打一百个包票。花弧那副熊样儿能生出木兰那样的闺女?鬼才信呢。

穆尔图的舌头有点僵,翻了几翻才吐出一句话,不是花弧的,还能是你的不成?

穆阳秋推一把穆尔图,你扯啥呢,族里好看的婆姨多的是,我能看上花弧家那个黄脸婆?

穆尔图摇摇晃晃走出酒坊,在村里随处转悠,他颠三倒四地把穆阳秋的一句玩笑话,在村里广泛传播。穆阳秋听到后就骂,这疯子,啥话都不能跟他说,跟他说个芝麻,总给你传成一个西瓜。

穆阳秋倒不怕花弧来兴师问罪,他是不想招惹那个小丫头花木兰。一个大人,一个族长,跟一个屁事不懂的小丫头斗来斗去的,传出去让人笑话。

一天,穆阳秋下酒窖里搬窖藏了一冬的酒坛,却发现靠近窖口

第九章 游骑无归

的一口最大的陶缸碎了。酒缸裂作两瓣,其中一瓣又碎了好几片,烧酒流得到处都是,地上的泥土都泡软了。陶缸怎么会无缘无故从中间裂开呢?如果是自然龟裂,酒可能渗出来,但缸不会裂得这么彻底,除非有人把缸打碎。穆阳秋越想越觉得后怕,他让人把碎缸清理出来,又垫了新土。干活儿的人忙问酒缸怎么碎了?穆阳秋说是自己不小心碰碎的。

穆阳秋有生以来,吃了第一个哑巴亏。

穆尔图天生是个酒篓子。族长没开酒坊之前,也不见他穆尔图成天醉醺醺的,当然在草原上想碰到个酒坊也不容易。自从族长的酒坊开始出售那种劣质酒浆以后,穆尔图似乎就没有清醒过,从早到晚,嘴里总是吐出一股又一股令人窒息的酒气。他的女人陆氏感受最深。

陆氏和花袁氏关系好。有一次,陆氏嚼了一嘴牛肉干,咯吱咯吱地对花袁氏说,穆阳秋那杂种把老娘给害了。说这话时,花袁氏明显感觉到陆氏咬牛肉的声音十分粗野。

花袁氏不安地问陆氏,你男人咋的啦?

陆氏说,他天天喝酒,一喝就醉,醉了就动手动脚的。

花袁氏噗嗤一声笑了,你还好意思说这种事儿?

陆氏委屈地道,你想哪儿去啦,他动手动脚是用巴掌抽我,用脚踢我,打我一巴掌还要让我喊他一声爷。我不喊,他就往死里打。你别看我皮糙肉厚的,我都快扛不住了,我迟早要让他打死的……

花袁氏上上下下很认真地打量了一番陆氏。

陆氏掩饰得很巧妙,把穆尔图在她脸上留下的瘀青用长发遮起来。她解开短衣的领口,让花袁氏看她脖子上红肿的外伤。她甚至解开锦带系着的裤褶,要花袁氏参观她的大腿。

你不要解了,我也不看了。花袁氏说,你摊上一个牲口汉子,以后我见到他,非说说他不可,自家婆娘自家不疼,还指望谁疼哩?

你甭跟他提这事儿。陆氏的脑袋摇成拨浪鼓,他不让我往外说的,他会打死我的。他常警告我,家里纵有天大的事儿,只准捂在家里,实在捂不住,就把自个儿给捂死。

就这么忍了?活该你。花袁氏嘴里喷喷有声。

花袁氏替别人操心惯了,村里哪个女人受了委屈,挨了欺负,她时常挂在嘴边,替人打抱不平。花弧不止一次劝说她,别人家的事儿少掺和。花袁氏嘴上答应说不掺和,转身就忘记了自己的承诺。不用说花袁氏了,就连花弧也如此,花弧也是个心里装不下事儿的人。那天,花袁氏在吃饭的时候把陆氏的遭遇对花弧讲了一遍。她本来只是同情一下那个可怜女人的处境而已,并没有要花弧路见不平拔刀相助的意思。但花弧听了却激动起来,把碗狠狠地蹾在炕沿板上,这还叫人吗?畜生都不如。那酒有啥好喝的?我就不信,人喝醉酒都变成鬼了。

这件事似乎就这么草草收场了。可花袁氏太低估花弧的能量了,她还吩咐过花弧,你常说我甭掺和别人家的事儿,你也甭掺和人家两口子的事儿。陆氏都忍得了,咱算哪根葱儿啊?

转天,花弧在村口遇见正要去邵家村秤豆子准备做豆腐的穆尔图,就兜着圈子教育了一下穆尔图。他说,族长的烧酒,酿法不讲究,味道也不地道,喝多了脑袋迷糊,肚子也像着了火,嗓子还刺疼,一直喝下去,会把身子给喝垮的。与其花钱买罪受,哪如在家里和老婆吃好的、喝好的、睡好的舒服呢?一夜夫妻百夜恩,百日夫妻一辈子亲。两口子凑一块是缘分,这缘分就得好好珍惜,不要说动手打女人了,就是骂她一句,也是朝自己心口窝捅刀子哩……

花弧最后问穆尔图,你说是不是这个理?我说的还在理吧?

穆尔图不答。

穆尔图瞪着一双三角眼,看着花弧。

穆尔图心里窝着一堆火,一堆熊熊烈火。

花弧眼拙,看不出深浅,还在那里吧嗒吧嗒说呢,好狗不咬鸡,好汉不打妻。听说你喝多了就回家揍老婆,这可不是爷们儿干的事啊。穆尔图,这事儿你不该啊。

你他娘听谁说的?穆尔图嘴里吐出来一股难闻的酒味,瞪着眼问。

你不用管这个,我是说喝多了也不该拿老婆出气,她毕竟是你老婆,一个被窝里困觉的两口子,千万不要伤了夫妻情分。

我操你娘的。穆尔图挥起胳膊,石破天惊地朝花弧脸上抽去。花弧急转身,一半脸闪过去了,耳朵和后脑勺让给了穆尔图的巴掌。花弧只觉得耳鼓嗡的一声,连同脑袋都失去了知觉。所以穆尔图第二个巴掌抽过来时,花弧就没躲开,他的左边脸被拍完之后,脸腮腾地鼓起来,像半个发面馒头。

当时,村口看到穆尔图抽花弧耳光的人并不多,只有两个坐街的老头儿,其中一个就是盖右。盖右没有看到穆尔图的第一个巴掌,但他真真切切看见穆尔图抽花弧第二个巴掌了,他失声叫道,啊呀呀,穆尔图你个浑小子,你打花弧做啥?

盖右的话等于没说。那时候,打完花弧的穆尔图,已经旋风一样朝他家住的巷子跑去,要回去收拾那个把家丑传到外面的陆氏去了。

没有一盏茶工夫,穆尔图抽花弧嘴巴子的事情,就在邵家花板传开了。人们添油加醋演义着这件事,最后传到花袁氏耳朵里的,已与事实相去甚远。有人告诉花袁氏,你男人可让那个酒鬼揍惨了,一巴掌下去,脑袋在脖子上转了一圈,当时人就过去了。可巧碰上盖右,那老头儿赶紧上去把花弧的脑袋拧正,又是掐人中,又是摁胸脯,好一番折腾,人总算过来了。盖右还问花弧记不记得刚才的事情,你猜花弧说啥?花弧说,你们不要拦我,快把那个野鬼捉住,用火烧死他……

那个传话的人是想告诉花袁氏,你家花弧疯了,是让酒鬼穆尔图一耳光抽疯的。

那时候,花弧还没有回家,他肿着一半脸去庄窝坡给人相马去了。当然相马没有相好，他的耳朵嗡嗡嗡乱叫，他从清脆的马蹄声里再也听不出马的优劣了。

花袁氏在家里暗自叫苦，她看见儿子花雄在院里玩一堆尿泥，大丫头木莲坐在织机前，半天抛一下梭子，显然是受到那个传闻的影响。她要出门去找丈夫花弧，要把残废了的花弧给找回来。这件事，说到底责任在自己身上，压根儿就不该把陆氏的遭际讲给花弧听。她恶狠狠地掐了自己两下。她出门时，却忽略了他们家另外一个主要成员——木兰。

就在花袁氏满村寻找花弧的时候，穆尔图正挥动钵头大的铁拳泼揍他的女人陆氏。

陆氏手里本来还有一坨新出锅的热豆腐，正要给邻居送去，猛不防穆尔图一拳打来，凭她的经验，是完全可以用手臂挡一挡穆尔图的拳头，以便让拳头的力道分散开。因为手里有豆腐，她怕穆尔图把豆腐给砸烂，就没用手臂去挡，脸上实实挨了一下，半边脸腾地肿了，即使脸肿了、麻了，也不忘使劲往怀里护住豆腐。穆尔图一点都不珍惜女人和女人怀里的豆腐，他嘴里喷着酒气，劈头盖脑去揍不设防的陆氏。陆氏很快就被揍得不分南北了，手里的豆腐也被她笨重的身子压得稀烂。她像一条没有知觉的布口袋，被穆尔图一拳打过去，又一脚踹过来。

那个不依不饶的穆尔图真不是个东西，他在抓住女人的长发准备拖到院子里，吊到一棵香椿树上继续施暴时，有个不起眼的人影儿溜进了他家的街门。

穆尔图的一对血红的眼睛，压根儿看不到街门外有人蹿进来，他正全心全意对付陆氏的每一寸经得起折磨的皮肉，满嘴都是粗言秽语，狗鸡巴操的，就你有一张破嘴，把老子的脸都给丢尽了，还让不让老子在邵家花板活了？老子今儿非把你个烂货的狗嘴撕烂不可，看你以后还敢不敢在外边乱说……

他说着话，就蹲下去用手撕陆氏的厚嘴唇。

第九章 游骑无归

陆氏发出痛苦的呻吟。穆尔图感觉老婆尿裤子了,闻到一股热乎乎的尿骚味儿,他有些犹豫。就在这时,有一颗石子,嗖的一声,从不远处飞来,不偏不倚正好射中穆尔图的左眼。他大叫一声,双手从陆氏嘴里抽出,迅速捂住左眼眶,仰面倒在院子里,溅起一片尘土。

香椿树上原来落着一对灰褐色的斑鸠鸟,一雄一雌。它们起先在咕咕地对话,后来被树下的一场夫妻之间的战争所吸引。它们讶异于这场战争呈一边倒的格局,这在它们飞禽里是很少见的。穆尔图直挺挺地砸在地上时,两只斑鸠吓坏了,拍着一对狭长的翅膀,扑棱棱掠过树梢,朝村外飞走了。它们一边飞,一边苦苦苦地叫。

陆氏不明白发生了什么事,本来已经做好被穆尔图撕烂嘴巴的准备,却突然发现男人的手离开自己的嘴唇,听到穆尔图兽一样的惨叫。她以为是自己情急之下不小心咬到了穆尔图的手指。她从地上爬起,想看看穆尔图的手指。可她的眼睛睁不开了,两只眼都被穆尔图的拳头打肿了。她只能从两条细小的缝隙里寻找躺在地上的穆尔图。她惊奇地发现,穆尔图贴在眼眶上的手,已经被鲜血染红。

事实上,木兰用牛角弓射伤穆尔图这件事,并没有被陆氏看在眼里。她只顾抱住穆尔图的脑袋哇哇乱哭,哪有工夫寻找射伤穆尔图的凶手呢?

后来,是穆库翼把木兰行凶的事情给捅破的。

那天,长了一个又红又大的酒糟鼻子的穆库翼牵着两匹马,驮了一摞兽皮,打算去善无县城售卖。经过穆尔图的门口,他听见院里又是哭喊,又是尖叫的,知道出事了,便拐了进去。他与慌慌张张从院里跑出来的木兰撞在了一起。

穆库翼何其壮硕,一下就把木兰顶回去了,跌坐在院子里。

穆库翼看见木兰手里握着一把牛角弹弓,他说,你跑啥呢?手里还拿个弹弓,你是射鸟哩,还是射人哩?

陆氏边哭边问穆尔图,你的眼怎么啦,你的眼睛怎么出血啦?

你让我看看眼睛怎么啦?

　　穆库翼一听就明白了,事件的原委已经一目了然。他大声对院里的穆尔图说,你抽了花弧一巴掌,人家闺女找你报仇了。

二

　　一般汉家女儿,五岁即开始学女红。鲜卑人没有这个传统,直到木兰十岁以后,花袁氏才勉强把她摁在织机前。有时候,木兰向花袁氏发起抗议,说在家里快闷死了,我根本就不是织布纺纱的料。花袁氏毫不留情地用一句话堵住她的嘴,你把人家穆尔图的眼睛都弄瞎了,我还敢放你出去?

　　有风从天上刮来,木兰家窑洞顶上一年前遗留的几片枯叶,轻轻飘在半空,最后落在花袁氏摆放在院子中央的鸡食盆里。花袁氏端着簸箕在房檐下咕咕咕地喊鸡,几只草鸡和一只花翎公鸡一溜烟跑来。

　　邵家花板多风,多树,多鲜花野草。就说那时的风吧,一年三百六十天,差不多有三百天刮风,风倒不大,只刮溜溜的小毛风。风中的邵家花板很干净,窑顶少有尘土,院里少有柴草,街巷里少有落叶。这样的季节,如果在邵家村,妇人脸上大多蒙一块青花或石青色的丝绦面纱,遮盖了眉眼嘴脸;可在邵家花板,丘穆陵氏的妇人反倒没有这种装饰。鲜卑人已经学着汉人的样子,把毡帐换成木屋或窑洞。他们直挺挺地躺在结结实实的窑洞的火炕上,心里顿时踏实下来,找到了归属。尽管,夜风仍然拍打着麻纸裱糊的窗户,夜风把他们的门扇推搡得唏哩哐啷乱响。

　　无论春夏秋冬,风从四方而来,呼啸在村庄上空,总是把空中的云翳追赶得一缕不剩。那些耐寒的柞栎、耐旱的胡杨,还有山榆、枸杞、荆条什么的乔木灌木,更多的樟子松,这里一棵,那里一簇,在成片地缓慢生长。葱郁的树木把简简单单的邵家花板打扮得足够丰腴。细看那些点缀在街头陌上的枝叶扶疏的大树,无不呈现一种

第九章　游骑无归

朝东南倾斜的姿势，这是北风留给植物的后遗症。冬天的风最吓人，风大时，赶脚的路人要么躬身前行，走三步退两步，衣裾大幅后飘，仿佛拖曳着一副沉重的犁铧；要么被老北风推着，一路小跑，省却了许多体力，有时到了目的地都收不住脚；即使他们的坐骑，也对大风苦不堪言，马尾被吹得笔直如棍，指向后方；而四处觅食的狼，大都眯缝着眼睛，狼毛逆风乱舞，影响到的不仅仅是行走的速度，最致命的是连嗅觉都不灵了。当然，出了邵家花板地界，风势会有所减弱，甚至瞬间消失。后来的人都奇怪丘穆陵氏的先人何以要选这样一个风口作为定居点。但木兰的阿父花弧说，邵家花板有啥不好？田地虽少，可田里能打粮食，林子里有狍子，沟里有泉水，树上有野果，神仙待的地方啊。花弧说得没错，邵家花板的南梁上有永不枯竭的泉眼，村前的沟里，终年流淌着清澈的溪水，花草树木沿着山坡密密地生长，各式各样的鸟在树丛里欢快地啁啾……总的来说，除了风，邵家花板是丰裕的，是可以养活人的，而且是静悄悄的，静得仿佛在做梦。

　　但是，神䴥二年夏天的黄昏，一匹跛足的大青马，摇摇晃晃踩碎了邵家花板的宁静。

　　快看，那是穆尔图的大青马。

　　在半山坡上的木兰指着沟北方向，不安地对姐姐木莲喊。

　　当时，木莲姐妹正在壕沟的小溪畔挑甜苣菜。这个时候，正是甜苣菜茎叶鲜嫩的时节。花袁氏会摘掉甜苣菜生了虫子或枯黄了的倒披针形叶子，在清水里淘洗干净，入锅煮熟，切成碎末，撒上盐，淋上醋，调上胡麻油，然后就是花弧的一道下酒菜了。

　　这些日子，丘穆陵氏的男丁大都随拓跋可汗讨伐叩关南下的柔然部落了，相马师花弧也不例外。花袁氏说，甜苣菜过些天就要抽薹开花，你阿父虽不在家，你们姐妹俩也别闲着，多采些回来，腌在菜缸里，你阿父打完仗，一进家门，就能吃上甜苣菜了。

　　木兰心野，木兰的心思不在挑甜苣菜上。把柳条筐挂在一棵山桃树杈上,她像只蹦蹦跳跳的山羊,在沟谷里蹿上蹿下,她在追逐一只亡命的黄鼠。

唉,木莲一边叹气一边说,疯丫头,你就不能消停一点?

木莲仅比木兰长两岁,但十岁的木莲看上去就像个大姑娘,言谈举止比木兰成熟很多,全然不是木兰那样和村里一帮同龄少年满世界疯跑,玩得上不着天,下不着地的。

听见木兰的喊声,木莲也朝沟北望去。斜阳西下,一匹红彤彤的马,朝壕沟走来。马的周边要么是密匝匝的野树,要么是平展展的青草地,那匹马一点都不被旁边的花花草草吸引。木莲看到马头晃来晃去的样子,忽然想起村里那些东倒西歪的酒鬼,这马难道也喝醉了?

被圈在坞堡里的邵家花板村,有许多这样的酒鬼,在农事清闲的时候,在不发生战争的时候,在家里的女人不需要他们帮忙做家务的时候,整天混迹在穆阳秋开的小酒坊里喝酒聊天。

那天,从孤山那面走来了穆尔图的大青马。落日把如血的余晖涂满马的全身,连四只蹄子也没放过。许多站在壕山上锄糜子豌豆的村民,拨开密匝匝的树丛,抻长脖颈朝孤山那面张望。他们看到那匹"血马"从孤山那边趔趔趄趄走来。他们断定,那马一定走了很长一段路,走乏了,想歇一歇,又怕一旦歇下来,再想赶路就提不起精神了。

木莲,你看见没有,马背上还驮着个人。

木兰把这个新发现,继续以惊讶的口吻告诉了沟底的木莲。她很少喊木莲姐姐,很多时候都是直呼其名,尤其只有她们两个人的时候。

木莲踮起脚尖望了又望,她还是看不分明,用手里的小锄指着孤山,说,你看见马背上还驮着个人?我怎么看不见?唉,你可别耍弄我。

是你的眼睛有问题。木兰跺了跺脚,我明明看见是坐着一个人。

第九章　游骑无归

那个人趴在马背上，两条手臂和两条腿都耷拉着。我看见他后背上还扎了一支箭，那支箭还晃悠呢，我要弄你干啥？

瞎说什么呢？木莲对妹妹的发现嗤之以鼻。她才不上木兰的当呢，相隔三四里远，不要说看一支箭，就是看马背上有没有人都很困难。她没好气地说，你说话能不能走走脑子，一会儿说马背上趴着个人，一会儿说那人后背扎了一支箭，越说越玄乎。你怎么不说那个人就是穆尔图呢？

就这样，木莲已经把木兰的发现全盘否定了。她甚至不相信迎面而来的马是穆尔图的那匹大青马，或许是一匹没有主人的野马也未可知。

多年以后，贵为治民长夫人的木莲，在京都平城的府邸里，再度回想起十几年前那个天上布满火烧云的黄昏，不禁叹息一声，对妹妹过人的眼力啧啧称奇。她对邵素说，你不知道木兰的眼力有多神奇，那天她说得一点没错，那匹马就是穆尔图的大青马，马背上趴着的就是已经死掉的穆尔图。穆尔图是因后背的箭伤失血过多致死的。我不相信木兰能看得清那么远，我以为木兰在信口开河呢，我哪知道她说得一点没错。

治民长轻拢着夫人被鱼尾织锦紧裹的瘦削的肩胛说，在军营十二年，我虽知道木兰是女儿身，可你没见过木兰跨马杀敌的样子，连我这个久经沙场的男子汉都自愧弗如。

但是，一枝雕翎箭，在那个天上布满火烧云之前的某个时辰，直接贯穿了穆尔图的前胸和后背。他连挣扎都来不及，上半截身子就趴在了大青马的脖子上，四肢均匀耷拉在马的两侧，鲜血从箭洞里咕嘟咕嘟地涌出，很快把马背洇湿了，顺着马腹流向飞速后退的地面。大青马的一条马腿也中了箭，只不过那支竹箭在大青马的奔跑中被颠掉了。

起初，大青马不觉得疼痛，依旧奔跑如飞。它担心把主人从背上摔下去，尽量选择平坦的地方走，后来听到敌军的杀声越逼越近，就有了慌不择路的意思,耳旁的风声仿佛催它快跑快跑。它放开四蹄,没命地狂奔,跑得气喘吁吁、汗流浃背,只恨肋下生不出一副翅膀。它想主人肯定被自己扔在什么地方了,回到邵家花板,怎么向女主人陆氏交代?可它又没办法逼迫自己停下奔跑中的四条腿。它只是机械地跑着,跑着,左后腿刀割似的痛,让它不得不慢下来。一瘸一拐的样子一定会被那些正常的同类耻笑。它呼呼喘着粗气,嘴里吐出许多白沫,不要说那条伤腿了,即使另外三条好腿,也都快跑折了。从清晨跑到日落,它滴水未进。即使路边长有诱人的青草,它也顾不得贪嘴,回家要紧,逃命要紧……直到望见孤山,直到走过孤山望见窄窄的壕沟,并闻到壕沟内那股熟悉的青草味,大青马才放慢速度。这样,大青马就感觉到了背上的沉重,原来主人没有被遗落在半路上,主人的血把他和它紧紧黏在一起了。

驮着主人回到邵家花板的大青马,就像得胜回朝的将军,被留守在邵家花板的村民簇拥着,从壕沟里进入泉沟,从泉沟的石阶上一步一步爬上邵家花板村前的黄土坡,进入黄土构筑的瓮城。堡门里有两只狗汪汪叫着,连狗都没见过穆尔图这样被马驮着的姿势。

有坐街的老者问,是磨豆腐的穆尔图吧?

盖右说,穆尔图这回看起来伤得不轻。

甘满屯说,他已经断气了,以后再也磨不成豆腐了。

咋啦?没啦?

没啦。

喝不成酒了,也撒不起酒疯了,这回总算消停了。

就在这群人经过的路旁,一棵生长了几百年的老槐树的半边枝杈,嘎嘎乱响着,划一道弧线,轰隆一声砸到在地上,把旁边一家六陈铺的幌子都砸歪了。跟在马后面的一只狗,被砸得晕死过去。

三

风把木兰的鬓发吹得四散开。她没有像木莲那样戴一顶风帽,

第九章 游骑无归

身上那件斜领左衽窄袖曳地长袍，也被大风吹得鼓鼓囊囊的。姊妹俩直勾勾望着大青马消失在壕沟尽头，才下意识地对视一下，目光又投向渐渐暗淡下来的孤山。那里草色凄迷，氤氲之气漫漶不清。就在那一刻，她俩的心同时提到嗓子眼，她们的阿父，那个叫花弧的男人为什么迟迟没有出现？

夜幕沉沉，邵家花板笼罩在一片风声鹤唳之中。穆尔图的老婆，那个粗笨有余、灵巧不足的大屁股女人陆氏，突然在人们从她家一个一个散去之后，把刚刚出笼的一锅热气腾腾的豆腐倾倒在院子里，并用两只大脚踩得稀烂，然后扯着粗犷的嗓门嚎开了，天呀，你死了我该咋活呀，你个没头的东西……

这只是一场哭戏的序幕。人们知道，这个夜晚将会淹没在陆氏铺天盖地的哭嚎当中，他们会被陆氏的哭嚎搅得彻夜难眠。他们所有人的心，也并非被那女人的哭声一味牵动。他们关心的是自家的汉子或儿子，怎么还没回来，怎么最早回村的是一具断气的死尸？接下来又会是什么呢，难不成那些打仗的男人连死尸都回不来了？

花袁氏坐在织布机磨得像陶瓷一样光滑的横梁上，一手拿着两头尖尖的木头梭子，一手不停地抹眼泪。月光从敞开的两扇房门之间，清水一样漫进窑里，方方正正把花袁氏框在明亮处。蝉声在院里的两棵不停摇晃的山榆树上此起彼伏。羊圈里的几只山羊在不动声色地反刍。一颗流星悄然划过邵家花板的上空。在蝉声的间隙，从远处传来一个女人咒天骂地的哭嚎，谁都知道陆氏是个花痴，一刻也离不得男人。北魏初年的边疆战事频仍，她的汉子穆尔图又不是个有钱人，虽说他的眼睛有一只是瞎的，但他买不通负责检括户口的主簿大人和州郡兵里的千夫长，每次出征，总有穆尔图的名字。穆尔图每次出门，他那个大屁股老婆都会像油糕一样黏着他，甚至当着村里人的面儿，和穆尔图十指相扣。男人们骑着马，背着弓箭，带着长矛或长刀，笑呵呵地看穆尔图的笑话。大家起哄说，穆尔图，你婆娘离不开你，干脆你带她一起出发吧。穆尔图红着脸，喘着粗气,瞪着一只瞎眼和一只好眼,把婆娘的手硬生生剥开,劈腿跨上马,对陆氏说,回家呆着去,别丢人现眼的。陆氏一副没皮没脸的样子,笑嘻嘻地说,我在家等你,一打完仗,你给我第一个回村来。穆尔图也听话,每次打完仗,总是第一个打马进村。那匹大青马也是有灵性的,在战场上不见得有多卖力,一旦鸣金收兵,跑得比任何一匹千里马都快。

花袁氏叹息一声,人哪,活得多没劲儿,说没就没了。又朝腌了甜苣菜的黑坛子瞟一眼,你可得给我好好活着回来,家里不能没有你。

月亮好圆,月光好亮。

刮过村庄的风时大时小,院里的山榆树瑟瑟摇了一夜。花袁氏也像邵家花板所有女人那样,边织布边流泪,度过了一个难熬的不眠之夜。

天亮前,女人们不约而同带着香烛供品,出瓮城门,下井沟,爬上对面那座小山,进了那座名叫奶奶庙的小土庙。先把供品摆进一个大木盘里,然后点蜡烛,敬高香,香与眉齐,再然后乱纷纷地撅着屁股跪在大殿的神像前,各自闭目祷告。女人都是自私的,祷告的内容都是保佑自家汉子或孩子平安归来,很少替街坊们操这份闲心。

幽深的大殿烟雾缭绕,殿里的神像光怪陆离。有一阵儿,左边一尊神像的脸被折射进大殿的日光映得神采奕奕,活了一样。

祷告是女人们的事情。村里的老人小孩也没闲着,老人在家里烧水煮饭,孩子们在村口瞭望后山的小路。他们天不亮就醒了,当然几乎所有孩子都是老人们用巴掌拍着屁股蛋给拍醒的。

醒了,醒了,快出村瞭你阿父去。看见阿父的影子,就赶紧把阿母喊回来。

老人们知道,奶奶庙的神不能一直跪拜,目的达到就行了,一直跪拜下去会因福得祸的。

第九章　游骑无归

男人们是第二天早上才陆陆续续回村的。他们不像出征前那样趾高气扬,排着整齐的队形,铠甲锃亮,有说有笑朝汇合的地点进发。他们半天回来一个两个,有从北梁上骑马翻过来的,有从壕沟爬上来的,连人带马都是灰头土脸的样子,要多狼狈有多狼狈。不用细问,这一回他们打了一场恶战,能够平安回来,已经很不错了。

孩子们走马灯似的不断地跑上小山。他们故作镇静地站在大殿的高门槛前,把各自的阿母从跪拜的人堆里甄别出来,又不声不响打着愉悦的手势告诉各自的阿母,阿父平安无事。这样,一些得到好消息的女人就窸窸窣窣从人堆里起身,出列,垂了头,不声不响拽着自家孩子的细胳膊,轻盈地迈出大殿的高门槛,下青石阶,一溜烟朝小山下奔去,宛如一只只凌空飞翔的麻燕。

起初,奶奶庙的大殿里挤满提心吊胆的鲜卑女人。女人们摩肩接踵,匍匐在地,这个的屁股正好压在那个的头顶上。有不自觉的,在人前放出很响很臭的屁,把本来十分严肃的仪式,搞得不伦不类,好多人顾不得双手合十,而是捂住嘴巴和鼻子。这些日子,她们喧宾夺主地占据了汉人祷告的领地。随着男人的归来,这些心神不宁的鲜卑妇女也渐渐散去一多半,最后剩下的就只有花袁氏了。

花袁氏虽然闭着眼在祈祷,耳朵却倾听殿外不时响起的脚步声。她虽分不清哪一串脚步是谁家孩子的,但却分得清这串脚步声里没有木兰和木莲。她觉得时间过得太久,怀疑木兰、木莲会因为其他事情忘记给自己报信。她又不能把祷告这么重要的事情随手撂下,跑回家去看看花弧到底回没回来。

两个死妮子,贪玩都不分时辰,看我回去骂不死你俩。

花弧他们已经记不清打过第几次仗了,但他们作为州郡兵的身份,又让他们躲过一次次性命攸关的劫难。他们很少像中军和镇戍兵那样真正接触到敌军,所以从邵家花板出征的男丁,很少出现有去无回的情况。这一次却明显颠覆了以往的惯例,除穆尔图送了性命外,还伤了两个,另外就是花弧没回来,活不见人,死不见尸。

木兰和木莲一开始与村里的其他孩子都在村西瓮城前观望。他们每看到一匹马从绿树婆娑的泉沟里冒出，就大喊，穆元吉，你阿父回来了。穆蓟乌，那是你那个灰阿父穆库翼……

木兰的嗓子都替别人喊哑了，也没喊来花弧。

后来，有老人也加入喊阿父的序列里。他们告诉木兰木莲，你俩不要总待在村西口，说不定你阿父会从北梁上进村的。

木莲叹口气，眼睛却看着木兰，显然是要妹妹拿主意。

邵家花板在村北和村东，各留一个堡门，比起西堡门，狭小了很多。

木兰让木莲留在瓮城，她一个人去了村北口。经过她家的街门，木兰跑回院里，带了一样东西出来，是一杆长长的黑缨枪。

木兰骑坐在堡门外一棵歪脖子柳树上，把黑缨枪横搁在两股树杈间。柳枝晃过来晃过去，木兰的眼睛都给晃晕了。如果不是天太热，木兰才不会木头似的钉在树上呢，六月的日头晒得死人，木兰不能总把自己搁在太阳地里暴晒。日影从偏西挪到正北，又从正北往偏东移动，木兰已经捉到三只蝉了，也没看到北梁上下来一匹马。她想，花弧说不定会从村东头进村呢，可土筑的坞墙实在太高，遮挡了木兰的视线。

偏午时分，木兰坐不住了，肚子里左一阵咕噜，右一阵咕噜，叽里咕噜的响声让她心烦意乱。她看到许多人家的烟囱都不再冒烟，嗅到一阵阵饭菜的香味。她听见哪家的孩子尖声吆喝，吃羊杂碎喽，吃羊杂碎喽。木兰的喉咙里发出清晰的咕咚声，是吞咽口水的声音。木兰知道自家没有老人给做饭，家里只有弟弟花雄。花雄又是个比自己都淘气的野孩子，天天玩得昏天黑地。在这个连空气都焦灼的上午，没人在家里给她们做饭的木兰、木莲，只能在饥饿中耐着性子等候花弧的归来。

花弧没有阿母。花弧的阿母在多年以前的一次离乱中，被一个铁塔似的高车人用金柄银锤砸烂了脑袋。那时候，花弧还没娶婆娘

第九章 游骑无归

花袁氏，他陪着阿母躲避兵灾。路边的草地上有一群马，马群里有几匹极上乘的好马，甚至还隐藏着一匹汗血马，马首高昂，胸廓深长。他当时就想给马的主人挑出那几匹好马，他把阿母撇在逃难的人群里，跑到马群之中，开始替人相马。花弧喜欢相马，相马的时候会把身边的一切遭际都丢到九霄云外。可他未曾想，一群骑了快马的高车人突然斜刺里杀奔而来，冲乱了难民。他听见大路上传来的惨叫杂乱无章，一下想起了阿母。他在纷乱的人群和高车人挥舞长刀的缝隙里寻找被自己遗忘掉的阿母，最后看见阿母被一柄银锤砸坐在地上，砸阿母的那个高车人是个大胖子。他顾不得再替人相马，疯了一样朝大路奔去。等他跑过去时，一切已复归宁静。高车人杀了一些难民，抢了一些财物，嗷嗷叫着绝尘而去，而他的阿母却血肉模糊倒毙在一片紫花地丁里。

紫花地丁的地里，充满血腥气息。

木兰觉得傻等不是办法，她从树上跳下，手里拎着那杆可以扎得死人的黑缨枪，回到村里。她挨门挨户造访那些已经脱掉盔甲，换上布衣，盘腿坐在炕头喝酒吃肉的大老爷们。

阿叔，我阿父怎么没跟你们一块回来？

穆塞图说，木兰啊，你阿父还没回来？

都两天了，也没看见他的人影儿。木兰说，你们不是一直都在一块吗？

开始是在一块，后来中了柔然人的埋伏，我们就四散了，谁还顾得了谁啊？穆塞图想起战场上的情景就感到一阵阵后怕，他对木兰说，本来大军已经开始班师回朝，仗打得挺顺，我们这些州郡兵都以为柔然人被撵到天边了。柔然人的马匹杂畜帐篷丢得漫山遍野，我们只顾清理战场，没承想从乌拉山脚下的好几条山沟里，杀出了柔然的援兵。他们来得太快，我们没反应过来，就被冲散了。

我们这拨人，原来都在一块，都属一个幢，跟在镇戍兵后边，进则同进，退则同退，可突围的时候就分不清谁是谁了，都各顾各了。

各顾各了？你们都回来了，可我阿父呢？

穆塞图略显吃惊地看着木兰，觉得木兰话里有话。

木兰站在穆塞图家土碹窑洞的泥地上，瞪着一双黑葡萄似的大眼睛，一眨不眨地盯着穆塞图的脸。

穆塞图脸上有颗黄豆大的痦子。穆塞图摸了摸那颗痦子，觉得痦子比出征前又大了一圈。

烧酒好喝吧？木兰板着脸问。

好，好。穆塞图吞吞吐吐地说，看你这丫头说的，烧酒哪有不好喝的。

木兰又问，羊肉好吃吧？

穆塞图说，羊肉当然好吃了。你婶子现煮的羔羊肉，给你一根带肉的肋骨，你也尝尝。

阿叔，烧酒呛不死你，羊肉也能把你噎死。

哎，你这丫头，咋说话哩？穆塞图发现木兰撂下一句狠话，已经头也不回地跑掉了。他盯着手里油汪汪的羊拐弯，琢磨木兰的话，越琢磨越恼火，最后恶狠狠地把羊拐弯砸在盛肉的陶盆里了。

现在，木兰头上戴了一顶遮阳的鲜卑帽。她戴着鲜卑帽去找族长穆阳秋。

我阿父不在家。穆承弼抱着膀子堵在院门口，不让木兰进院。

木兰抬起头，翻着白眼看了看穆承弼，你阿父是不是在酒坊？

穆承弼说，你到酒坊也找不到他，他和我哥去平城贩粟米去了。

木兰不信，又去了酒坊。酒坊里没人，她转了一圈，想下酒窖看看，发现酒窖的门上了锁。正要出去，有两个挑水工挑着水桶进来，一个是甘满园，一个是甘满柜。木兰问他俩见没见族长，两个人像吃了哑药，只是瞟她一眼，就径直进了作坊。木兰说，活见鬼，我见了两个活鬼。

穆承弼又跟了过来，说，我阿父说了，谁进酒坊都行，就是你不能。你一来，酒坊准出事儿。

第九章 游骑无归

木兰说，不是找你阿父，我还懒得来呢。

穆承弼说，你找我阿父做啥？你阿父回不来，可没我们家啥事儿。我阿父说了，谁家的阿父死在战场上，自有朝廷隐恤。我阿父还说，邵家花板是邵家村的属地，有不明白的，找邵千户问去。

按北魏的兵制，每一次边关发生战事，出征的三军，其成分比较单一，大多是鲜卑族子弟，分布于京畿之地的汉民或流民，只负担税赋任务，很少参与战争。朝廷有什么征用或摊派，都是直接找类似邵千户这样的宗主说事儿，朝廷只认得宗主邵千户。

木兰去邵家村找邵千户是她自己的主意，族长是指望不上了，只能去碰碰宗主那边的运气。她走的是邵家花板的东堡门，骑了一匹白马，马蹄轻得像踩在棉花上。

木兰本来是想见到邵素或邵璞，听一听他们的意见，可那天不凑巧，邵素兄弟俩去平城求学已走了大半年。木兰硬着头皮去见邵千户，总觉得这件事跟邵千户八竿子都打不着。

邵千户家是三进深的大院，门楼前有一对石狮子，八字形的大照壁比族长家的要气派。

那时候，老邵千户已经过世，在邵家的门洞里再也看不到老邵千户坐在那里歇凉了。

木兰觉得，邵家的门洞阴森森的，匆忙穿过门厅，进了前院。前院是长工屋和牲口圈，圈里拴着十来匹马，还有两头牛。两个腰身很粗的女佣，挽起袖子在梧桐树下用木槌使劲捶打衣物，她们胸前的两团肥肉在衣服里涌动。她们很有力气，相隔很远，都把衣物上的水珠溅到木兰身上了。木兰的出现引起两个女佣的注意，她们慢慢停下手里的活儿，低声说着什么。木兰知道她们是在猜测自己的来意。木兰没工夫搭理她们，木兰找的是她们的主人邵千户。其中一个女佣告诉木兰，邵千户和他的三个婆娘都住在中院。据说邵千户家的中院种了许多达子香，每一年春天，盛开在枝头的紫红花，把邵千户三房闭月羞花的婆娘都比下去了。木兰不喜欢花花草草，哪有心情看那些花花绿绿的东西？她倒是对邵千户马厩里的马匹比较感兴趣。前些日子，听花弧说，邵千户从草地上贩回好几匹千里马。木兰不会相马，可她还是认真打量了几眼厩里的马。她发现那些马的颜色都呈清一色深红，它们的耳朵尖尖的，像柳叶刀一样向上戳着。木兰打量它们的时候，它们也在打量木兰。木兰笑了笑，加快脚步跑向通往中院的过厅。

邵千户手里端着黑瓷茶碗，坐在中堂里的太师椅上见到了木兰。他不知道木兰是哪个村的，又是谁家的闺女，但从木兰的那件斜领左衽窄袖曳地长袍，还有头上那顶鲜卑帽子上就能看出，木兰不是汉家女儿，也就是说，木兰不是他手下的包荫户的女儿。这个丫头长得还算漂亮，就是年龄小点。他心里这么想，脸上露出了暧昧的笑意。

谁是邵千户？木兰站在中堂的方砖地上，直通通地这么质问邵千户。

邵千户端着茶碗，笑出一嘴红牙槽，我是邵千户，你是谁家的丫头？

花弧家的，邵家花板村东头，会相马的那个花弧。

木兰发现邵千户依旧一脸迷茫，又说，就是那个整天游手好闲喜欢在马群里瞎转悠的花弧。我们家是从草原上搬来的，你当然不认识了。可你应该听说过我阿父的名字，前些日子他还帮你相过马呢。

我认得你阿父。邵千户把茶碗搁在八仙桌上。我不知道你阿父骑马杀人的本领有多强，可他相马的本事也不怎么样。他给我相来的马，都是些中看不中用的家伙，不要说下田耕耙耱了，就是叫它们拉一车青草爬坡进村，动不动都给你尥蹶子。

这是你们大人的事情，木兰冷冰冰地说，你跟我扯这些没用，我又不懂马好马赖。我来找你不是说相马的事儿，我有事儿要你帮忙。前些日子，我阿父出门去打仗，其他人都回来了，他们的战马都拴在槽头上吃草呢，他们都坐在自家炕头上喝酒吃肉呢，他们都

第九章 游骑无归

好好的，连根毛都没少，可我阿父到现在还没回来，他们把我阿父扔在战场上不管了。还有我阿母，我阿母到现在还在奶奶庙里给神磕头呢。我们一家人从昨天到现在，连一口饭都没吃。你是宗主，你得想个法子呀？

我能想啥法子呢？邵千户呵呵地笑了，他觉得小姑娘挺有意思的。他说，我是宗主没错，可我只是邵家村的宗主，不是你们邵家花板的宗主，你们鲜卑人有自个儿的族长呀。再说出门打仗也不关我们汉民的事儿，你应该去找州郡兵里的当官的，比方什么军将呀，幢主呀，什主呀，还有那个穆阳秋，你找他才对呀？

你们怎么都是一推六二五呀？木兰急了，我跑这么远的路来求你，你就用这话打发我走？亏你还是宗主呢。

邵千户说，你要问我借几升粟米，我能办到。你要我帮你把你阿父找回来，我可帮不上你忙。

木兰指着邵千户搁在八仙桌上的茶碗说，你还好意思说这话？不是我阿父他们拼了老命替你们汉人跟柔然人打仗，你邵千户哪有闲工夫坐着喝茶呀？你这房子，你这院子，还有你院子里的达子香，还有你马厩里的马，早让柔然人抢跑了，你还给谁当宗主呀？

哎，你这丫头片子，邵千户从太师椅上站起来，本来笑嘻嘻的，忽然脸色阴沉了，我这个宗主可不是你们鲜卑人封的，我的老祖宗那辈儿就是宗主了。他们不单是邵家村的宗主，他们还是金家花板的宗主，他们还是善泉沟的宗主，他们还是龙泉寺的宗主哩。不要小看我们老邵家，也是我自个儿没出息，把骆驼折腾成马，把马又折腾成羊，到我这辈子，只能做邵家村的宗主。虽说一朝天子一朝臣，可我们老邵家在善无县是世世代代的宗主，不见得柔然人来了，就不让我当这个宗主。

你烦不烦哪，木兰跺脚说，我跟你说的是我阿父没回来的事情，你跟我啰啰嗦嗦扯啥宗主不宗主的，你倒是让人出去找找我阿父呀？

邵千户给气笑了，我说丫头啊，你怎么倒怨上我了？得，我不跟你瞎扯淡。你让我派人出去找你阿父？这话又从何说起？你阿父是打仗把人给打没了，活没活着还两说呢，我连他们在哪里打仗都不知道，你让我去哪儿找呀？总不能去柔然人的地盘上找吧？娃娃，你还是回去慢慢等着，让你阿母回家给你们做饭去，吃饱饭才能有力气等你阿父回来。你急是没用的。

我能不急吗？木兰沙哑地大声叫嚷起来，就像邵千户踩了她一脚似的。我阿父是我阿父，不是你阿父，我阿父死在外面你当然不着急了。

木兰朝邵千户脸上毒辣辣地白了一眼，然后一阵风似的跑出中堂，连邵千户满院的达子香都没细看。

四

日头快要落山时，花袁氏睁开眼睛，忽然发现大殿里仅剩自己一个人了。村里的女人在神面前没有白祈祷，她们跪在蒲团上，嘴里念念有词，念着念着就把自家汉子念叨回来了。她们都高高兴兴回家犒赏汉子去了，唯有花袁氏一直念不来花弧。后来是平时要好的几个女人趁着沉沉的暮色爬上小山，走进烛光摇曳的大殿，来劝花袁氏。她们说，回家吧，回家吧，都跪几天了，你不吃不喝能扛得住，可木兰木莲她们呢？还有花雄，花雄那么小，也要跟着挨饿。再说你就是把膝盖跪烂，把一家人饿死，也不是办法呀。

她们好说歹说，总算把花袁氏劝出了庙门。

花袁氏回到家中，仍有些魂不守舍。儿子花雄已经蜷曲在炕脚睡着了，不知是饿的，还是累的，他的嘴唇鱼一样唼喋有声。花袁氏鼻子里一阵发酸，急忙背过脸去。

花袁氏的屁股还没有把灶台前的小板凳捂热，街面上就有人一阵一阵地筛锣，噌噌噌，噌噌噌，敲得人心尖儿都在打战。

救火啰，大伙儿快去族长家救火呀，带上扁担，挑上水桶，快

第九章　游骑无归

去救火呀。

花袁氏是热心肠的人，让木兰出去看看。木兰不去，木兰说，凭啥呀？族长连我阿父的生死都不管，我去他家救的哪门子火？

你个死妮子。花袁氏骂道，你阿父又不是族长带出去的兵，你阿父没回来，能怪罪到人家族长头上吗？你带上水桶，快去搭把手，一笔写不出俩穆字来。

花袁氏听见木兰嘟嘟囔囔走了，就一屁股坐在灶膛前想心事。

不多一会儿，院门响了一下，知道木兰回来了，便问，木兰，火灭了没？你怎么刚出去就回来了？

木兰没好气地道，族长家的牲口棚是着了，可没等我过去，他们就把火扑灭了。那个敲锣的甘老三还在村里敲锣吆喝救火呢，他那么卖力，好像他家着火似的。

可不是他家嘛，花袁氏说，他不就是给族长照看牲口的吗？好端端的，族长家的牲口棚咋会着火呢？

你问我，我问谁去？木兰不耐烦地嘀咕一声，又说，阿母，我饿坏了，连一点力气都没有。

花袁氏这才想起一家人正饿着肚子，连忙弯腰在灶膛里生火，一边生火一边愤愤地说，神呀，我跪你几天了，你连个人儿都保不回来，你没这本事，就甭让我在你那儿枉费工夫。花弧回来倒罢了，花弧要回不来，看我不找你算账去……

花袁氏嘴上发着狠，心里并没有去奶奶庙找神算账的想法，她的自言自语偏偏让女儿木兰听到了。饿着肚子的木兰在月亮地里捻一杆丈八黑缨枪，走了几个回合就浑身直冒虚汗。两天来积攒的焦虑和郁闷在这一刻爆发出来，洪水一样冲昏了她的头脑。她把黑缨枪朝地上一戳，像一头受惊的小鹿，一蹿一跳消失在简陋的柴扉后面，她的身影很快被黑乎乎的篱笆墙遮挡住了。

月亮地里，风好大。

花弧家的院墙不是土筑的，也不是石头砌的，而是用糜子秸秆扎起来的篱笆。这样的篱笆墙经一年的雨雪冲刷会失去原有的韧性,花弧会在深秋季节,把旧有的篱笆拆掉,从山上割来柔韧的藤条,把别人家新收的糜子秸秆一束束捆扎好,再用麻绳固定在间隔恒定的木桩上。但是,今年的篱笆墙,不知道花弧还能不能像往年一样扎起来。

五

邵家花板这几天不太平,接连不断发生一些匪夷所思的事情。最初是穆尔图的大青马,从几百里之外的燕然山下,先于别人驮回自家断气的主人。接着是村里一棵老而弥坚的槐树,无缘无故倒在路旁,把穆戎陆家的柴狗砸成一张肉饼。后来是族长家的牲口棚没来由地着了大火,慌乱中,马跑了好几匹……

到了这一天的清晨,最早赶去奶奶庙烧第一炷高香的贺氏,在阔大的殿宇里发出了毛骨悚然的尖叫。她看到供桌后面的三仙奶奶神像的脸,都被泥巴抹得乌七八糟,已经分不清哪是额头,哪是眼睛,哪是鼻子,哪是下巴了。香案前的香烛供果之物,皆四散于地,如同遭了劫。贺氏是穆元吉的阿母,又是穆塞图的婆姨。她原来也是不信奶奶神的,自从到了邵家花板,就入乡随俗拜起奶奶神。

贺氏的惨叫立刻引起在豌豆地里拔草的几个男人的注意。他们以为有人在奶奶庙里欺侮女人呢,就拎着镰刀,争先恐后从各自的田间地头朝奶奶庙奔去。他们一边跑一边在脑海里想象着女人被男人强暴时的白花花的场景。当他们拥进山门,出现在大殿里时,才知道贺氏不是被人欺侮了,而是殿堂上的三位与世无争的女神仙被人用泥巴玷污了。

那天早晨,邵家花板差不多所有的男人女人都闻讯赶来,男人带着笨重的农具,女人手里带着针线活儿,老人们拄着葛杖。他们赶庙会似的聚集在奶奶庙的殿内和殿外。就连那些淘气的孩子都把小脑瓜挤在大人一条一条的腿缝间,好奇地观瞻殿里的神仙。他们纷纷猜测泥巴的由来。穆元吉悄声对阿父穆赛图说,我知道是谁干的，一定是穆尔图的鬼魂把神的脸给涂了。穆尔图经常喝得醉醺醺的，他在阳间喝酒，未必到了阴间就会改邪归正。他喝醉酒，什么事情都干得出来。穆赛图踢了穆元吉一脚，你知道个屁呀。

大人基本不同意孩子们的猜测，尤其是后来挤进人群的穆阳秋。穆阳秋煞有介事地说，这种事只有人干得出来，鬼魂是不敢亵渎神灵的。

大家突然紧张起来，狐疑地在大殿里扫视一圈，除了神像和香烛供果，再没发现其他人为破坏的痕迹。

穆阳秋又指着邵家花板说，我家的牲口棚好些年都没着过火，里边除了牲口，就是些牛粪马粪，又没有堆放草料，咋会无缘无故着了火？我敢说，一定是有人故意放火点着的，要不是甘老三发现得及时，连我们家的房子都要引着了。牲口棚紧挨我们家的北房，我就住在那间房里。我说怎么这么热啊，大晚上的怎么会出来日头啊？我喊隔壁的承嗣快出去看看，还没等承嗣答应我，就听甘老三父子喊着火了。

巴雅尔说，依我看哪，分明就是有人故意在搞鬼，怪事一桩连着一桩……

贺氏的目光从所有在场的丘穆陵氏族人的脸上倏地掠过。她不敢在他们脸上做过多停留，甚至不敢相信他们会做出这种亵渎神灵的事情。

巴雅尔的话，大家都能听出弦外之音，但究竟是家族内部出了内奸，还是周边汉人在捣鬼，他们也猜不出个所以然。他们更愿意相信，这些怪事情都是穆尔图的鬼魂在作祟。实在不行，就去贺兰山的显明寺找方丈来给穆尔图超度亡灵，说什么也得把穆尔图的怨气给平息下去。

穆阳秋看了看众人错愕的表情，说，散了吧，散了吧，北梁上的谷子还没下种呢，再等下去，秋后要喝西北风的。

邵家花板的人最早是把北梁的树木砍光，把树根刨起，学着汉人的样子种了庄稼。后来又把南梁的树木也伐掉了不少，也种了糜谷之类的庄稼。他们大都不是种田的行家，不是耕浅了，就是犁深了，不是种早了，就是种稠了，再加上北梁南梁都缺水，村民懒得从井沟取水，就只能靠天吃饭。年景好，一亩山田能收一斗米，年景差，连种子都收不回来。他们这才知道，汉人种庄稼比放马放羊学问深得多。庄稼收成最稳定的，要数族长穆阳秋家，他家不仅开荒的地界广，而且产量也高。谁都知道他们家攥了个种田把式，甘老三和他三个儿子实在是百里挑一的好把式。

邵家花板自古有两座庙，一座是小山上的奶奶庙，另一座是壕山上的龙王庙，奶奶庙的香火一直比龙王庙鼎盛。留有斧凿痕迹的青石台阶，一层一层，底气十足地从泉沟的沟底，呈蛇形铺上山去，一直砌到半山腰，砌到奶奶庙的山门口。红墙碧瓦的奶奶庙，遥对着壕山上的龙王庙，隔着泉沟又与邵家花板遥相呼应。东西向的泉沟与南北向的壕沟并没有很明确的分界线，村民去南梁上种莜麦、豌豆都要掮着耧犁从村南下了土坡，到泉沟的沟底，跨过一条小溪，再沿一条小路，爬上对面的南梁。村民去壕山上种糜子种粟子都要扛着耥耙从村西下了土坡，到壕沟的沟底，踩着一些凌乱的鹅卵石，再一级一级爬上壕山。村民很少带着窎瓠或耩子爬上小山去播种，小山是个更适宜拜神的地方。

村里人轻易不允许小孩子去小山上玩，担心亵渎神灵。在木兰眼里，奶奶庙里的神像永远那么年轻，特别是中间那一尊，纤纤素手捧一个石斛一样的器皿，面目慈祥地站在神座上，被袅袅香烟轻笼着。神叫什么名字，三尊神各叫什么名字，没有人知道，但邵家花板的村民逢年过节总要携一篮供品前来烧香祷告。事实上，这是汉家的民俗。到了道武帝拓跋珪在平城称帝之后，鲜卑族不断南下。他们骑着马，赶着马群和羊群，拖家带口寻找属于自己的家园。在穆阳秋他们到来之前，曾有一伙鲜卑人，他们看到孤山附近的草地绿油油的，邵家花板的树林密匝匝的，井沟和泉沟里的流水波光粼

第九章 游骑无归

鏺的,便从马背上跳下来,说这地方好,背山面水,居高临深,山不高有脉,水不深有源,能养马,也养人。那时候,远在邵家村的宗主老邵千户,带领好几个村的汉人把那伙鲜卑人硬是赶走了。因为这件事,善无县令怪罪下来,罚了老邵千户十担粟米、十匹绢。多少年后,老邵千户没放鲜卑人进驻邵家花板,而邵千户却把另一伙鲜卑人带了进来。老邵千户用黎杖捣着地对邵千户说,邵家祖祖辈辈积攒下的田产要败在你手里呀,你是引狼入室啊。邵千户心平气和地道,民权怎扛得过皇权?世道变了,这是没办法的事儿,普天下都是鲜卑人的,我能挡得住人家占了邵家花板?

从草原迁到邵家花板的鲜卑人都念邵千户的好,要不是邵千户肯让他们把南梁上的松树砍倒,他们怎么能盖起遮风挡雨的木头房子呢?要不是邵千户引导他们学手艺,学种庄稼,说不定他们早饿死了。他们从草原上带来那么多马匹牛羊,饲草就是个天大的难题。用不了多长时间,他们会饿得六神无主,眼睛发绿,就会拿刀执杖包围邵千户的大宅子,索要钱粮,索要草料,杀人劫舍,在所难免。邵千户不后悔把邵家花板让给穆阳秋,更不后悔自己教会鲜卑人几项活命的法子。古人说得好,"授人以鱼,不如授人以渔"。何况他家又不开酒坊,不开豆腐坊,也不开榨油坊,他家只有土地庄稼和树木……现在想起来,在这些鲜卑人身上,邵千户也是下了本钱的。他甚至从思想上给鲜卑人灌输中庸与守弱的哲学,教会他们如何在奶奶庙里化解冤屈,求其所愿。没过多久,鲜卑人在奶奶庙里烧香磕头,虔诚的样子与心态丝毫不亚于原有的汉民了。就连木兰都知道,村里的男丁每次随拓跋可汗出征北漠,鲜卑族的女人都要在奶奶庙里祷告,什么时候打完仗,什么时候祷告结束,她阿母花袁氏也不例外。在花弧披甲上阵以后,花袁氏便扔下织布梭子,一整天一整天地跪在奶奶庙大殿的蒲团上。

奶奶庙在邵家花板村西,邵家花板在善无县西南,善无县在魏国的都城平城之西。想一想都是那么遥远,但对木兰来说,邵家花

159

板天天都在眼皮子底下趴着，鸡鸣晨起，日落晚归，一点新鲜感都没有。她一直记得，不高的几座绿葱葱的小山包，就散落在邵家花板四周，起起落落的样子像极了孔明布下的八阵图。大风常把庙里的檀香味儿吹到很远的地方。在桑干郡贩粮的丘穆陵氏族人，在繁峙郡骑马行军的丘穆陵氏的征夫，在马邑郡做媳妇的丘穆陵氏的姑娘，只要闻到这股淡淡的檀香味儿，就会美滋滋地说，我阿母又在庙里烧香了。

  花袁氏原本是不信佛也不信神的，只是丈夫花弧经常随州郡兵出征塞外，难免要杀人，也难免被人所杀，花袁氏只好信了佛，也信了神，天天为花弧身不由己地杀戮赎罪。佛与神，在花袁氏那里从来都混为一谈，她以为奶奶庙里的女神就是佛家供奉的菩萨了。花袁氏说，木兰，你不要整天就知道玩，快随阿母去奶奶庙给神磕个头。木兰把花弧用废了的一杆丈八黑缨枪舞得天花乱坠，气喘吁吁地说，阿母，你不看我正忙着吗？你又不是不知道，我的膝盖疼，不能碰地。花袁氏说，你膝盖疼？你舞枪弄棒又蹦又跳的怎么不疼，偏偏让你给神磕头就疼？我看你一点都不替你阿父担心，亏他那么疼你。

  如果不出征，花弧平日里只是个游方的相马师。他穿着圆领褊衣，腰里系着带扣的革带，戴着后垂披幅的鲜卑帽，牵着那匹病恹恹的飞燕骝，从邵家花板不成体系的街巷走过，把影子丢在斑驳的树荫下面。他过了流水潺潺的泉沟，爬上一道花草覆盖的土梁，从村民种了黍子与谷子的坡地上走过……他要去塔山脚下的马圈湾村，给一个致仕多年的黄门侍郎相马。花弧名声在外，相过的千里驹不下三五百匹。他最得意的一次是从俘获高车族几万匹马里，为山阴侯选中一匹日行千里夜走八百的青雅马，偏偏花弧自己的坐骑是一匹无精打采的老马。在村口土堰上点豌豆的穆戎陆说，花弧，你也该换换马了，你这马一摇三晃的，指不定走到哪儿就趴下了。不说这个，就是找你相马的人看了你骑的马也要犯嘀咕。花弧笑道，

第九章 游骑无归

虽说马齿渐长，烈性磨掉了，可它毕竟是匹好马，它能猜透我心里想什么，该快时快，该慢时慢，脚程又长。再说了，汉人不是有那么句老话嘛，卖盐的喝淡汤，织草席的睡凉炕。我要买得起好马，也就不给人相马了。

花袁氏在娘家也是有名有姓的。花袁氏十五岁嫁给花弧，在娘家的闺名就被丢弃了。花弧喊花袁氏叫老板，老板长，老板短，她听得心里暖乎乎的，啥叫老板？老板就是当家的。等十七岁那年她生了木莲，花弧又喊她老板板，多了个板字，显得不正经了。等十九岁那年她生了木兰，花弧就连老板板也不待喊了，日子长，把喉头那股热乎劲冲淡了。邵家花板的街坊当然不能用花弧的口气跟花袁氏说话，他们见了面喊她花弧家的，背地里直呼她花袁氏。花袁氏也没啥不好，既照顾到她娘家的姓氏，也表明了她现在的身份。木兰有一次问花袁氏，阿母，你原来叫啥？花袁氏从马骡背上卸下一捆青草，然后抱着往马圈走，头也不回说，阿母没名儿，以前有，忘了。木兰说，我听人讲，邵家村的邵家祠堂里也没有女人的名字，就连邵千户的三房妻妾都没写在云谱上。花袁氏愣了一下，把一抱青草重重地摔在一堆马粪上，说，木兰，你帮阿母把屋子收拾收拾。一个女孩子家，不要山猹野猫地四处乱跑，也不用管那么多闲事，人家邵家村跟咱邵家花板八竿子打不着的。女娃在娘家留下名就行了。

六

世祖拓跋焘年纪不大，眼里却容不得一粒沙子。正月里刚刚北伐归来，马未卸鞍，兵不解甲，到了梨花杏花竞相开满京师御河两岸的四月天，世祖又开始盘算讨伐大檀。驻扎在京师南郊的中军日日练兵，战鼓声、喊杀声、马蹄声与兵械撞击声振聋发聩，甚至盖过城郭里的市井声。

从练兵场回到皇宫，世祖那张年轻而英姿勃发的面庞，洋溢着不可一世的傲气和霸气。他在天华殿上，与众臣商讨北伐之事，坫阙之下，一向唯唯诺诺的公卿大臣，莫不三缄其口。世祖最看不惯大臣们这副不经事的猥琐样子，他说，你们平时一谈论起国政来，不都叽叽喳喳抢着说吗？怎么现在一提北伐，你们就哑巴了？是不是让那个大檀吓破胆了？

大臣们你看看我，我看看你，还是没人吭声儿。世祖当然知道他们心里想什么，无非是朝廷年年打仗，岁岁厮杀，将士得不到休养生息，人民得不到安居乐业，照这么下去，魏国终究会被拖垮的。

世祖叹口气，那个大檀啊，是朕的一块心病，除不了那畜生，朕饭吃不香，觉睡不甜。你们都是朕的栋梁之臣，理应体察朕的心志，难道只有柔然大兵压境，我大魏国才仓促应战不成？

当时有个术士叫张渊，还有个术士叫徐辩，两人举着象牙笏，走出文官序列，同声说道，圣上万万不可，近日天象大异，四月间有天鼓齐鸣，后有天裂气象，主兵戈，天下将，示凶兆，不可举兵。何况刘义隆在南面虎视眈眈，万一圣上兵发柔然，国内兵力空虚，岂不给宋军留下可乘之机？刘义隆一旦率军北犯，圣上将悔之晚矣。

悔之晚矣？世祖嘴角露出一丝不易觉察的冷笑。他对张渊和徐辩的主张颇不认同，正要敲打敲打两个术士，有人已经出来替他说话了。此人叫崔浩，官拜太常。

寻常，崔浩是个倔强之人。一般人的倔强是一根筋的，不随大溜的蛮倔。崔浩不这样，在大是大非上总是顺着君上的意思走，所以就显得难能可贵。这时的崔浩就说了，臣子本该以辅佐天子的江山永固为己任，岂能以天象的某些异常蛊惑天子逆时势而行？臣以为，所谓阴阳两极，只是自然循环的两个不同走向，反映到治国理政上，阳寓意着天子恩德，阴蕴藏着法治刑杀。天上如出现日食，民间以为是天狗食日，但在君上这里，不能像草民那样敲击鼎釜来吓阻那只虚无缥缈的天狗，而应遵循天体运行的本性，顺乎事物发展的自然规律。天上如有月食出现，君上同样不能与凡人同流，而应祭出刑珍之国器，兵伐天下有罪之国。据臣所察，月亮遮盖昴星之象，颇有时日，以三年为期，天子将大破旄头星之国，柔然为旄头星之首。

世祖听罢，觉得这个崔浩说得头头是道。他本来是想表扬几句崔浩的，却一拍巴掌，就这么定了，起兵北伐。

五月，正是青草繁茂的时节，世祖亲御六军，北伐柔然。东自瀚海，西接张掖，北度燕然山，魏军所到之处，柔然兵莫不披靡落荒。两个月后，大军行进到琢琊山前，发现山形变幻，云雾缭绕。有人向世祖进言，此山形势险峻，怕有柔然伏兵，我军此次北伐，虏获颇丰，种落及马牛杂畜方物以万计算。如果把这些战利品分发给全国百姓，一定是家家有奇宝、户户有余钱。圣人有云，穷寇勿迫，此用兵之法也。我们莫如见好就收，班师回朝吧？

世祖舔了舔发干的嘴唇，看一眼身边满脸污垢的将士，也有些想家想爱妃了，便叹息一声，罢了，鸣金还朝吧。

此次北伐，花弧和村里的男丁也随中军出征。花弧骑的仍是那匹上了年纪的飞燕骝。他们这支州郡兵的职责仍是收揽和押运战利品。

出发前，花弧撅着屁股在自家院门口给飞燕骝修马掌。木兰也弯着腰双手撑在膝盖上，看花弧修马掌。

花弧抱起一条马腿，把马蹄翻过来，用一柄锋利的马掌刀铲去磨花了的蹄沿角质。

木兰问，阿父，你削它的蹄子做什么？它会疼的，它怎么不踢你？

花弧说，阿父是为它好，怕它跑山路伤了蹄子，才给它钉马掌的。蹄子要是踩劈了，这马就算废了，也算活到头了。它知道我为它好，它踢我做什么？你别看它不会说话，比人都聪明。

木兰摸了摸披向一侧的马鬃，若有所思地说，阿父，它比人聪明，就不会让人骑它了，就该见了人尥蹶子，谁靠近它就咬谁，谁相中它说它是匹好马就一辈子恨谁。可你看它低眉耷拉眼的，一点都不聪明。

花弧钉好马掌，从西窑取来鞍鞯，从东窑摘下盔甲，从正窑里取来装水的皮袋和装炒面的细口袋。花弧对木兰说，女儿家该做的是纺绩井臼，针黹家计。你都十来岁了，也该跟你阿母学一学织布，不要整天刀呀枪呀马呀地瞎折腾，打仗又不用你们女人上阵。

木兰哑了半天，忽然攥着拳头叫起来，阿父，你不要总是你们女人你们女人的，女人怎么啦？女人也是人，照样枪也使得，马也骑得，人也杀得。

花弧被木兰说得一愣一愣的，半天才噗地笑了。我家木兰不简单，有血气，等打完仗，阿父教你走马射箭。

现在，那个答应教她走马射箭的花弧却一去不复返了，木兰激灵打个冷战。

在七月流火的日子，少女花木兰第一次感受到亲人离散的悲伤。

第十章 投杼之疑

一

中午，壕山上锄地的村民发现，壕沟通往孤山的小路上，又走来两匹马，一匹主马、一匹副马。两匹马都走得慢慢吞吞，一点都不像急着赶路的样子。前面那匹马的马背上坐着一个人，那个人的样子看上去就像纸匠扎的纸人，马走着，他摇着。如果真有一股风刮来，那人一定会被吹下马背的。那人的脸色也很难看，又黑又干的，就像一粒完全蒸发掉水分的驴粪蛋蛋。不要以为这个人与邵家花板没有一丁点关系，如果那样想就错了，这个人不是别人，正是久去未归的花弧，也就是花袁氏在奶奶庙烧香祷告期盼见到的那个鲜卑族士兵。

落单的花弧被中午的太阳晒得晕晕乎乎，嘴唇干裂，头发乱糟糟的，他头上的铁盔掉了。花弧的心真大，走到孤山脚下，甚至还美美地打了个盹儿，后来是被一声马的嘶鸣，惊醒了。好马，他失声叫道，真是一匹好马。花弧对马有着异于常人的感觉，好马驽马，听马蹄声，听嘶鸣，听马的反刍，都能辨出来，八九不离十。花弧下意识地握紧丈八黑缨枪，拨转马头，放眼看了看四周。除了树就是草，除了草就是大石头，他找不到除飞燕骝和花斑马之外的第三匹马。孤山矗立，拂面的是清风，入耳的是鸟语。山上的草木和石头，在七月的阳光里，显出坚硬的本相。孤山外围的草地平坦如砥，水波一样泛着涟漪，同样看不到牧马人的影子。西边那片树林，像涂了浓浓的油彩，铺在那里。真是见鬼了，花弧咕哝道，明明听见有骏马的嘶叫，怎么看不见呢？他这时就想起穆尔图醉酒后扇自己耳光的情景，自己的听力自从那次挨打以后，大不如前了，时常出现幻听。

花弧知道，孤山上有个土围子。围子不高，中间敞着口，没有门，在每年三月三、六月六、九月九这三个日子，有一次盛大的马市。高车人、柔然人、燕国人，当然更多的是魏国人，都会牵着马匹牛羊，甚至驮着各色的皮革南货前来交易。胡音蛮音，混搅一锅粥。在马市期间，孤山上扎满了帐篷和圈马的栅栏。马市每一次差不多有十来天时间，集市一散，孤山顿时沉寂下来，土围子空无一物。

花弧想，马的嘶鸣声八成是从土围子里传出来的。现在距离最近的一次马市还有一个多月，这么早就有人把牲口圈进去了？

花弧的注意力转移了，他大声说道，狗日的，总算回来了，我还以为再也赶不成马市了，再也不能给人相马了。狗日的，全是这老家伙闹的。花弧两腿夹了夹马腹，又说，我原来以为你还行，这次差点让老子栽你手里，到底是老了，不中用了，跑不动不说，连回家的路都忘了……

对孤山，花弧很熟悉，孤山下面的草地他也很熟悉，鲜卑人的马群经常在那个地方放牧。但这一天很奇怪，草地上看不到一匹食草的牲口，甚至连一只羊都没有。花弧把丈八黑缨枪挂在马鞍左下方的鸟翅环上，回头看了看后面那匹花斑马。他已经感觉不到连日来在刀尖上舔血的忐忑，阳光暖暖地照在孤山上，他可以让老马优哉游哉以踱步的方式走回邵家花板。他懒洋洋地在马背上伸了个懒腰。身后的土路上，没有留下他狼狈不堪的身影。这几天，他的婆姨花袁氏一定哭成了一个泪人，以为花弧早被柔然人把脑袋砍了，

第十章 投杼之疑

那副臭皮囊早让草原上的狼吃得只剩下一具骷髅了。花弧在家时，花袁氏不是嫌他懒，就是嫌他馋，花袁氏一边啪啪地织布，一边骂他是天底下顶没用的废物。只要他披上铠甲，跨上战马，还没走出庄子，花袁氏就抹开了眼泪。女人的眼泪真多，说流就流，流开还没完没了呢。

现在好了，仗打完了，虽说有些狼狈，有些周折，可他毕竟活着回来了。如果不是走了太多弯路；如果不是在战场上为了追逐一匹失去主人的千里驹；如果不是骑的那匹老马不仅把目标跟丢了，而且把花弧带到一片荒无人烟的沙漠，他早就该回到邵家花板了。

那个折腾人的鬼地方，漫无边际，到处是沙子，黄亮亮的，刺眼，偶尔一簇沙冬青、一簇芨芨草。他以为再也出不了那片沙漠了。

花弧的马从孤山下的草地经过，马蹄踏着草尖，软绵绵的如在驼毛毡上行走。一路走下去，飞燕骝被丰茂的青草所吸引，东一嘴，西一嘴，嚼出一副馋相。村后的北梁上一棵老松最是惹眼。每次外出回家走到这里，花弧都能感到马蹄变轻，自己的心也轻了。这一次，他感受到的是饥饿带给自己的肠胃的紧迫性。在落荒途中，他记不清吃过些什么，碰到有水的地方，他趴在水边，把脸埋进去，咕咕地喝一阵，就算是充饥。在沙漠里，喝到第一口水，那种甘霖入喉的滋味真是奇妙，与良马失之交臂的沮丧懊悔，逃命施压给他的恐惧与张皇，还有夤夜疾行的辛苦劳顿，在饱喝一顿之后，全都稀释了，融化了，他觉得浑身又充满了活力。随着饥饿一阵阵袭来，他把装过炒面的干粮袋翻个里朝外，再无一点粮食可供果腹。花弧陷入了迷茫，举目四望，不知道自己能不能挺过去，走出那片渺无人烟的沙漠……现在好了，总算回家了。家里有热腾腾的饭菜等着他。花袁氏是个巧妇，粗茶淡饭也能做出诱人的味道来，当然还有甜苣菜。一想到甜苣菜，花弧的喉结上下滑动几下，眼前跳出木兰和木莲爬坡下沟挑野菜的身影，还是女儿家贴心。每年初夏，花弧总是甜苣菜不离口，说到底，都是木兰木莲的功劳，谁说女子不如男？花弧才不信那套呢。

再有一箭远的距离，就是壕沟的沟口。花弧看见壕山上有人用镢头在翻土。这个时候，该种的都种上了，想补种都有些晚了，翻土做什么？花弧想，那人肯定不是个勤快人，一年之计在于春，都夏天了，还做春天的农活儿？呵呵。花弧仿佛又听见了马蹄声，没等他回望来路，忽然发现壕山上的村民不见了，只有一簇一簇的灌木暴晒在烈日下面。一定是幻觉，山巅上压根儿就没有什么用镢头翻土的村民，花弧揉了揉眼睛，心想，原来饥饿还会产生错觉。

花弧听见水流声，那是从壕沟流出来的一带清溪。溪水流出壕沟，就像入了大海，被茂盛的牧草掩去踪迹。

穆戎陆在半人高的草地上割草。

穆戎陆，是你吗？花弧勒住马的缰绳，朝割草的穆戎陆喊，大晌午的，就不怕狼把你吃了？

穆戎陆是个矬子，拿一把镰刀割草的时候，整个儿人都被青草淹没了。他揩一把额上的汗，直起身想对花弧说，你这家伙没死啊？可他看了一眼花弧的身后，居然吓得转头就跑。穆戎陆不需要向壕沟里跑，他身子躬下去，很快就被青草遮挡得严严实实了。

花弧的身后，在孤山脚下一片杂树林边，忽然冒出一大群柔然兵。他们骑着披了护甲的战马，手执各式兵刃，满脸汗渍，有些乱哄哄的，不远不近尾随着花弧。不清楚在沙漠深处，还是沃野的边界，或是抚冥的某个荒村，他们忽然发现了单枪匹马的花弧，像捡到宝贝一样悄悄向花弧围拢过去。在就要朝花弧下手的节骨眼上，他们的头儿，一个戴了眼罩的独眼汉子，伸手制止了。独眼龙打着手势，让所有人集中一处，像尾巴一样拖在花弧身后。他们打算跟随花弧深入到魏国的腹地，干一件轰轰烈烈颠覆魏国的大事，干一件连可汗大檀都想不到办不到的大事。

第十章 投杼之疑

二

　　在马背上,花弧看不到割草的穆戎陆。花弧觉得这矬子挺有意思的,我又不是吃人的狼,也不是草菅人命的柔然兵,你怎么不吭声就藏起来呢?

　　穆戎陆,我看见你了,你藏啥哩?花弧在马背上哈哈笑着,他面朝一片青草地,想把穆戎陆诈出来,但穆戎陆如泥牛入海。

　　啥人呢,这家伙?花弧悻悻地说道。

　　壕沟静得吓人,除了水流声,什么都听不到。

　　飞燕骝忽然停在溪畔,不是低头喝水,而是回头看了看。看什么呢,这家伙,不会是看躲在草丛里的穆戎陆吧?穆戎陆有什么好看的,他就是一只缩头乌龟。他以为我花弧死了不成?我死了还会骑马赶路?

　　转过小山,飞燕骝顺着泉沟朝东走。沟底长满碗口粗的柳树,有人在树下歇响,头枕着一只鞋,用一顶柳条斗笠遮了整张脸,左腿屈起,右腿架在左腿上,摇来摆去,像风吹似的。睡都睡得这么悠闲。花弧想用丈八黑缨枪挑开那人的斗笠,他知道那人是谁,除了甘老三还能有谁?甘老三是穆阳秋的长工,摇耧摇得好,播的粟种,既直溜,又匀称,不深也不浅,刚刚好。甘老三不单自己摇得好,还把全套手艺传授给了三个儿子。穆阳秋的几十亩坡地上的糜子、谷子、粟子、莜麦、荞麦……反正五谷杂粮吧,几乎都是甘老三和他三个儿子摇着耧犁播下去的。从谷雨,到小满,甘老三父子与叮当作响的耧犁一直停不下来。等忙过这阵儿,甘老三就会像不三不四的公子哥儿,成天东家进,西家出,游游荡荡的,也要嫖女人,也要下赌场,也要酗酒骂人,也要跟着鲜卑人外出打猎。穆阳秋不干涉他的私生活。可到了秋风乍起,穆阳秋便把甘老三喊回来,要他带着他的三个儿子准备收割庄稼。

　　喂,甘老三,日头都过晌了,还不回去吃饭呀?花弧用枪尖挑开斗笠,看见一张布满皱纹的黑脸。

那张脸起初木讷地僵着,渐渐泛起一团讶异。甘老三忽地坐起,嘴巴张得很大,花弧?你是花弧?

花弧笑着说,甘老三,我又不是鬼,看把你吓得。

甘老三激动起来,来不及捡掉在地上的斗笠,来不及穿刚才枕着的鞋子,像一只受惊的小鹿,嗖一下就蹿到溪水的另一边了。他没有穿鞋的那只脚踩在水里,不等水花落下,已经三蹿两蹿攀上对面一道黄土坡了。

甘老三,你跑什么,连鞋子都不要了?花弧喊。

花弧看见甘老三的身子在土坡上摇了摇,忽然像刺猬一样缩作一团,从坡顶翻滚下来,然后平平展展地躺在溪水边。太阳的光芒落进水里,又波光潋滟地折射到甘老三那张布满皱纹的黑脸上。

甘老三,你这是闹得哪一出啊?花弧笑着说,你像一条狗,又是跑又是跳的,还从坡上往下翻呢,不怕把腰给闪了?

虽然饿得前心贴后背,但花弧的眼睛还算犀利,他倏地发现,甘老三贴在地上的嘴巴慢慢张开,眼睛瞪得溜圆,一缕血却从脖子上喷出,仿佛一条飘扬的红绸子。

咋地啦?这回轮到花弧吓了一大跳,刚刚像小鹿似的甘老三怎么会死在了溪水边?

花弧跳下马,跨过淙淙流淌的溪水,正要翻一下甘老三的身子,忽然看到甘老三脖子上插着一支箭,他不由得浑身一颤。

最早发现柔然人策马杀奔邵家花板的并不是惊魂未定的花弧,而是几个在壕山上翻土的村民。他们是陆氏用一只羊从邵家村雇来的帮工,要给穆尔图在山坡上挖墓穴。依鲜卑人风俗,陆氏要给自己的男人把墓穴放在高山之巅。在邵家花板,没有这样的高山,陆氏只能退而求其次,把矮趴趴的壕山当作高山。帮工们难得有挖坑这样不费体力,工钱又丰厚,还没人监工的好事。他们挖一阵歇一阵,三四个人轮流干活儿,蹲着抽烟的人和弯腰挖坑的人都是一副无精

第十章 投杼之疑

打采的样子。他们在这之前，把更多的精力放在猜测穆尔图的大青马是不是一匹神马上了。他们也听丘穆陵氏的族人说过穆尔图的事情，知道这个死鬼穆尔图是被一匹大青马从战场上驮回邵家花板的。大家的分歧是显而易见的，也就耗费了太多的唾沫口舌，直接影响到后面挖坑的工作。现在，大家都在心照不宣地磨洋工，等着陆氏把午饭送来。燠热的中午，并不适宜干苦力活儿。

这时，那个举着镢头刨地的村民就看见孤山的另一侧拥来一哨人马。在孤山的这一面，有一个人骑着一匹马，优哉游哉朝壕沟方向走来。

谁能看清那个骑马的是什么人？举着镢头刨坑的村民问旁边抽烟的另外几个村民。

大家都抻长脖子朝孤山方向张望，他们的样子活像几只大鹅。

有人说，这么远谁能看得清？除非是千里眼。

有人说，管他是谁呢，反正不是穆尔图丢下的那个大屁股女人。

大家嘿嘿直笑，裸露在外的牙齿沾满肮脏的牙垢。

有一个人突然尖叫起来，你们快看后面那群骑马的，他们不像拓跋可汗的军队，倒像是一伙高车人。

另一个人也附和道，他们举的那面旗，颜色都是紫的……

在正午的艳阳下，邵家村的几个村民并不确信花弧后面跟来的马队就是高车人或柔然人。但他们更相信自己的直觉，他们带着各自的镢头和木锨，匆匆忙忙从壕山上往壕沟里跑，有腿脚不灵便的还摔了几跤。

他们在沟底遇见送饭的陆氏。他们着急忙慌地催促迎面走来的陆氏，快回快回，不要去山上了，你男人的坟穴我们不挖了，高车人杀过来了。

陆氏说，你们把墓穴挖好没有？我都把午饭给你们送来了，你们好歹吃上两口，接着干。

村民一边跑一边说，吃饭当紧还是命当紧？你不要命我们还要命哩。

　　陆氏眼睁睁看着几个人带着各自的工具绕过泉沟，朝东边跑走了。事实上，陆氏并没有听清他们说些什么，他们的语速很快，快到她琢磨不透每一句话的含义。她念叨着，都是些什么人啊，给你们送来饭也不吃，急急忙忙回村做什么？不打雷，不下雨的。

　　陆氏本来是可以顺原路返回邵家花板的，可那天的陆氏，鬼使神差地没有回村，而是一直顺着壕沟走去。她关心的是穆尔图的墓穴挖得怎么样了。她提着饭罐，沿那条羊肠小路爬上壕山，要看看穆尔图的墓穴究竟挖好没有。

　　这伙人从甘老三倒下的溪畔经过，朝趴在溪边的甘老三喊，老三老三，不敢睡了，柔然人来了。这个老三，恐怕又喝醉酒了，咱们还是各顾各吧。

　　因为情况紧急，大家来不及把甘老三从地上拖起，就一溜烟朝邵家村方向跑走了。

三

　　那时候，花弧已经撇下甘老三，纵马朝村西的堡门冲去。他已经发现身后洒满阳光的泉沟里，忽然冒出一哨柔然人的战马。那些骑在马背上的士兵，盔甲鲜亮，鞭铜峥嵘，就像降落凡尘的天兵天将，吓得花弧险些从马上栽下去。

　　这些天，花弧一人二马穿越沙漠，过了沃野，到了抚冥，再从抚冥南下武川，最后才进入善无县的地界，一路虽走得张皇失措，饥渴难耐，但并没有一个柔然兵在他身后穷追不舍。不管他的样子有多狼狈，起码有一条，柔然兵没把他怎么地。让他不明白的是，几天来没有见过一个敌人，快要回到邵家花板时，却突然冒出这么一群来，而且还杀气腾腾，他一时有点蒙。容不得他细想，柔然兵如飞蝗一样的箭矢朝他射来。他用脚后跟一磕马腹，那马像打了鸡血一样，噌地蹿出去一丈开外。他身后那匹花斑马却没有这么幸运，

第十章 投杼之疑

屁股上扎了一圈箭杆,挣扎着跑了几步,歪歪扭扭倒在小溪里,溅起一片水花。

土坡上面的瓮城的堡门被人从里边关起来,并插了几根粗大的门闩。

邵家花板的堡墙是最近几年才修筑的。邵家花板的男人在不外出打仗的空闲日子里,在族长穆阳秋的指挥下,一堵一堵用黄土夯筑起来。花弧也是出了力的。花弧修堡墙的时候,绝没有想过,有一天他被自己修起来的堡墙挡在了墙外。邵家花板的堡墙周二里四十步,墙高三丈六,墙基厚三丈,墙顶厚两丈,只在西门设有瓮城。瓮城门头上又加盖了一个阁子,阁子里供奉着汉家的武曲星关云长。

花弧翻身下马,使劲推了推阁子下面的堡门,没推动,又用肩膀扛了扛,仍然扛不动。他知道,他被村里人关在堡门外面了。

花弧回头看了看越逼越近的柔然兵,再次绝望地拍打了两下门扇,他朝门里喊,快开门,让我进去。

里边的人都不说话。

花弧从门缝里看到门扇后面聚集了许多村民,都是丘穆陵氏家族的族人,都是些熟悉的面孔。他们每人手里都有御敌的冷兵器,或刀、或叉、或戟、或锤、或弓箭,还有笨重的藤牌。他们发出粗重的喘息声……然而,没有一个人伸手给花弧撤下门闩。

花弧愤怒地踢了一脚堡门,大声喊道,你们都死了吗?咋见死不救啊……

那天,邵家花板的村民在西堡门里只听见花弧骂了句什么,然后就从门缝里看见花弧飞身上马,手里握着一杆乌油油的丈八黑缨枪,策马朝越逼越近的柔然兵杀去。花弧的飞燕骝从坡顶往下俯冲,柔然兵从坡底往坡上仰冲,速度与劲道是有差别的,气势也各不相同。柔然人并没有把花弧放在眼里,花弧就像一个忠实的向导,把他们从柔然与北魏的边界线,拐弯抹角带到善无县邵家花板的泉沟里。他们一直担心有人从深沟两侧的上方,自上而下射一阵冷箭,

173

丢一阵石头，射到谁，砸到谁，都会倒大霉的。好在这样的担心是多余的，在邵家花板的西坡下面，他们明显感觉胜券在握，那个独眼龙，用手中的方天画戟向堡门一挥，所有人策马仰冲，杂乱的马蹄把土坡刨得尘土飞扬。

　　花弧不得不以一当百，用手中的黑缨枪把第一个冲上来的柔然人挑落马下，又反手把另一个柔然人的眼睛戳了个血窟窿。因为扎得太猛，他的枪没有立刻从那人的眼眶里拔出来，以致旁边砸来一铁锤，正好砸在枪杆上，花弧手里的黑缨枪的枪杆就断成两截了，握在手里的是仅剩半截用藤条缠了细竹片的牛筋木。

　　使锤的是个满脸络腮胡的壮实汉子，穿一件明光铠甲，在阳光下泛出刺目的寒光，那人面目狰狞地望着花弧。

　　骑在马背上的花弧，原本身子是向下倾斜的，被铁锤砸折了枪杆，巨大的惯性把他从马背上直接闪落在地上。他顾不上观察使锤人的模样，连滚带爬朝堡门处躲避。人在绝望的时候，总是设想脚底下会裂开一道地缝，可供自己脱身。只是花弧知道，自己即使变作一缕青烟，怕也躲不过被砸成一堆肉泥烂酱的结局。

四

　　轰隆隆的巨响从头顶发出，又呼啸着奔向土坡。花弧一时间被震晕了。那是滚木发出的声音，七八根滚木从堡门上方的阁楼上坠落下去，险些砸到花弧的飞燕骝，那匹马萧萧鸣叫着向门洞里躲藏，甚至把主人花弧都挤到了墙角。滚木巨大的撞击声，把门前的平台砸出一道长长的壕，然后向坡下滚去，撞向气汹汹地蜂拥而上的柔然人。

　　这种滚木是从东边的小路山砍伐来的松树，都是几百年的树龄，直径少说也有三尺开外，削掉枝杈，截取成两丈来长的圆木，上下几乎一般粗，事先用绳索捆绑在阁楼堞墙上，遇到敌人来袭，就用砍刀斩断绳索。花弧还没有见过这种摧枯拉朽的骇人场面，他扭回头,直看得心突突地乱跳。最先遭殃的是那个满脸络腮胡的壮实汉子和他骑的一匹青鬃马,青鬃马看到滚木下来,下意识地想要跳一下,前面两条马腿起来了,后面两条没起来,那马和马背上的主人后仰着被打翻下去,又被滚木碾个正着。一根木头倒也罢了,邵家花板的村民,一下子放下去三根木头,都像脱缰的野马,俯冲下去,瞬间压平了那道呈50°斜角的缓坡,所过处,尸骨遍地,血肉横飞。

柔然人的马队损伤过半,没有被滚木照顾到的,都在坡底仰望堡门。独眼龙还来不及清点伤亡情况,也来不及替死者惋惜和祈福,被突发的状况吓出一身冷汗。但他看到那个带路的鲜卑人仍被族人关在门外。

五

花袁氏一早起来有点头晕,到了中午,便开始犯迷糊,整个人都萎靡不振,像患了羊病。

花袁氏挣扎着从柴房抱回一堆柴火,从水缸里用葫芦瓢舀几瓢凉水,想坐在灶台前生火,却有点力不从心,心口突突跳几下,浑身便大汗淋漓,喘气都发紧。她一边挪到炕沿边,慢慢躺倒,一边有气无力地叮嘱木莲生火做饭,吩咐木兰去喂院里的鸡和圈里的羊,又让四岁的花雄去院里玩儿。这时,街上响起急促的脚步声、拍门声,还吹了两三声螺号,显见情况紧急。

花袁氏昏昏沉沉睡去,恍惚看见有个顶盔掼甲的军士,手拎一根长枪,威风凛凛从云端降下,军士的面孔越来越清晰,虽狰狞张目,却面熟得很,左看右看,怎么看都像自己日思夜想的花弧。她想这怎么啦,好端端的人怎么会从天上下来?如是花弧,那他骑的那匹飞燕骝哪去了?他身后怎么雾昭昭的,什么都看不清呀……

花袁氏昏昏沉沉的时候,木兰的心思早飞到堡门那里去了。木兰喂了鸡,喂了羊,都是草草的,一副心神不宁的样子,早被做饭的木莲看在眼里。唉,木莲叹息道,阿母病了,你不要出去疯跑,待会儿我请郎中,你守在家里。

篱笆墙外面的动静很大,人们的对话也很紧凑,声音忽高忽低很快就被匆匆的脚步声淹没了。木兰不知道外面发生了什么事情,但她知道一定有大事情发生了,而且是天大的事情。后来,穆元吉和穆蓟乌隔着篱笆墙喊她,木兰木兰,你不是没见过柔然人吗?他们就在村外边,和村里人打起来了。

再没有比这样的消息更能吸引花木兰的了,她回头看了看静悄悄的北窑,蹑手蹑脚朝街门走去,快要走到门口时,又想起什么,踮着脚尖走进东窑。等她走出街门,穆元吉看见木兰手里多了一根丈八黑缨枪。

穆元吉嘟嘟囔囔地对一旁的穆蓟乌说,我阿父有把用废了的虎头枪,枪尖都快磨秃了,也不让我动。

不是你阿父不准你动他的家伙,是你压根儿就不敢动那杆枪。瞧见没有?穆蓟乌摇了摇手里的绿沉枪,我阿父也不让我挨它,可我照样想拿就拿。

你当然不怕了,这杆绿沉枪本来就是你的,你阿父使的是一把青铜戟。穆元吉突然叫起来,透着一种揭穿对方阴谋的兴奋。

木兰已经从他俩身旁走过去了,他俩立刻闭嘴,紧紧跟在木兰身后,俨然两个忠实的小跟班。

有风,巷子里并不十分燥热。

木兰的身形单薄,走路轻飘飘的,仿佛御风而行。她身后的两个少年,巴巴地跟着,有些喘,汗微出,不时用衣袖揩拭一下额头。绿沉枪死沉死沉,穆蓟乌干脆把枪扛在肩上。

太阳西斜了不少,在这个季节,却正好朗照在守卫西门的村民身上,汗臭味极浓。

扼守在瓮城里的村民散去不少。其实也不是散去,这种时候,村里的男丁都有担负保家护院的重任,他们带上所有能带上的弓箭与兵刃,汇聚在瓮城里。瓮城的大门紧闭,是穆阳秋让人关上的,

第十章　投杼之疑

穆阳秋不让族人放花弧进来。

穆阳秋说，谁敢保证柔然兵不是花弧带来的？

大家选择的是沉默，宁可信其有，不可信其无。后来，他们让穆阳秋分配到堡墙上站岗去了。

族长你听我说，盖右老汉于心不忍，依我看哪，花弧不是那种人。

穆阳秋冷笑道，他是不是那种人只有老天知道，全族人的命重要，还是他花弧一个人的命重要？叔啊，你甭瞎琢磨了，花弧又不是你儿子，不用替他操心。你带几个人去东门守着，花弧知道咱们村有三个堡门。

盖右说，你把花弧留在外边，迟早要出事儿的……

穆阳秋大声喊道，大家都甭愣着，上墙呀。

盖右只好摇着头带了几个人朝东门走去。

穆库翼看着远去的盖右，眼神透着一丝恍惚。他手里握着青铜戟，因为不需要开门杀敌，所以没有把赤鲤驹牵来。

穆库翼说，想不到花弧是这种人。

穆塞图说，分兵把守堡门我没说的，可要说花弧引狼入室我说尽是胡扯。花弧刚才险些让柔然人一锤子砸趴下……

穆阳秋脸上汗津津的，他双手一拍，都动起来呀，我也不相信花弧是奸细，可明明是他狗日的把柔然人带过来的，耳听为虚眼见为实嘛，我又不是说瞎话。花弧前脚进了壕沟，柔然人后脚就闯进来了。有人看见甘老三就是让花弧一枪捅在后背上扎死的。甘老三虽说是个汉人，可汉人就不是人了吗？一条人命呐，杀人偿命可是王法呀。甘老三就在坡底下躺着呢，他死了，可他还有三个儿呢，他的三个儿都还没娶媳妇呢……

六

穆阳秋没看见提着黑缨枪的木兰，或者说他看见了，却压根儿没把木兰放在眼里。他咬着牙说，花弧这个狗杂种就该死。

你才该死呢。

木兰哑着嗓子突然叫道，她的眼睛里喷出的火焰已经把穆阳秋的脸烫着了。

穆阳秋用胳膊挡了挡，身子向后倾去。他没提防有人会在他眼皮底下朝他猛吼一声，讶异地道，你这娃娃，说谁死呀活呀的？

有个穿褊衣的族人说，木兰，不敢跟族长顶嘴。

另一个族人说，有其父必有其子……

花弧无助地拍了拍门，他慢慢坐在地上，觉得站起来目标太大，会被坡脚下的柔然人当作射箭的活靶子。

阿父，你怎么坐在外边了？你进来呀。

木兰趴在门缝里，她的脸和花弧的脸近在咫尺。

闺女，他们把大门关死了，阿父进不去。花弧只看到木兰的一只眼睛和一条线那么宽的脸，但他已经看到生的一线曙光了。闺女，你不要哭，阿父没事。你求求阿叔阿爷们，让他们把门打开一条缝儿，让阿父挤进去就行。

木兰回头看着那些面孔黝黑的一张张大人的脸，她脸上挂着泪痕，嘴唇嚅嗫着，半天吐不出一句软话。就在人们以为她一直这么僵持下去时，她突然嘶哑地叫起来，你们打开门呀，我阿父就在门外边，你们怎么不放他进来？

没有人回应木兰，大家心照不宣地沉默着，如一尊尊陶俑。

你们都哑巴了，怎么不说话呀？快放我阿父进来，他会让柔然人杀死的。木兰的目光从一张脸上，滑到另一张脸上。她忽然觉得这些熟悉的面孔变得陌生了、狰狞了，嘴里龇出吃人的獠牙。

你们都是些没人性的东西，我不跟你们废话了。你们不开大门，我开。

木兰把黑缨枪丢在地上，踮起脚尖，伸手向上推动一条粗大的横杠。堡门被三根结实的松木插死了，不要说一个木兰，就是十个木兰都未必能撬动。

第十章　投杼之疑

穆元吉推了推穆蓟乌，小声说，咱们帮木兰一把。

穆蓟乌直摇头，朝穆厍翼努了努嘴。

没有人想到，十岁的木兰竟然把直径两尺的横杠木一点点撼动了。当然，这一点点动静是没有用的，想要把横杠从石窝里撬出来，绝非一个小女孩能够做到的。尽管木兰在做无用功，却有三双手，稳稳地压在横杠上，木兰再也抬不动了。那是甘老三的三个儿子的大手，青筋凸显在手背上，状如蚯蚓。他们不会让一个杀父仇人的闺女阴谋得逞。

木兰两条胳膊都酸了，横杠纹丝未动。

你们都是欺负人的牲口呀，你们不开门也罢了，还要落井下石呀。

木兰朝几个大人怒目而视。她眼里不再流泪，愤怒让她变得格外冷静。

木兰，穆厍翼在人群里喊，这是大人们的事情，你小孩子家不要插手，快回家陪你阿母去。

男人都在村口御敌，女人和孩子只能窝在家里，支棱着耳朵听外面的动静。他们时而听到滚木落地的巨响、马匹的嘶鸣与兵士的惨号，时而听到村民预警的呼应，狗在巷子里狂吠，一个女孩子在尖锐地哭喊……守在家里的妇人分辨不出那是谁家的女孩儿在外面哭喊。听力超常的孩子天真地对他的阿母说，阿母，我听出来了，这是族长家的老姑娘和她的哥哥吵架呢。族长的老姑娘打不过她的哥哥，就会哭，就会抹眼泪，岁数那么大了还不嫁人……妇人们可不这么想，她们想得更加深远，不安地猜测，柔然人会不会已经冲进村里了，正在侮辱妇人呢？

这天下午，那些被圈在家里的邵家花板的小孩子，精神一直高度集中，都屏住呼吸倾听外面的声音。这样不懈的坚持让他们体会到前所未有的疲惫与恐惧。村里一些不安分的少年，在私底下悄悄聚集，他们说，打仗亲兄弟，上阵父子兵，阿父在外头拼命，咱不能窝在家里躲清静。木兰都带着她的黑缨枪去村口了,咱们不该落在女娃娃的后面。有种的跟我走,不信柔然人长了三头六臂,刀砍不死,枪挑不穿……只有上了年纪的老者沉得住气,他们大声咳嗽着,对那些火苗子乱窜的少年说,悄悄在家待着吧,还嫌村里不够闹腾?

已经从炕上挣扎着爬起来的花袁氏早就听说花弧回来了,却进不了堡门,被族人关在门外。把消息透露给花袁氏的是贺氏。贺氏在花弧家已经用陀螺搓了半天麻线,她几次想对正坐在织机前织布的花袁氏说些什么,却欲言又止。但她终究还是鼓足勇气把消息说了出来,说得一咏三叹。

贺氏说,打死我也不相信花弧会是那种人,他窝囊归窝囊,总不至于带柔然人来糟蹋鲜卑人吧?她边说边拿眼睃一下花袁氏,她觉得花袁氏应该表个态了,可她等了半天,花袁氏没吐一个字。她又说,好好一个大活人,给关在外面,柔然人又不是吃素的,照这么下去,我看花弧要吃亏的。

花袁氏还是没有吭声,手里的梭子往来如流星。

花雄在太阳底下,嚓嚓地划着火镰。他想引燃一堆精心收集起来的柴火。他对大人们的事情漠不关心,即使贺氏嘴上不住地提到花弧,他仍然觉得阿父与贺氏嘴里提到的花弧不是同一个人。

直到贺氏一边搓麻,一边摇摇晃晃走出家门,花袁氏才停止织布。她软软地瘫坐在织机上,整个身子靠着紧绷着的一面纬线,仿佛抽去了筋骨。

阿母,木莲眼里噙着泪花站在花袁氏身后,阿母,咱们去找族长求求情吧?

花袁氏慢慢转回头,看了木莲一眼,又摇摇头,没用的,族长不会放他进村的。

七

花弧觉得自己是一条被人遗弃的狗，夹着尾巴在瓮城堡门前坐了一会儿，没有人愿意为他打开门。他听见木兰与村民激烈的争吵声，争吵的结果与他想的一样。他不知道要在门前枯坐多久，一方面要看柔然人的耐心，一方面要看村里人的同情心。这两种心态，距离他都极其遥远。

嗖，一支冷箭突然射来，擦着他乱糟糟的头发钉在堡门上。花弧的耳朵紧紧贴着箭杆，箭杆是竹子削的，光洁坚硬。花弧吓了一跳，如果那支箭稍微偏一点，他就会被不幸命中，如一只早被猎人锁定在弓箭射程里的小鹿。箭是从坡下射来的，他知道柔然人不会拿他当人看待，迟早会被柔然人射成刺猬。

在花弧落脚的堡门前，柔然人的箭矢如雨点般射来，很快在地上铺了一层。一些竹箭带着凄厉的哨音飞越堡墙，落进堡门内。那些麇集在瓮城和堡墙里面的人群轰地散开了，仿佛被捅了的马蜂窝。有的往堡门洞里挤，有的向附近的民宅里分散，还有直接跑回家里的。那么多人，一刹那都找到各自的安身之所。倒是木兰被挤进门洞的村民又挤了出去，他们让一个十岁的小女孩，孤零零地拎着一杆黑缨枪，木头似的戳在瓮城中露天的空地上。

柔然人的箭雨很快告一段落，他们的装备有限，他们在保存实力。木兰看到有三支箭，都扎在一只鞋上，箭镞透过鞋底，入土很深，不知是谁跑得太急，掉落的。那是一只厚底鞋，这种鞋叫重台履，一般情况下，刀剑都扎不透。木兰不寒而栗，如果是人，这人必死无疑。她忽然想起仍被关在门外的阿父，哭喊着跑向堡门，脸贴在门缝上向外看，可怎么都找不到花弧了。

阿父不见了，不是他躲起来了，他躲都没地方躲，而是被柔然人乱箭射死了。少女花木兰突然紧张起来，她大声喊着阿父，阿父，使劲摇晃着结结实实的堡门。她看得见土坡下方那些骑在马背上弯弓搭箭的柔然人。有一支箭就朝木兰迎面射来,她眼睛连眨都没眨一下。那支箭嘣一声扎在她紧贴的那扇门板上了,木兰的耳朵嗡一下,都快被震聋了。那支箭的箭尾剧烈摆动几下,然后就不动了。木兰这时脑子里竟然出现了一幅奇怪的画面,花弧被一支箭射中了喉咙,他连惨叫的机会都没有,浑身一哆嗦,然后就倒在地上……

　　为了寻找不见了的花弧,木兰不断变换着姿势,站起来,蹲下去,再站起来,再蹲下去,顺着每一根组成门板的木头之间的缝隙,上上下下寻觅。七月的阳光晃得她眼睛都睁不开,可她仍不放弃。所谓的寻找是不会有结果的。木兰手里的黑缨枪咚咚击打着松木堡门,枪尖扎出许多小洞,木屑从小洞里弹出,纷纷落在地上。那些挤在远处堡墙门洞里的男人忧虑地朝这里张望,他们担心堡门迟早会被那个失去阿父的小姑娘扎成马蜂窝的。

　　你们都不是人,你们都是见死不救的牲口,平时看你们一个个人模狗样的,到节骨眼儿上你们的鬼脸就都露出来了。木兰边哭边骂。她回头搜寻那些龟缩在门洞里的族人,痛恨那个说花弧该死的穆阳秋,痛恨那个长了一只酒糟鼻子的穆库翼,痛恨甘老三那三个长得膀大腰圆的儿子,满园、满柜和满屯,他们不仅不帮她打开堡门,还要阻止她撬动横杠。这些哪像是丘穆陵氏家族的族人呀?这些哪像是一个村低头不见抬头见的街坊呀?

　　木兰,你这傻丫头,快到北门给你阿父开门去。这时候,有个族人跑过来,在她耳边轻声说了句话。这句话如一缕阳光穿透厚厚的云层,直射到布满阴霾的大地上。木兰来不及辨认给她吐露消息的族人是谁,就抓着黑缨枪朝堡门的门洞跑去。

　　木兰沿着村里鹅卵石铺成的街急速奔跑,脚下的鹿皮鞋底与鹅卵石摩擦的声音把街巷里游荡的鸡和狗都惊动了。它们警惕地注视着这个急匆匆飞掠过去的小女孩。许多坐街的老者都纷纷扭转脸辨认这个越跑越近的小女孩,他们未必能够看得清她的五官相貌,但从她咚咚咚奔跑的节奏上心里早就有了谱,是花弧家的二丫头。

第十章　投杼之疑

这丫头像个野小子。

有人认出了木兰。

木兰，你跑啥？听说你阿父回来了？

有人故意这么问。

木兰气喘吁吁的，眼角的余光扫了那些佝偻着脊梁，蹲在街门前的老头儿一下，没有回应他们。

有个男人在穆阳秋家的粉墙外面不紧不慢地砸烟叶。那人高高抡起一把碗口粗，三尺来长的大木槌，咣咣地砸在石臼里，砸得那么准，那么响亮，臼里晒得金黄的烟叶烟秆不住地翻滚，粉碎。木兰的脚步慢下来，她每遇到有人砸烟叶就手痒痒，就有一种上去试一试的欲望。她觉得那把木槌好重，未必能举得动它。但今天，木兰没有这种冲动，她奇怪这个男人怎么没去村口御敌。那个男人停下手里的木槌，瞥了木兰一眼，说，想不想砸几下？木兰脸一红，加快速度跑走了。她拖着黑缨枪，边跑边说，砸你的头啊。

拐过街心阁子就看到北堡门。北堡门的地势最高，木兰远远看见北堡门也关得死死的。她原以为村民都在西门守卫，北门这块未必有人，能很顺利地放花弧进来。但她想错了，先前还在西门的穆承弼已经带了十几个族人堵在门洞里。木兰连门洞都进不去，更不用说开门放人。

邵家花板一共有四个堡门，除了西堡门和瓮城门外，还有北门和东门。北门和东门的宽度与高度明显不如西门，倒是进深都是三丈。平时，北门并不下横杠，遇到警情才把横杠插上。木兰看到，北门还没来得及上门闩，穆承弼正指挥几个村民扛来一根削得光溜溜的柚木要做顶门杠。木兰急了，想用手里的黑缨枪把那几个讨厌的家伙挡住。穆承弼厌恶地挥了挥手，有人从木兰身后把她抱住，她手里的黑缨枪也被夺走。穆承弼说，死丫头，滚一边去，你敢胡来，可别怪我不客气。

穆承弼嘴里安了一颗金牙，一说话，就金灿灿的。不知为什么，木兰眼里的穆承弼，忽然变成了瞎了一只眼的死鬼穆尔图。她愕然地看到，酒气熏天的穆尔图，手里拎着两把铜板斧，嘿嘿冷笑两声，你把门打开试试，老子一板斧把你狗日的劈作两半。

木兰使劲揉揉眼睛，又跺了跺脚。她看见穆尔图还醉醺醺地站在那里，像一尊门神。穆尔图说，你他娘的给老子滚远点，不要指望我放你阿父进来，老子一斧子不劈死他就算给他天大的面子了。

那天，木兰没有在北门口与穆承弼做过多纠缠，她像遇见鬼一样失魂落魄地沿着一些低趴趴的院墙，朝自家跑去了。她连黑缨枪都不要了，甚至没看清是谁把黑缨枪夺走的。

事实上，花弧在木兰之前就来到北门外，他贴着堡墙根儿，从西堡门一直绕行到北堡门。堡墙筑在坡沿上面，滑滑溜溜的到处是青苔。踩在青苔上，花弧的双脚难免要打滑，要往坡下面出溜，他伸手够到的，除了青草，还有酸枣刺，两只手都被酸枣刺扎得鲜血淋漓。他没觉得痛，已经顾不得一点点伤痛了。

花弧拍打堡门时，还能听见里面有人问，你是谁？

他说，我是花弧。

里边的人迟疑一下说，花弧啊，你咋这时候才回来，还把柔然人给带来了？

花弧说，我没把柔然人带来，是他们偷偷摸摸跟在我后面的，我一点都不知道……

里边的人说，我们不敢把你放进来，族长说谁敢把你放进来，谁就是丘穆陵氏的敌人。

不要跟花弧说话。

花弧听见穆承弼这么吩咐族人。

花弧的心一下子凉了半截。

第十一章　稚子救父

一

陆氏提着饭罐一步一步爬上壕山，在一片乱石堆里找到挖了一半的土坑。土坑已有一人多深，宽度也足以放下一具棺材板。这些人也真是的，吃完饭，再加把劲儿就把墓坑挖成了，怎么无缘无故撤走了呢？

太阳是有些晃人，可山顶的风吹得人骨头都往外冒凉气，正是干活儿的好时候，难不成他们是要回邵家村歇晌？邵千户把他的长工都惯坏了。这么一想，陆氏就想通了，她听人说过邵千户的奇闻逸事。她知道邵千户就是那样的人，逢人未开口便笑，从不说一句脏话。下人去了邵千户家，碰巧遇上吃饭，邵千户总是以客相待，说赶紧的，添双筷子。邵千户总是替下人着想，摊上这么好的东家，也是这些长工的福气。穆尔图就没福气，是个苦人。别看他平时喝醉酒泼命地揍自己，那时候她恨不得张开嘴用牙把穆尔图撕巴成碎片。可现在想来，穆尔图也是没办法，那是他心里苦，没地方宣泄，才借酒浇愁呢。穆尔图是个孤子，早就想要个孩子。他看见花弧的三个娃跑前跑后，嘴里喊着阿父长阿父短的，眼里就直冒绿光。陆氏知道穆尔图的心思，可她的肚皮不争气，穆尔图把牛的蛮力也使出来了,她就是努不下一个崽,哪怕一个肉团子也行。现在好了,穆尔图被一箭射成了肉团子,不声不响躺在家里的土炕上,眼睛闭着,嘴却张着,倒是再也闻不到那股熏煞人的酒腥气了。原本盖右老汉要她随便找块地方把穆尔图埋了,七月天搁不住死人的,头天还好好的,转天肉就臭了,再拖上一天,保不住就化成水了。可她不听,她打发人去了一趟二道梁,把看风水的史先生请了来。史先生从北梁转到南梁,从南梁转到小路山,从小路山转到小山,又从小山转到壕山,转得史先生自己都晕了,最后才选中壕山巅上一片乱石滩,并从乱石滩里选定了下棺的方位,用桃木橛子钉了个三角形,又用红线围好,然后对陆氏说,这是块上好的阴宅,正对着北面孤山的山尖尖,你家汉子这下就能安心了。他在那头比邵千户都有福气,会妻妾成群的,再不用愁膝下无子……陆氏听得两眼直冒火星,她肚里憋着一股气,想吐史先生满脸唾沫。但憋着憋着,忽然那股气噗的一声就泄了,她请先生来看风水,不就是想让穆尔图在那头活得逍遥自在,活得比生前都快活有福吗?

你们不吃饭是你们没口福。你们回到邵家村,邵千户未必会给你们炖羊肉吃。你们不吃,我一个人吃。

陆氏一个人坐在壕山上啃起羊骨头,啃得咯吱吱响,手上嘴上都是油汪汪的。她一边啃骨头,一边眺望邵家花板。她看不到邵家花板的堡墙,邵家花板被小山遮挡在后面了。她隐约听见有马蹄声,有鸣镝声,有敲锣声,也有滚木落地声。这些声音不是杂糅在一块迸发的,而是以单独的形式出现,一种声音间隔很长,才有另一种声音蓦然响起。

直到日头西斜,西斜得很厉害了,陆氏才意识到问题的严重性。都这般光景了,回去歇晌的长工怎么还不出工,这要等到啥时辰啊?墓坑还要不要往下挖?我可是用一只肥羊把你们雇来的,连一点信用都不讲,还邵千户的长工呢。陆氏一边嘟囔,一边收拾饭罐,准备回村让人帮自己去邵家村催一催,都是些什么人呢。

第十一章 稚子救父

壕山下面就是生满杂树的壕沟，有许多兵士正沿溪饮马。从那些士兵的穿戴上，陆氏分不清这些人是魏兵里的禁军，还是镇戍兵，反正不是像穆尔图那样的州郡兵。州郡兵连统一的盔甲都没有，杂七杂八的，都是临时抱佛脚。陆氏走下壕山时还没有意识到危险在一步步向自己逼近。她对一个溪边饮马的士兵说，你们是从哪里过来的，是要在邵家花板过夜呀？

那是一个十五六岁的小伙子，嘴唇和下巴颏光溜溜的，连一根胡须都没有。那个士兵还有些腼腆，经陆氏这么一问，竟脸红了。他不通鲜卑语，没有听懂陆氏的话。

陆氏奇怪地看到那个士兵抓紧了马的缰绳，原本插在马鞍桥上的长矛也被他取下来，操在手里。陆氏说，你年纪这么小就当兵了，看起来你是营户出身吧？打仗可要小心一点，我男人就是大意了，让箭射死的，如今还在家里停着，连墓穴都没挖好。我给了邵千户一只羊，说好要他家的长工帮忙挖墓穴。那些长工都给邵千户惯坏了，中午还要歇晌，连我送去的饭都不吃。喔唷，你怎么扎我呀？你这么小就学会杀……人……

陆氏手里的饭罐丢在地上，咣当一声碎了。她双手捂住腹部，痛苦地盯着那个年轻的柔然兵，浑身都在发抖。那把坚硬的长矛已经贯穿了她的身体。

二

木兰回到家里，哭得两眼红肿，推开那扇简陋的柴门，瞟了一眼花弧去年扎起来的秫秸篱笆。她经过院子的身影轻飘飘的，如一张迎风飞舞的树叶。她冲进花袁氏织布的中堂，沙哑地对花袁氏说，他们不让我阿父进村，他们都说是他把柔然人带回来的……

一根卷布的横木系在花袁氏腰间，另一根被她踩在脚底。她机械地抛着一只磨得溜光水滑的织布梭子，那只枣木梭子每次从纬线下穿过，花袁氏都要使劲提一下综杆，声音单调，经久不息。木兰说着说着忽然不说了,生气地在织机上踢了一脚,转身走出中堂。在窑洞前的台阶上,木兰看见木莲的身影在柴门那里晃了晃就消失了。她大声喊木莲,木莲没回应,她骂道,都是些聋子。

木兰在家里像只没头的苍蝇不停地乱窜,花雄过来搭讪她,被一把推在一边,你少烦我。除了咱阿父,你是家里唯一的男子汉,咱阿父出事了,你就知道玩玩玩,你啥时候才能长大呀?

花雄哇地哭了。

花雄很少哭,即使摔了跤,被邻家的孩子挠破了脸,从树杈上头朝下掉下来,他从来不哭。但今天,木兰只是凶了他一句,他就哭开了。

天黑以后,是盖右把木莲送回家的。盖右告诉依旧在织布的花袁氏,你家木莲在三个堡门挨个儿求人,她求了这个求那个。她把所有人都求遍了,想要村里人帮忙把堡门打开,放花弧进村。可是没人答应她,谁也不敢。穆阳秋不放话,谁也担不起这个责任。花弧家的,你劝劝木莲,不要出去给他们看笑话了,女孩子家低声下气的让人看不起。再说求他们不如求自个儿。

等盖右走后,花袁氏坐在织机前,把木莲喊到近前,用油灯在木莲脸上照了照,忽然抬手就是一巴掌,平展展地抽在木莲左脸上,说,你看看你妹妹木兰,花家的闺女不能像你这么没骨气。

木莲咬着牙在嘤嘤抽泣,告诉花袁氏,我在东堡门里亲耳听见阿父在外边说,木莲,你不要求他们,我也不打算活着进村,我干脆和他们拼了算了。

花袁氏愣了半天后,把油灯重新插在灯檠上,从头发上拔下一根簪子,一下一下拨着灯芯。她说,他们都是穆阳秋的走狗,就是想置花弧于死地。除了老天爷,没人救得了你阿父。

三

柔然人包围邵家花板那天,风刮得很轻。柔然人攻不进坞堡,

第十一章 稚子救父

邵家花板厚实的堡墙把他们的长矛和铁骑阻在外面了。他们在邵家花板三个堡门外面生了几堆柴火，把赤手空拳的花弧绑在一匹乌骓马后面。那匹马开始绕着火堆跑，起初是小碎步，踢踢踏踏跑得很优雅。花弧双手被反捆着，起初没有适应过来，跑得踉踉跄跄的。但他很快调整了步伐，然后就跑顺溜了，能够跟得上马的速度。后来，那马被一个独眼龙抽了一鞭子，忽然加快速度，花弧也被带着飞跑起来，他的盔甲稀里哗啦的，整个人都呼呼地带起了风声。丘穆陵氏的族人在堡墙上看见花弧的一只鞋子跑丢了，他跑起来深一脚浅一脚的。因为速度太快，花弧奔跑的姿态完全可以用飞来形容，直到他前面的乌骓马又挨了一鞭。

鞭声在岑寂的夜色下分外清脆。那匹马着了疼，放开四蹄，萧萧怪叫着，绕着火堆飞速旋转起来。堡墙上的村民惊讶地发现，花弧的身子离开地面，在空中翻飞起来，突然坠地，然后被乌骓马拖着在地面转起磨，开始还看得见人影，后来只看到尘土在夜色里飞扬了……

天亮以后，有人发现柔然人不见了，在那匹乌骓马转过的地方，只剩下一堆冒着青烟的灰烬，灰烬外围有一圈清晰的血迹，不是很多，但红得耀眼。

以后连续几天都是晴天，鹤唳的风声中，邵家花板村三个堡门仍然关得铁紧。

穆阳秋每天清早起来，都要去三个堡门转一圈，询问一下守夜的族人，有没有发现柔然人走而复归的动静。他非常满意族人的回答。他把柔然人射落在地上的三棱竹箭往路边踢了踢，又望了望天色，说，等两天再开门，不要急，要沉得住气，说不定柔然人就藏在泉沟里呢，说不定柔然人就藏在北梁上的庄稼地里呢，他们就等咱们打开堡门，他们的战马会风暴一样从山巅扑来，把整个邵家花板村踏为平地。

族人基本认同穆阳秋的说法，但他们家里的婆娘和孩子一趟一趟地跑来跟他们说，家里的水缸都底儿朝天了，再不打开堡门去泉沟挑水，会渴死的。一直跟在族长身后的甘满囤说，喝水是个问题，一天两天还凑合，三天四天就不好熬了，人缺了水不行。穆阳秋说，实在不行，就把人从堡墙上吊到外面，提水回来供大家喝，牲口就先不要管了，人命当紧。

　　青铜的酒具摆在木头铆楔的桌子上，鲜卑人在酒坊里喝酒议事。穆承嗣没有像他阿父那样有巡视村庄的习惯，他的酒坊里天天都是高朋满座。这些天，邵家花板的族人既不外出放牧打猎，也不下田做农活，大把大把的时间都浪费在穆承嗣的酒坊里了。他们一边喝着烈性烧酒，啃着羊蝎子肉，一边唠着花弧和柔然人。

　　穆库翼说，看看吧，看看花弧办的甚事情，把咱鲜卑人的脸都丢尽了。以前我是不含糊汉人的，他们除了会种庄稼外，就会掰住炕沿操女人，要论上马杀敌，还得数咱们鲜卑人。可一粒老鼠屎，能坏一锅汤，一个花弧把咱们丘穆陵氏老祖宗的英名都丢枯井里了，咱们以后都得蒙着脸出门。

　　穆承嗣的酒坊并不大。他把酒坛子和盛羊蝎子的大木盆摆放在院里，几十号人端着酒碗蹲在地上，大碗喝酒，大口吃肉。喝酒的声音往往盖过吃肉的声音。几只狗在人堆里乱窜。烈酒烧心，穆承嗣怎么说，男人们就怎么听。他们越来越觉得穆承嗣比以前成熟多了，基本超越了他的阿父穆阳秋。看上去穆承嗣是比穆阳秋大方很多，也大气很多。

　　当花袁氏走进穆承嗣的酒坊时，大家喝得差不多了。穆塞图打着饱嗝，举碗找人碰。他晕晕乎乎看不清其他人的脸，说，你们都走啦，不喝了？不喝也不吭一声。他把那碗酒灌进嘴里，嘶哈一声，用手抹了抹嘴边的酒浆或是口水，突然发现了花袁氏，他说，你谁呀？你怎么不喝酒，来来来，喝一碗，喝一大碗……

　　花袁氏推了穆塞图一把，把穆塞图手里的酒碗都打掉了。滚开，你这个没骨气的酒鬼。

第十一章 稚子救父

花袁氏绕过一个又一个酒鬼,她是来找穆阳秋的。

穆承嗣也喝高了,红涨着脸,还算清醒。他想避开花袁氏的目光,却听花袁氏说,你不用躲我,我找的是你阿父,你阿父死哪去了?

穆承嗣说,我阿父不在酒坊,你去我家找吧。

花袁氏说,你们家比你这酒坊都脏,我去你家做啥?你阿父是丘穆陵氏的族长,族长本该有族长的度量,可你阿父的心眼比针尖还要小,你阿父的心肠比毒蛇还要毒。花弧就是有天大的错,你阿父也该替他说句公道话。可我没听你阿父说过哪怕一句好话,倒是我听人说是你阿父不让花弧回村的。花弧让柔然人拴在马屁股后边磨得不成样子了,如今他活不见人死不见尸,你们可倒好,一个个喝得颠三倒四的,合着是花弧遭了难,你们高兴呀?

酒坊里不再有人聒噪,就连醉醺醺的穆塞图也酒醒了。他咕地打了个酒嗝,摇摇晃晃跨出了酒坊的高门槛。

穆承嗣对花袁氏说,你不要一口一个你阿父的,我阿父是族长不差,可我阿父不是你们家的族长,是丘穆陵氏家族的族长。他要一碗水端平呢,总不能眼瞅着花弧投靠了柔然人,还当他自己人看待呀?花弧是白的还是黑的,你心里又不是没有数。

穆厍翼说,我们一块从邵家花板出发,一块过了参合口,一块过了草地,又过了卓资山,打了一场又一场硬仗。最后天子要班师回朝,我们路过乌拉山,中了柔然人的埋伏。一块出去的弟兄不管死的活的,都三三两两回来了,花弧哪去了?鬼知道他干啥去了。我就知道他前脚刚回来,柔然人后脚就到了,有人亲眼看见,甘老三就是让你家花弧一枪捅死的……

花袁氏说,你听没听说降了柔然人,还要让柔然人拖在马屁股后头转磨磨的事儿?

穆厍翼答不上来。

酒坊里的酒鬼越来越少,喝酒的都不喝酒了,吃肉的也不吃肉了,他们陆陆续续走出去,把花袁氏和穆承嗣撂在空荡荡的酒坊里了。

四

每天晌午吃罢午饭,邵千户都要在后院二奶奶住的厢房里歇晌。二奶奶是邵千户从兖州彭城的烟花巷里花了两斛粟米、三匹锦帛,风尘仆仆换来的优伶,夏天喜穿一件单薄的紫衣,紫衣裹不住二奶奶的丰乳肥臀。邵千户在炕上困觉,二奶奶打着团扇盘腿坐在旁边张风。邵千户的头就枕着二奶奶的大腿。二奶奶一边打扇,一边跟邵千户唠嗑。邵千户睡不着,就让二奶奶唱曲,唱的是,"上马不捉鞭,反折杨柳枝。蹀座吹长笛,愁杀行客儿……"。

邵千户还是睡不着,就从炕上爬起,趿拉了鞋,披了件绸绸衫,穿了条绸绸裤,摇着芭蕉扇,出了屋门,出了二院,出了前院门,在院门口遇见了老鹿。他问老鹿,堡门关好没有?老鹿说,关好了,庄丁们都上墙了。邵千户说,没有我的命令,任何人都不准打开堡门,严密监控邵家花板方向的动静。老鹿说,知道了。

邵千户转过街心阁子,往西走。有只黄狗卧在当街,他咕哝了一句,好狗不挡道。那狗听见他咕哝了一句,便翻身爬起,夹着尾巴朝一条巷子跑走了。邵千户忽然改变了主意,又摇着芭蕉扇,溜溜达达返回自家的庭院。

邵千户看见有人牵着马从场院出来,起初没注意,等他踏上门楼底下的台阶时,不经意地回了一下头,突然就发现两个儿子邵素和邵璞正骑着马要外出。他想喊住他俩,不知是自己的声音慢了半拍,还是两个少年有什么急事,飞身上马,没等他喊出声儿,就打马远去了。

就在邵千户要动怒的时候,老鹿急匆匆跑来,远远喊道,老爷,老爷,天大的喜事呀。

邵千户的左眼皮跳了跳,故作镇静地说,老鹿你跑啥?啥事儿把你乐得?

老鹿上气不接下气地说,老爷,恭喜恭喜,你高中了。

第十一章 稚子救父

高中啥了？邵千户问。

老鹿说，朝廷要提拔你为善无的县令了，送诏书的差役就在堡门外，等你去接旨呢。

那一年，世祖颁下旨意，因天下守令多行非法，各地精选忠良悉代之。邵千户从一个小小的宗主，一跃成为善无县的县令。

五

同样是这个时候，穆阳秋走过花弧家的篱笆墙。他探着身子往院里张了张，发现院里没人。他以为花袁氏又在织机前织布呢，心里就想，真是个勤快女人呐，这女人心也够大的。

离东门还远，看得见紧闭的东门前有人来来回回走动。穆阳秋给邵家花板三个堡门都安排了最得力的人手，让甘老三的三个一心为父复仇的儿子分别负责三个堡门的把守，其他族人都必须听从甘家三个儿子的调遣。如果在平时，穆阳秋这样的安排一定会遭非议的，只是在北魏神䴥二年的夏天，丘穆陵氏的族人因为一群柔然人的骚扰，他们暂时忘却了鲜卑人与汉人的尊卑之分。

穆阳秋身后秃噜噜惊起一群鹁鸪，他看了看鹁鸪腾起的那棵树。那棵树长在养马场里，被风吹得微微摇晃。这个时候，谁还有心思去遛马呢？再说也没地方可遛呀。

邵家花板在午后的阳光里，在微弱的清风里摇曳多姿，仿佛是邵千户的二奶奶嘴里哼的那首孟津河的曲子。

不知为什么，穆阳秋心里突地一下，觉得有什么地方不对劲了，想又想不出来，但心里却突突地乱跳，本来心情不错，突然就糟透了。在街头，他看见甘老三的大儿子甘满园从对面走来。他问甘满园，满园，你是守西门还是北门？

甘满园说，我守的是东门，我二弟满柜守的是北门，我三弟满屯守的是西门。

穆阳秋说，那你不守堡门，在街上乱窜做啥？

甘满园说，我渴了，回家找点水喝。

穆阳秋说，你回去喝水，谁替你负责东门的看守？

甘满园说，我让盖右老汉顶替我一会儿。

穆阳秋说，你阿父是一根筋，你们哥仨也精明不到哪里去。我当初就不该把这么重要的事情交代给你们弟兄几个。

甘满园不知道自己做错了什么，不就是回家喝一口水嘛，大白天的柔然人还会趁自己回家喝水的空当杀进邵家花板来？甘满园一边跟在穆阳秋身后，一边嘴里嘟嘟囔囔，你不让我回去喝水，是想渴死我吧？我离开东门一会儿，天又塌不下来……

怕什么，来什么，世上的事情往往如此。穆阳秋风风火火朝东门赶去，可是已经迟了，堡门开了一道缝儿。说是一道缝儿，其实是打开以后又虚掩上了。门口站着两个人，一个是冷了一张脸的穆库翼，一个是老汉盖右。

穆阳秋还没有开口，甘满园就抢先一步劈头盖脸嚷道，这门是谁打开的？谁让你们把堡门打开的？

穆库翼看了看身边的盖右，又看了看气急败坏的甘满园，最后转脸对穆阳秋说，花弧的二丫头非要出去，她说出去找花弧，我们又不能硬拦。

扯鸡巴淡，柔然人杀进村里谁来担这个责任？穆阳秋怒不可遏，我跟你们说过不是一遍两遍，没我的指令，任何人不准打开堡门，谁让你们不经我的吩咐就擅开堡门？

盖右说，人心都是肉长的，木兰去找花弧也是人之常情，再说小孩子家哪懂得啥门规族规呢？

穆阳秋说，算了算了，既然这丫头不顾死活，我也管不了那么多。满园，把门关上，关死了，万一柔然人真冲进来，那可是门神爷丢灯，放进鬼来了。

甘满园答应一声，就朝门洞里走，却被一把长矛拦住了。甘满园想推开那件兵器，没推动，就恼了，穆库翼，你是不想让我关门吧？

把这烧火棍给我拿开。

你不怕扎个窟窿眼儿就试试,穆库翼凶着脸。

甘满园只好回头看穆阳秋。

盖右说,骑马出去的不单是花弧家的二丫头,还有穆元吉、穆蓟乌,族里一帮小孩子都骑马出去了。穆赛图和穆戎陆他们怕孩子们出去有个三长两短,也召集了一拨儿人跟着去了。我说族长哪,咱们都是爷生娘养的,手上扎根刺都疼半天,何况让柔然人拖在马后头转磨磨呢。我担心的不是柔然人杀进村来,我是怕花弧有个好歹呀……

甘满园说,花弧投靠了柔然人,把我阿父都给杀了,你不担心我阿父的死活,反倒担心起花弧了?

穆阳秋摆了摆手,满园,我看你是长了颗猪脑子,谁也没有亲眼看见是花弧杀死了甘老三,你怎么能认定是人家花弧呢?说不定花弧是被冤枉的,等把他找回来,一问便知。

六

从东门出来,木兰和一群少年打马兜了一个圈儿,绕到村西,顺着泉沟走,向西拐进壕沟。在壕沟的溪畔,他们看到陆氏的死尸。木兰骑马围了那女人转了两圈,叹息一声,说早死了。

穆元吉不敢看死人,他对木兰说,死了就不用管她了,咱们救你阿父要紧。

他们冲出壕沟时,后面又跟来十几匹马。木兰回头看了一眼,对穆元吉说,你阿父他们来了。

孩子们的精神为之一振,他们双脚一磕马腹,手里的兵刃向前一搠,纵马朝孤山那里奔去。

木兰手里的兵器是一把青铜戟,她那杆黑缨枪不知落在哪个族人手里了。在东堡门口,穆库翼说,木兰,你若拿得动我这把戟,我就给你开门。木兰说,阿叔你说话当真?穆库翼说,我啥时候说话不算话了？木兰伸手接住穆库翼送过来的青铜戟，竟然轻轻松松抄在手里，凌空舞了一朵戟花，呛一声把堡墙旁边一棵碗口粗的槐树拦腰戗断了，偌大的树冠呼呀呀拍在地上，溅起一片尘土。木兰把青铜戟横搁在马鞍桥上，眼睛一眨不眨看着穆库翼。穆库翼说，好样的，你比穆蓟乌强多了。穆库翼转脸对盖右说，阿叔，这门我开了，族长要怪罪尽管冲我来。盖右说，族长是个屁。

有两匹马从小路山方向飞奔而来，很快融入木兰他们的马队。在飞驰的马背上，木兰大声道，你们怎么知道我要去救我阿父？

邵素说，几天前我们从京师回到邵家村，就知道邵家花板被柔然人包围了。我爹不让我们出村，我和邵璞偷偷跑出来两次。我们亲眼看见那伙柔然人押着你阿父退到孤山上去了。我想给你送个口信，你们村堡门紧闭，任何人不准靠近，走近一点，就有人从墙上朝下面放箭。

邵璞说，我和我哥一直在小路山上观察你们的动静，直到看见你第一个从东门出来，我们就撵来了。

邵素手里有一支亮银枪，把枪杆在手心里掉了个个儿，对花木兰说，我没想到你们邵家花板有那么多州郡兵，可没一个敢冲出堡门跟柔然血拼的，原来你们丘穆陵氏的大人都是些怕死鬼⋯⋯

谁说丘穆陵氏的大人都是怕死鬼？穆塞图在后面大声质问邵素兄弟俩。

邵素冷笑一声，回头朝穆塞图说，你们不是怕死鬼，你们都是大英雄，窝在村里不出门，是养精蓄锐呢。

七

坐在织机上一直手脚不停的花袁氏，其实心里早乱成了一团麻。

之前，木兰对花袁氏说，我要去马圈牵马。

花袁氏问，牵马做啥？

木兰说，救我阿父。

第十一章 稚子救父

花袁氏说，你阿父早让柔然人拖在马后磨成骨头了。

木兰说，别人的话你也信？

花袁氏愣住了，她迟疑片刻，方说，你一个女孩子家，能从柔然人手里把你阿父救下？

木兰说，救不下也得救，他是我阿父，不是别人的阿父。

又说，穆蓟乌答应帮我，穆元吉也去。他们说有福同享，有难同当……

花袁氏无法阻止木兰的疯狂行动，就只能任由孩子去了。

一整天，花袁氏都是在昏昏沉沉中度过的。木兰怎么去寻找失踪的花弧，又在什么地方找到奄奄一息的花弧，因为木兰的马跑得太快，没人能跟得上，就不好妄加猜测了，能够用笔墨描述出来的，也只有那个守在家中，心神不宁的花袁氏了。

花袁氏就是个普普通通的家庭妇女，她流淌着鲜卑人亢奋善战的血液，却终究还是个成不了大事的小女人。时间慢慢流失，花袁氏感到越来越难受，她在织机上坐不住，像有根针在屁股下面乱扎。她把横杠从身上卸下，走出中堂，喊一声木莲，去村口看看木兰他们回来没有？木莲叹息一声，便应声走了。花袁氏觉得时间过了好大一阵子了，却左等木莲不回，右等木兰也不回。她本来没做晚饭，却喊花雄快来吃饭，又喊木莲木兰时，心里一激灵，失声叫道，该不会出事吧？我早说不要逞能的，不要逞能的，你个女娃娃能救得了人？偏偏木兰是个犟骨头，谁的话都不肯听。木莲也是的，看不到木兰，自个儿回来也知会一声，去了就没影儿了……

她唠叨着，又发觉自己变了，以前可不这么絮叨，也是花弧遭了难，她连情绪都不稳了。

月亮爬上东边的堡墙，街巷里传来杂乱的马蹄声。花袁氏的心顿时提到嗓子眼儿，嘴里念着阿弥陀佛，匆匆忙忙从窑里出来。天上一轮大月亮，亮得像水洗过的铜盘，把院里的一切都镀了一层杏黄。有人骑马从东边过来，经过花弧家的篱笆墙，人在马背上一颠一颠,眼看走过柴门了,也没有停下来的意思。那个人后面还有几匹马,马上的人看不清长相,但从身段和体量上能看出不是孩子。

花袁氏悬在嗓子眼的心,忽悠一下坠入了谷底。她现在担心的反倒不是花弧怎么样了,而是木兰会不会出事儿。

花弧家的,有个骑马的人隔着篱笆墙对她说,这下你不用着急了,你家花弧没事儿的,他们就在后面。

花袁氏愣了愣,在掂量那人带来的喜讯是真是假,哪有没事儿的道理?一个人被绑在一匹飞奔的快马后面,拖出那么长的血印印,说没事儿只能是睁着眼睛瞎说呢,那是人,又不是一截木头。可她顾不上想花弧了,看到那人就要骑马走过篱笆墙,忙高声问,你看没看见我家木兰?还有木莲,木莲也出去好一会儿了,一直不见她回来……

那人已经消失在邻家的土墙后面了,声音还是在暗夜里清晰地传来,木兰也在后头,你不用担心她,她照料花弧呢。木兰真是好样儿的……

那木莲呢?花袁氏侧着耳朵想打听到木莲的消息。那个人或许已经走远了,没听见,也就没有回答她。

等花弧的时间格外漫长,花袁氏在院里不停地转圈儿。转圈儿也浇灭不了内心的焦灼,她转着转着就不转了,想找一些事情做。人做事情的时候会把焦虑与不安抛在脑后。这样,花袁氏就想起还没有做晚饭呢,可这种情况下她哪来的心思做饭?她又想该收拾收拾屋子,屋里乱糟糟的,花弧回来要养伤呀。她打算把已经睡熟的花雄喊起来,但想了想又放弃了这个念头,把花雄从梦里叫醒,他会哭。她最听不得花雄号啕大哭,在幽静的夜晚,会让邻家以为她家发生了什么似的。于是,她把窑里的油灯吹灭,拢拢头发,就站在街门外朝巷子两边张望。

月亮很圆、很亮,照得房舍窑洞都方方正正的,几棵树上的树叶都泛着清冷的光,丢弃在街上的一只死猫都棱角分明,但弯弯曲曲的巷道不可能让花袁氏看得更远。那拨儿人过去后似乎再没有人

第十一章 稚子救父

经过，长时间的静谧让花袁氏产生了怀疑。刚才和自己对话的那个人是谁，是不是一种幻觉，是不是族人在故意糊弄我？也许花弧压根儿就没有找到，什么木兰在后头照料花弧，全都是用谎话来搪塞我……花袁氏突然着急起来，事情一定糟透了，不说花弧，即使是木兰也一定出事了，否则木莲早该回来报信儿了。那人怎么能这样啊，她都快急疯了，还要跟她开这种玩笑。

一群人从西边一户人家的墙角拥来，他们朝花家的街门口走去。这时候的花袁氏，已经等得失去了耐心，她不知该回院里还是再往街上走一走，忽然看到这群黑乎乎的人影，听见有人说，到了到了，花弧，快到家了，你不要喊疼了，你一喊疼，我们也浑身不自在。

有人发现站在街门口的花袁氏，就大声对她说，快把院门打开，我们把你男人抬进去。花弧不能骑马，他的屁股给磨烂了，后背也磨烂了，我们用门板把他抬回来的……

花袁氏听了这话就想哭，能够想象出花弧后面的身子破烂成什么样子。她想说你们慢一点，不要把他弄疼了，可她没说出来。她听见木莲朝她大喊，阿母，我阿父没事儿，就是蹭破了点皮，木兰也没事儿，都好好的。

八

对花家来说，那个天上高悬大月亮的晚上，一切都好得不能再好。花弧被木兰从孤山上面的土围子里奇迹般救了回来，而木兰又毫发无损。花袁氏又是沏茶，又是找旱烟，找板凳，想把所有帮忙寻找花弧的族人一个一个都拜谢到。可他们说，你赶紧照看花弧吧，时候不早啦，我们也该回去睡觉啦。

花弧趴在炕上，一个劲哼哼。

在花弧不间断的呻吟中，天亮了。

在花弧坚持不懈的呻吟中，天又暗了。

……

花弧仍在哼哼着，只是有了明显的周期性。花袁氏说，你不用哼哼唧唧的，你快把花雄都要吵醒了，我都不知道该怎么说你呢。你看你惹的麻烦，都急得让人抹脖子上吊了，我是服你了。以前我只知道你窝囊，你老实，别人都可以骑你脖子上拉屎，拉完了，你还伸手帮人家擦屁股，现在我才知道你的本事还不止这些，你都让我们认不出你来了。

花弧听了花袁氏的埋怨，觉得花袁氏一点都没有说错，他就强忍着，忍着忍着就忍不住了，又小声哼哼两声。他感到，哼哼出来以后，屁股上和后背上的伤口就不那么钻心钻肺地疼了。他对木兰和木莲说，你们姊妹俩都累坏了，你们不用整天围着我转，你们想睡个安稳觉，就去西窑睡吧，我和你阿母说几句话。

木兰说，阿母，你把饭做好没有？你让阿父吃一点，喝一点，补补身体，你看他都被折磨成啥样儿了，你还数落他？

花袁氏叹了口气，把那口气叹得如沿山吾河那么长。她说，阿母哪是数落你阿父呀，阿母是替咱们娘儿几个叫屈呀。

花袁氏说着话已经开始舀水做饭了。她问花弧，你想吃啥，肉羹还是脍炙？

花弧哼哼着说，我啥都不想吃，你给我舀一瓢凉水，我美美地喝上几口凉水，再美美地睡上一觉，就不哼哼了。

花袁氏给花弧端来一钵粟米汤，又夹了一个咸菜疙瘩。她一边喂花弧，一边说，我不敢看你磨烂的后背，我知道你疼得厉害，可我替换不了你，你只有自己忍着。花袁氏说这些话的时候，眼泪扑簌簌往下掉，连忙腾出一只手，在脸上胡乱抹几下。

花弧说，你不要哭，你一哭我身上的伤就更疼了。那天我从西门跑到北门，又从北门跑到东门，守门的都说不能打开堡门。他们说花弧，你不要让我们为难，族长不让开门，我们就不敢开门。再说我们也捉摸不透你的心思，你是不是跟柔然人是一伙儿的我们也分不清。你要想活命就翻过小路山，去邵家村吧。我想了想，我去

第十一章 稚子救父

邵家村做啥？邵家村跟邵家花板又不沾亲又不带故，人家恨不得把邵家花板的鲜卑人都像臭虫一样用脚碾死呢。

花弧又说，我也看出来了，柔然人这帮狗杂种，就是想借我给他们打掩护，我走到哪里，他们就跟到哪里。反正回不去了，我干脆跟他们拼了算了……

花弧想把自己如何血战柔然人的英雄壮举复述一遍，但他找不到合适的语言来描述自己的狼狈不堪。那时候他手里只有半截黑缨枪的枪杆，三尺来长，擀面棍那么粗，他就是想用那半截木棍捅死柔然人，都怕够不着。可他够不着也得硬着头皮捅，他紧握住那根刷了桐油的枪杆，像一只不知死活的绵羊，闷头朝一个柔然骑兵冲去。他没想到那个柔然人被他的勇猛吓到了。那人手里有一把双钩枪，枪头比黑缨枪要长，要尖，尾部还有两个铁钩，枪头扎进肉里，只要一擎枪杆，能带下一坨肉去。有这么好的枪，那个柔然人却没有举枪扎他，而是刀一样划道弧线劈了下来。花弧明知道鸡蛋碰石头的道理，也只好着急忙慌地双手握住枪杆的两端，咬牙往上架。结果不难想象，花弧手里的半截枪杆又断作两截更短的木棍。他被那人直接砸坐在地上了。他这时候才知道那人的枪杆也是铁打的，死沉死沉，没有被人家一枪杆砸死已属万幸。

花弧趴在炕上，下巴抵着荞麦芯枕头，咝咝地吸气，却笑嘻嘻地对花袁氏说，那个狗杂种要是用枪捅我，说不定我一下没躲开，就让他捅进肚子里了。他再往回一拽，我的肠子也要给他钩出去一大堆。我是遇见个二傻子，他明明手里有枪，却没来捅我，我就捡回一条命。等他醒悟过来，拍马要重新扎我一枪时，有人把他喊住了。我听不懂喊他的人喊的是啥，反正那个狗杂种就把枪收了回去，从马背上跳下来，手里多了一根绳子……

邵家花板的村民对花弧被绑在马屁股后面拖着跑这件事并不是十分清楚，事情应该发生在东堡门到北堡门之间的一块空地上。因为邵家花板四周的堡墙很高，高到一般人爬都爬不上去。堡墙上面也不是很平整，七高八低地呈犬牙状，有的地方凸起来，有的地方凹下去，有的地方可容两匹马并排走，有的地方仅容一人立足。穆阳秋的设想很丰满，号召大家尽量把守每一段堡墙，不给柔然人留下任何可乘之机。但事实上邵家花板就那么多族人，除老弱病残外，能够担负巡逻防御任务的也就百八十个，他们留心了这里，就有可能疏漏了那里。尤其是军事部署方面乏善可陈，甘老三的三个儿子笨得就像三头猪一样，张罗着种地还行，说到防御城池，简直一窍不通。经他们一布防，有的堡门安插了二三十个，有的堡门仅有十来个。人多的地方心里就踏实，人多力量大嘛；人少的地方就提心吊胆怨气冲天的，这怎么守呀，还不够柔然人一枪捅呢。穆阳秋的三个儿子当然也不守卫堡门。穆承嗣天天泡在酒坊里照料生意，穆承昊去平城开了一家南货店，只穆承弼带了一些年轻人组成一支预备队，在族长家的场院里待命。穆承弼对甘家三兄弟说，你们不要眼红我们预备队，啥地方出了娄子，我们得去堵呀，你哪个堡门顶不住了，我们得去增援呀。

这样，多由族人把守的堡门经常出现人员涣散的问题，有人说肚子饿了，回家吃口饭；有人说，夜里着了凉，肚子疼，跑肚拉稀呢，要找个茅坑蹲一蹲。头一天深夜，看守北门的族人里仅剩下穆巴雅尔一个人。夜里风大，穆巴雅尔在墙头上立不住，就躲到堡门洞里困觉，心里有事，睡得不踏实，听得堡墙外边人喊马叫的，又燃起了篝火，又跑开了马。他不敢爬上墙头去看，只隔了门缝往外眂，眂的范围就那么窄窄的几个条状，他就在这几个条状的视线里看到被绑在马屁股后面的花弧了。穆巴雅尔胆子小，见不得有人流血，连忙闭了眼，装作什么都没看到。他耳朵里一会儿是马蹄声，一会儿是奔跑声，一会儿是马鞭声，一会儿又是花弧的惨叫声了。他心想，这回花弧算是完了……

花弧身上的伤在一天天好起来，许多族人都来看望花弧。花弧发现，这些人里除了族长家的男人外，唯独看不到穆库翼。他和花

第十一章 稚子救父

袁氏背后就嘀咕，我们在哪个地方得罪过穆库翼？花弧说，那天木兰和村里人去孤山上救我，里边就没有穆库翼。花袁氏说，他爱来不来呢，他婆娘和穆阳秋穿了一条裤，他也好不到哪儿去。

不过，只要有人来，花弧心情就不错。那些来看望他的族人都挑着好话说，他们不扯乌拉山突围，不扯柔然人与花弧前脚后脚出现的猫腻，也不扯在瓮城的堡门外吃了大大的一个闭门羹，更不扯被绑在马屁股后边磨地的血腥事儿，大家只是扯一些吃啥呀，喝啥呀，日头红红的咋不下一场雨呀的淡话来敷衍。他们说，穆戎陆打猎打到一只银狐，让穆库翼讨了去，说是要放生，不想被穆库翼剥了皮，让高氏给自己做了条狐皮长裤。他们说孤山上的马市又要开张呀，并州的马贩子，肆州的马贩子，建州、汾州、司州、豫州的马贩子陆陆续续都来了，听说还有高车和燕国的马贩子呢……闲话越扯越远，就是不戳花弧的心口窝。

可花弧忍不住的，只要有人去他家坐，花弧总要扯起木兰单枪匹马去孤山救他的经过。

花弧说，别看木兰是个丫头片子，别看木兰还这么小，可节骨眼儿上木兰不比愣头小子差，不是不差，是强多了。

花弧说，你们不知道啊，我让狗杂种柔然人丢在孤山上的土围子里，留下两个人看着。其实我心里明镜似的，他们不是看我，就是不看着，我也跑不了。我趴在地上，连喝口水都疼得直叫唤。那两狗杂种才不管我的死活呢，他俩是照看他们沿路抢来的几十匹马和金银布帛呢。其他柔然人哪去了？他们能干啥？不就是去附近村子抢东西杀人放火嘛，像咱们邵家花板这样的村子有堡墙，他们冲不进来，其他没有堡墙的村子可算是遭殃了……

花弧说，有一回，那俩狗杂种围着我叽里呱啦说一堆废话，我听不懂，就没跟他们搭讪。有一个抬脚就踩住我的脸，来回搓，另一个拉下裤子，朝我脸上嗞啦嗞啦尿起来。那个踩我脸的就不踩了，他的靴子也给尿湿了，就朝那个尿尿的嚷。那个尿尿的也不尿了，一拳头杵在嚷嚷自己的那个脸上,两个人当着我的面就打起来了。我心里那个乐呀,就盼望他们往死里打,打得难分难解,最后一个把另一个揍死才过瘾呢……

花弧说,木兰他们就是这时候冲进来的。我不记得啥时候教过木兰使戟,我也不记得啥时候木兰学会了马上使戟,可这丫头一戟就把尿我的那个柔然兵挑翻了,腔子里喷出来的血有一丈多高……

花弧一提这事儿,木兰总拿眼剜他,嫌他一个故事讲起来没完没了。花弧可不这样想,他觉得不反反复复讲这些事儿,心里就憋屈得难受。讲出来了,仿佛把积郁已久的块垒一吐为净,心里就舒畅了,身上的伤也不疼不痒了。

第十二章 人师难遇

一

花弧对邵家花板的村民来说，简直是个笑话。花弧不止一次向村民讲述自己在乌拉山下如何脱离险境，遇见一匹百里挑一的好马，因飞燕骝脚力不济把那匹好马给跟丢了，又误入歧途，走出渺无人烟的沙漠，历尽千难万险侥幸回到邵家花板的，在孤山上被木兰带着七八个少年成功搭救。但他解释不清自己屁股后面为什么会突然出现柔然兵这件事。所以大家对花弧的每一次讲述都报以很消极的态度，姑妄言之，姑妄听之，听着听着都要笑，很自觉地转移话题。表面上看，好像大家是不想让花弧难堪，事实是大家对花弧已经失去了起码的信任。

花弧后背上的皮肉慢慢痊愈，屁股上也生出了新肉。他能够挂着拐杖慢慢踱出街门，在街头与村民拉呱闲话了。但花弧明显觉得，村里人对自己都很冷淡。他明明看见一堆人有说有笑争论得很激烈，只要自己一步一步挪过去，大家顿时闭口不言，一张张黑脸板着，不说不笑平静地看着花弧。花弧会下意识地抹一把脸，又拍打两下衣服。花弧说，你们接着说，接着说。大家仍然奇怪地打量他，似乎没有听懂他的话。花弧的心情一下子坏到极点，呵呵地笑一笑，慢慢离开那群人，就像他原本就不是去凑热闹的，只是路过那里。他一边走，一边琢磨这件事，却又听见那群人叽叽喳喳说开了，继续着突然中断的话题。

旧伤未愈，新病又添，花弧患了气喘的毛病，咳起来咔咔地没完。不咳的时候，他的身子骨也像掏空了一样总打晃。

那天，气喘吁吁的花弧朝穆阳秋的酒坊走去。在这之前，花弧很少去酒坊。他不喜欢喝酒，觉得喝酒误事。他劝过其他的族人都不要喝穆承嗣的酒，比方穆尔图。但现在穆尔图不在了，花弧却用拐杖把酒坊那扇栅栏门捅开了。

酒坊静悄悄的。穆阳秋雇了三个酿酒工都在后院忙着，他们正往煮熟的粮食里拌酒曲。穆阳秋从酒窖里搬出两坛酒，摆在一张八仙桌上，正用抹布擦拭酒坛子，一抬头看见推开栅栏门的花弧了。

咦，穆阳秋皱了皱眉头，没有想到花弧会来酒坊。他偏过脸想看一看花弧的后背和屁股，他问，你屁股好啦？

花弧没回答穆阳秋的话，他进了酒坊，就开始左顾右盼。咔，咔咔，花弧咳嗽了三声，第四声本来已经冒出喉咙了，又被他生生吞进肚子里了。

酒坊里静悄悄的，除了他们两个，再无旁人。大白天的，牧民们不是放马，就是打猎去了，没人挑这个时候来喝酒。

你找谁？穆阳秋问。

不找谁，花弧说，我是来喝酒的，咔。

穆阳秋就不明白了，哎，今儿可是日头从西山出来了，你花弧不是说我穆阳秋偷来的酒方不地道嘛，喝多了会闹肚子的。

这话我没说过。花弧直摇头，我敢打包票，我在背后从不说别人的坏话。

穆阳秋说，就你这身子骨还敢喝酒，不喝酒都咳嗽，一喝酒，还不把肠子都咳出来？

二

延和年间，邵家花板有一帮奇思妙想的少年，他们在花木兰的鼓动下用马蹄踩出一片马场，位置就在东堡门外的一块空地上。马场不是圈马的马厩，而是年轻人骑马，演练马术、箭术与枪法的地方。起初，马场里只是孩子们在打打杀杀，后来大人也牵着自己的马匹参与进来。他们总是以教师爷的身份向孩子们传授他们应用自如的一些刀法枪法，除了授业解惑，更多的则是炫耀。邵家花板的男人很少没有上过战场的，即使在刀枪入库，马放南山的日子里，他们在放牧狩猎或做农活的间隙，也会把剩余的精力耗费在马背上。他们在马背上的一招一式，就像他们手里的刀矛戟锤一样，冷酷血腥。在他们年复一年的悉心调教下，许多年轻人从马场直接走向战场。

花弧每次路经马场都觉得浑身难受，任意一匹快马从眼前跑过，都能勾起他痛苦的回忆，他会神经质地看一下马屁股后面的地面上，是不是拖着一个人。马蹄蹬起的尘土，像极了有人被拖曳着快速摩擦腾起的尘土。花弧说，瞎胡闹嘛。

现在的花弧身体很虚弱，屁股和后背上磨掉的肉始终长不起来，血痂是掉了，新生的皮透着嫩而红的光泽，却又皱巴巴的。好在这些让人不舒服的部位都能很好地被衣服遮挡住，唯一遮挡不住的是他整个人看上去比原先瘦了一半，而且走路都是一瘸一拐的，已经不是从前那个有点窝囊，还有点自信的花弧了。

三

这个爱笑的人名叫天保，或者叫天宝，抑或叫田宝，邵家花板的鲜卑人对汉人的名字总是模棱两可。照以往，村里来个汉人并不能引起族人的过多关注。比如邵家村的老鹿，还有甘老三父子，他们的来与不来，在与不在，只对穆阳秋有一定的影响。其他人，再比如花弧一家，就对这些汉人缺乏更深层次了解的兴趣，当然邵千户的大公子邵素例外，邵千户的二公子邵璞也例外。那一年，有个叫天保的年轻人突然笑嘻嘻地出现在邵家花板多风的练马场上，并被族长穆阳秋亲口介绍给邵家花板的所有人，说天保是我请来的教师爷。花弧没什么反应，倒是花木兰心里咯噔一下，一潭死水被一块天外飞来的石头击打出一片涟漪。

起初，族人并不懂什么是教师爷，他们以为教师爷是帮他们，或帮族长本人写文书，或写契约的账房先生，直到教师爷耍了一套长袖拳后才明白这是个跑江湖的艺人。他又是蹲着走，又是瘸着行，胳膊拐来拐去，如蛇行，看上去花里胡哨的没多少实用价值。那人一边耍，一边嘴里还念叨，蹦，弹，抓，挑，钻；踢，碰，蹬，踹，踩……像是在念顺口溜，听不懂，也看不懂。马背上使惯刀枪剑戟的丘穆陵氏的族人，都当耍把戏的在那里瞎折腾，笑嘻嘻地一边看一边调侃，族长，你请的教师爷原来是干这个的呀？你花了几只羊？一只还差不多，多了就亏大了……

族长一听就不高兴了，什么呀什么呀，谁说天保师傅耍的这个拳法中看不中用？天保可是名震京师的武林高手，别看他年纪轻轻的，可了不得。你们倒有把子力气，你们随便几个人下场子跟天保比一比，看谁能栽跟头？

这话在理，瞪着一双牛眼的穆库翼摩拳擦掌跳进圈子里，打算跟教师爷摔一跤。可他伸出去的手总摸不到教师爷的身子，汉人像猴子一样蹦来蹦去的，笑声铃铛般清脆悦耳。穆库翼就急了，兽一样乱吼，有种你站住，咱俩比画比画。你不要躲，躲了初一，你还能躲了十五？

圈外的人都笑成了一团，他们觉得天保和穆库翼，就像一只猴子和一头狮子。猴子再机灵，总有跳不动的时候，最终的结果谁都能够预料到。穆阳秋也有点傻眼，嘴巴张开，黑洞洞的，发不出声。

木兰攥着拳头，拳头里都沁出水了，说不来她心里偏向哪个，或者她更愿意相信哪个。天保是个骗子，天保把穆阳秋骗了，可骗

第十二章 人师难遇

得了穆阳秋，却骗不了穆库翼的力拔千钧。有一次，穆库翼在孤山北边的树林里，遇到一只熊瞎子。穆库翼射了狗熊一箭，射中了，箭就扎在熊瞎子的左眼里直晃荡。可那熊没倒，也没溜之乎也，而是奔着穆库翼冲过去，一人一熊转瞬之间斗得难分难解。最后，是穆库翼把熊瞎子的尸体扛回到邵家花板，满族的人都吃了一餐狗熊肉。

那天，在邵家花板马场上看热闹的人可真多，木兰发现穆阳秋那个嫁不出去的闺女萨尔娜也挤在人群里。萨尔娜很少在人前露面，她的脸总是白光光的，像个缺血的僵尸，眼神从来都是漫不经心的。那天，木兰从萨尔娜的眼睛里看到一束闪亮的光，那束闪亮的光就照在那个叫天保的汉人身上，天保却浑然未觉。

在木兰分神的时候，场上的格斗已分出胜负，人们都没有看清是怎么回事，铁塔一样壮硕的穆库翼竟然咣的一声摔倒在地上，砸起一片尘土。木兰能够想象到穆库翼屁股下面会留下一个多么大的深坑。围观的人群轰一声沸腾了，倒不是喝倒彩，实在是不相信结局会是这个样子。

穆戎陆兴奋得手舞足蹈，他拍着巴掌说，穆库翼，你不用起来了，找个地缝钻进去算了。

穆承嗣说，这家伙昨天喝了不少酒，估计酒劲儿还没过去呢。

什么呀都什么呀，穆阳秋嗤之以鼻，说不行就是不行。我请来的教师爷要没两下子，能让我相中吗？我告诉你们，天保这个教师爷不是教娃娃们学四书五经的，是来教娃娃们舞刀弄棒的。丘穆陵氏的娃娃没有好身手，还怎么光宗耀祖，都像穆尔图那样，连一支箭都躲不过，还怎么出征打仗呀？这事儿就这么定了，以后凡是年满五岁的男娃，都可以跟着教师爷学功夫。当然学也不能白学，教师爷以后的一日三餐，就由各家轮流做东，没妌的人家也不例外。不要跟我说你们家的人又不学这个，都是丘穆陵氏的族人，一族的荣光不是我穆阳秋一个人能争得来的……

男娃能学，那女娃咋就不能学？男娃是人，女娃就不是人了？人群里传出一个女孩子的声音，大家不用去看，也不用去猜，都知道是花弧的二丫头。

花袁氏赶紧朝一群人堆里喊，木兰，你掺和啥呀？

族长却笑着说，忘了提木兰了，木兰能学，你是个假小子嘛，将来找个婆家，你男人绝对不是你的对手……

人群哗的一片笑声。木兰羞红了脸，大声嚷嚷道，说学功夫的事儿，咋扯起婆家男人了，你还像个族长吗？

穆阳秋忙拱手，不提婆家，不提男人，咱们提学功夫的事儿。

四

天保喜欢笑，一笑，一口的白牙会优雅地露出一多半来。

一个喜欢笑的汉人，喜欢笑的年轻汉人，喜欢笑又身手不凡的年轻汉人，喜欢笑又身手不凡一笑露出一口白牙的英俊的汉人，丘穆陵氏的女人多多少少都有些不能自已。好几个平时就很轻佻的小媳妇，专门跑到马场上来看木兰他们跟着爱笑的天保学拳法。

她们哪是看热闹呢，分明是想占人家教师爷便宜呢。木兰气鼓鼓地回到家对阿母花袁氏说。

花袁氏叹口气，又叹口气，把身上的棉絮拍了又拍，说，你个女娃家，不在家里待着，成天价在外面疯跑，还打打杀杀的。你都这么大了，也该矜持起来，要不我真担心你找不到婆家的……

阿母，木兰尖叫着，跺了跺脚，我跟你说的是那些讨厌的女人，你跟我瞎扯啥呢，谁说要嫁人了？我才不嫁呢，我要做个盘弓弯马的倍侯利。

倍侯利是谁？花袁氏从来没听说过什么倍侯利。

说了你也不懂，真烦人。木兰越来越看不上花袁氏了，她讨厌花袁氏的唠叨。

第十二章 人师难遇

教师爷擅长的拳法，木兰却并不钟爱，在刀枪面前，再花哨的拳脚也是多余的。一开始，木兰还像模像样地跟着学，学到第九天头上，木兰不学了，她说，师傅，你还会不会点别的？

天保一愣，又是龇牙一笑，这套长拳你学会了？真是个奇才呀。

木兰摇摇头，绷着脸，没学会，不爱学。

天保笑着说，你既然不喜欢学，就在旁边看着好了，不要影响大家。

木兰说，是你影响到我了，我跟你学了九天，都快把马上功夫忘掉了。

天保说，马上的功夫要学，马下的功夫也要学，在你的马毙命的时候你怎么来保命，你怎么赤手空拳擒拿敌人？

花木兰答不上来，就狠狠地咬咬牙，跺一跺脚，马死了，我手里还有枪呢。你就知道笑，笑笑笑，总是笑，你就一个大傻蛋，你能不能不笑？我讨厌你嬉皮笑脸的样子……

天保有些尴尬，满脸的笑一下子收不回去，只好机械地挂在老地方，他说，我笑错了？

木兰说，你就是一个傻蛋。

好多的邵家花板的女人都是奔着天保一脸蜂蜜似的甜笑来的，她们做完家务活，就跑到马场上来看天保。她们有的已经生孩子了，孩子都满街跑了，她们还是那样风骚。她们说爱美之心人皆有之，"窈窕淑女，君子好逑"。她们说天保，你家里有没有媳妇？没有的话不要急，我们给你介绍一个……

有一个姑娘总是躲在很远的地方越过许多女人的头顶，偷窥场子里的天保，当然也痴迷天保的一脸迷笑，这个秘密最后是被花木兰发现的。花木兰总是眼观六路、耳听八方，好几次在几个不同的隐蔽处发现同一个姑娘，那个姑娘叫莎尔娜。莎尔娜用一块驼色的织锦遮着一张白晃晃的脸。但她的身材和个头，还有一双失神的眼睛怎么也躲不过木兰的巡睃。莎尔娜显得有些慌张，装出一副没事

211

儿的样子急急忙忙走远了。又是一只闻见腥臭的苍蝇，家里瞅不够，跑到村外边来接着瞅，不怕把眼珠子瞅出虫子来？木兰朝着莎尔娜的背影啐了一口唾沫。

木兰没有说错，天保虽然吃的是百家饭，但他睡觉的地方却是穆阳秋家的南房。

穆阳秋家不像邵千户家那样奢华，有前院，有中院，还有后院，他家只有一个院子，却盖了北屋，又盖了南房，还盖了东西厢房。一开始，穆阳秋把老大、老二、老三都安置在东西厢房住，让老闺女跟他们老两口住北屋。但老大不愿意住厢房，说厢房不如北屋暖和。老二说，我哥住北屋，凭什么让我住厢房？老三说，我是看我二哥的，二哥住哪儿我住哪儿。穆阳秋老了，已经吼不动三个儿子了，他把老闺女安顿进西厢房，又把老大穆承嗣安排在他们老两口旁边的一间北屋里，然后和风细雨地给老二、老三做思想工作。工作只做了一半，老二叹口气说，算了算了，我不跟我大哥争，谁让他比我早喝两年酥油茶哩？我住东厢房，让老三住西厢房，这总可以吧？这回却轮到穆阳秋摇脑袋了，族长语重心长地开导老二，那哪成呢？你们哥俩把厢房都占了，你妹妹呢，总不能把你妹妹安顿进南房住吧？南房冬天里会冻死人的……一提及莎尔娜，老二穆承弼也不吱声了，毕竟是妹妹，不是生来是两家的兄弟。老二又叹口气，说，罢了，我睡南房得了，我这身子骨扛冻……穆阳秋忙说，哪个要你睡南房了，你不要自个儿作践自个儿。对我来说，你们手心手背都是肉，你和老三合住东厢房，把西厢房留给你妹妹，就这么定了。

南房一共有三间，靠西一间单独用墙隔开。原来三间南房都储藏一些瓶瓶罐罐的杂物，等到穆阳秋请来了教师爷，为了表示尊师重道，穆阳秋决定腾出一间南房让天保住。天保住的那间南房与西厢房仅隔一个茅厕，臭是臭点，毕竟有房子总比没房子强。何况天保是习武之人，对北国冰寒天气也有较强的适应能力。天保在族长家留宿，总觉得有一双眼睛在暗处盯着自己，如芒刺背。

第十二章 人师难遇

木兰不学拳法的事情本来不值得渲染，一个女孩子不在家里学女红，学的哪门子拳术？但因为木兰天天骑马绕着马场折腾，把丘穆陵氏的子弟们都勾引得神不守舍，穆蓟乌就嚷嚷着要天保教他们学马上功夫，说打仗都是骑马搏杀，人家在马背上捅你一枪，你总不能来个扫堂腿回击人家吧？其他孩子也七嘴八舌应和说，就是就是，天天学拳法都学腻了，你也教教我们马背上的枪法和刀法吧，你总不会说你不会骑马吧？

面对孩子们的质疑，天保也显得有些为难。他说，你们从小到大一直在马背上打打杀杀的，也不厌烦？学武是为了强身健体，不是用来杀人的。

孩子们是不听劝的，他们一旦对某个人的能力产生了怀疑，会非常固执地否定一切。他们早就想造反了，只是碍于教师爷的功夫了得，不敢轻举妄动罢了。最开始是穆蓟乌主动提出放弃学拳法的，连他家的马都牵了出来，还带了兵刃。接着是穆元吉也表示不学了，一是学不会，二是学了也没用。再接着是一群孩子，一大群孩子，他们最后把教师爷天保晾在马场上了。

这时候，天保就再也笑不出来了，他傻子似的张着嘴，摸着后脑勺琢磨了半天，到底还是没想明白自己的拳法怎么就如此缺乏吸引力。但是，马场上仍不缺观看天保发愣的观众，就是那些搔首弄姿、卖弄风情的邵家花板耐不住寂寞的女人。她们是天保最忠实的粉丝，她们一边无情地谴责那些背信弃义欺师忘本的小兔崽子们，一边柔声细语地安慰还在发愣的天保。天保，你不用不高兴，都是花弧家那个二丫头出的鬼点子，你本来就不该收她为徒，真是一粒老鼠屎坏了一锅汤。天保，你不用理他们，他们不学你的拳法是他们没这个福分。天保天保，要不天保你教我们得了，我们想跟你学马下的功夫……

这时候的天保就萌生了离开邵家花板的想法，他吞吞吐吐支支吾吾地说，你们都回家哄孩子做饭去吧，我怎么敢教你们，你们哪是学功夫的料……

　　女人们撇着嘴角说，哟哟哟，天保，敢情你把我们都看扁了？我们哪点比大老爷们差了，不缺胳膊不缺腿的。要不咱们摔一跤试试？

　　天保连连摆手，有些对付不了丘穆陵氏的女人。这些女人就肆无忌惮地笑起来，把天保笑得面红耳赤。

　　有一天，无所事事的天保忽然把木兰喊住，喂，小姑娘，你叫花木兰吧？

　　木兰勒住缰绳，仍骑在马背上，回头看着站在马场外面的天保，是你喊我吗？你喊我做什么？我早就不是你的徒弟了。

　　你当然不是我的徒弟。天保笑嘻嘻地露出一口好看的白牙，你这个小丫头挺有个性的，我观察你好几天了。我想跟你商量一件事，看你同意不同意？

　　商量什么？木兰一本正经地说。

　　天保就把自己的想法说了。天保想教木兰和孩子们学一些排兵布阵的方法，他说，打仗可不是你们想象中那样会抡刀射箭就行，会打仗的，会兵法的能以一当百。我除了深谙拳法外，最拿手的本事还是演练兵法。我打小就跟师父学过《孙子兵法》，学过《孙膑兵法》，学过《吴子兵法》，知道致人而不致于人的妙用，还知道善用兵者无不正无不奇使敌莫测的方式。你们想在两军阵前获胜，不一定非要拼命不可。只要学会兵法，我敢保证，你们将来会有大用。当然，当然，你是个姑娘，学兵法对你用项不大，你可以让其他孩子跟我学一学……

　　花木兰听出来了天保是在求自己，都有些低声下气了。她想了想，就把穆元吉和穆蓟乌喊到近前，把天保的想法跟他们说了。

　　穆蓟乌说，只要你跟着学，我们就跟着学。你不学，我们也不想学。

　　花木兰说，我学。

邵家花板喧闹的马场突然又静下来，既听不到兵器撞击声，也听不到战马嘶鸣，那个爱笑的天保又成了孩子们的中心，只不过他不再抻胳膊擩拳，而是在一块平地上用树枝画了一个又一个奇形怪状的图案，说这个是韩信摆过的方形阵，这个是郑庄公的鱼鳞阵，这个是孙膑的锥形阵，这个是诸葛亮的八阵图……然后，他把各个阵法如何布兵，如何指挥，如何运阵，如何防御，如何攻击，如何平衡兵力，等等，像讲故事一样讲给孩子们听。

这都什么呀？

几日下来，穆元吉便叫苦不迭，每次听天保上课，他都要打哈欠，不停地打。他对花木兰诉苦道，早上出门还挺精神，一见天保就犯迷瞪。一听天保开讲瞌睡虫就上身了，我使劲掐自己也不行，都掐出血了，还不如跟他学两手长袖拳呢。你听他嘚吧嘚吧说这个阵那个阵的，我的眼皮老打架。

穆蓟乌也深以为然，他皱着眉头说，这个天保是不是编了些瞎话骗我们呢？我咋一句都听不懂？

木兰说，我也不懂，可我觉得新鲜。这个天保应该不是诓我们，他诓我们又何苦呢？

五

穆阳秋起夜的时候，遇见一件怪事儿，天保的房门无风自开。

当时，月亮弯弯地挂在西天上，迎面吹来的冷风让迷迷瞪瞪的穆阳秋一激灵。天保住的南房门虽开着，被风吹得呱嗒呱嗒响，却听不到屋里有任何声音。西厢房却有窸窸窣窣唧唧哝哝的声音如流水一样淌出来，像是有人低声说着什么，语速极快，又像是有人做着什么，动作却有些拖泥带水。穆阳秋把耳朵贴在窗户纸上，屏气敛息地听，脚踩在一件农具上，很轻微的响动，竟使屋里的声音瞬间消失了。

穆阳秋只好生硬地咳嗽一声，问，闺女，没事吧？

穆阳秋的问话很突兀,在暗夜里格外震耳,停顿片刻,才听见老闺女咕哝道,有啥事儿呢,能有啥事儿呢,这三更半夜的。

院里那几条看门狗围着穆阳秋摇尾巴,转圈圈,嗅来嗅去的,仿佛他是一块诱人却无法下嘴的腊肉。穆阳秋没好气地用脚把畜生们轰开了。

那天,穆阳秋起了个大早,趿拉了鞋撤去门栓,一股冷风迎面扑来,他激灵打个冷战。穆阳秋出了北屋门,在院里站定,稳一稳精气神,使劲咳嗽一声,算是跟住在这所院里的所有人都打了声招呼,然后,就去推南房的门。南房的门却是关着的,里面下了门闩。穆阳秋的脸呼一下被血涂红了,脑袋嗡一声大了,想一脚把门踹开,脚都蹬出去了,却没有落在门扇上。他转身去敲老大的房门,听见老大在屋里瓮声瓮气地说,敲敲啥哩,还让不让睡了?

邵家花板的女人是在一个非常普通的早晨意外地在村东的马场上没有看到教师爷天保。她们叽叽喳喳地盘问同样一脸问号的孩子,孩子们七嘴八舌地说,你问我,我问谁呀?师父每天都是第一个来的,今天一定出啥事儿了……

孩子们的猜测没有错,他们很快就看见从东堡门出来几个人,其中一个就是族长穆阳秋。穆阳秋还没有走近马场,就大声说道,娃娃们,散了吧,不用等天保了,天保把你们撇下自个儿溜之乎也了。你们想骑马的继续骑马,想舞枪的继续舞枪,反正天保以后就不会再教你们了,他压根儿就是个骗子……

孩子们对族长的话没有异议,他们原本对天保就比较抵触。天保教的拳法他们认为没有多大用处,天保教的阵法他们又学不会,天保总让他们感到疲惫。他们生就的野性都快让天保磨光了,磨秃了,磨没了棱角。天保一走,他们觉得捆绑自己的绳索都被一把锋利的刀子割断了。

女人们在质疑族长的说法,她们说族长族长,你不要冤枉好人好不好?天保哪会是骗子?天保可是你亲自从京师请回来的教师爷

第十二章 人师难遇

啊,你总不会当初看走眼吧?天保笑起来就像一个姑娘一样腼腆。他从来都不说一句脏话,不像你们这帮丘穆陵氏的大老爷们,除了喝酒就是欺负我们女人……

穆阳秋使劲摆了摆手,大声说道,你们不要吵了,你们知道个屁,你们就知道吃饱了不饿。天保是个什么东西我心里最清楚,我一开始就看出他不地道了,他就是个十足的骗子,不仅骗孩子们跟他学些没用的功夫,他还骗女人哩……

他骗哪个女人了?你倒是说清楚呀,别想平白无故地给天保头上扣屎盆子。有个利嘴的婆姨想要族长给她们举证,族长一时语塞,支支吾吾半天蹦不出一个词来。

族长从来都是口无遮拦的,在邵家花板,他还从来没有含糊过谁。但那天在马场上,族长穆阳秋显得有些理屈词穷,他最终也没说出天保欺骗过哪个女人。女人们私底下都在骂穆阳秋冤枉人不带脸红的。

行了行了,你们都离开这里。花木兰拧着眉头,瞪着眼,跺了跺脚。她对在场的所有大人说,你们都离开这里,不要挡我们骑马,刀枪无眼,磕碰着算是自找的。

说完,那丫头飞身上马,手里的丈八黑缨枪呼呼挂着风声从男人们和女人们的头顶上掠过。马蹄刨起的尘土很快就吞没了他们的身影。飞扬的尘土里只听得穆阳秋边吐唾沫边骂,混账东西,花弧上辈子没做好事,这辈子咋就操下这么个没教养的疯丫头,人还没走就折腾开了,有你这么骑马的吗?

第十三章　木莲之祸

一

莎尔娜寻了一次未遂的短见。

莎尔娜寻短见的地方在小路山下的茶肆附近。她把一根绳子挂在一棵杜梨树的树杈上，树下有一块四棱八瓣的怪石头。花雄从来没有见过像那样的一块石头。事后，花雄经常在那块石头旁边端详石头的形状，有一次他对花袁氏说，我知道莎尔娜为什么要上吊了，她想踩着那块石头升天呢。

莎尔娜寻短见的时候，花弧正在茶肆里的灶台前给灶膛里喂柴火，花雄正在小溪边撩水花，木兰正在几张桌子之间给每一个客人沏茶水，花袁氏正在茶肆后边砍木头，一切都像平时一样按部就班。这时，其中有个工人一边喝茶一边大声说，掌柜的，你这茶肆好风水啊，连不想活的人都找上门儿来了。

延和二年，世祖在京师大兴土木，修筑永安殿和安乐殿。皇城里的每一座建筑都是木头搭建起来的，而永安殿和安乐殿所需木材自然要从京师周边采伐。那时候，京畿之地到处是葱葱郁郁的原始森林，善无县的贺兰山、沿山吾山、牛心山，还有小路山，都是固定的伐木场。从清晨到夜晚，伐木工砍伐木头的声音久久回荡在每

第十三章 木莲之祸

一处山林里,甚至传到邵家花板村民的耳朵里。每天,运送木头的脚夫如蚂蚁搬家一样绵延在通往京师的黄土路上,从前人烟稀少的小路山在那一年的春天突然变得喧嚣起来。

最初,是盖右老汉想到在小路山开设茶肆赚钱糊口的,盖右估量了一下自己的能力,叹了口气,就选择放弃了。但老人把这个赚钱的机会毫无保留地转让给了大伤初愈的花弧。

那时,花弧的身子骨还没有完全恢复,说话都气喘吁吁的,走路也是跟跟跄跄的,只能坐在炉灶旁往茶壶里撮茶叶。从外面山溪里挑水,给灶膛添柴火,依次为客人续茶水的事情就交给了花木兰、花雄姐弟俩,当然还有任劳任怨的花袁氏。花木莲不肯抛头露面,十六岁的姑娘已经懂得了很多事情,该足不出户就足不出户,鲜卑族的姑娘同样讲究这些。木莲在家里也没闲着,她在帮花袁氏料理家务,除了织布,还负责给家里人做饭,一日两餐。饭熟了,木兰会骑马回家来取。

花弧一家四口整天泡在茶肆里,木兰不愿意也没辙,她是让花袁氏拧着耳朵硬抓来的。

说是茶肆,其实就是个简陋的棚子,垒起一个灶台,棚子外面摆了三张桌子、几条板凳。伐木工从山上下来,或者负责监工的官兵,三三两两会过来喝茶,有时人多,有时人少,茶资要么是神麚五铢钱、延和五铢钱,要么是一些谷子布帛什么的。因为都是常见面的熟人,一般为赊账。

那天,有个工人善意地提醒花弧,对面山沟里有个人鬼鬼祟祟的,像是不干好事。花弧没说什么,喜欢凑热闹的花雄在溪边听见了,远远抢着说,在哪里在哪里,我怎么看不见?

那个工人指着茶肆对面的山沟让花雄看。花雄看见果真有个女人在那里转来转去的,好像在寻找什么,但眼睛不时地要朝几棵树上看。

花雄说,她一定是在找果子吃,那里有一棵山杏树,还有一棵梨树，她肯定是嘴馋得不行了。

接下来的事情就有些不好收场了，那个工人又大喊起来，快看哪，那个女人要往树杈上挽绳子，她是相中那块地方了。

花木兰正给人往茶碗里沏茶，花袁氏忙说，木兰，不要沏茶了，快出去看看是谁，有啥事情想不开呢，你劝劝她。

她想不开是她想不开，关我啥事儿？花木兰一点都看不起寻死觅活的人。但她经不住花袁氏的一再催促，就把茶壶放下，在衣服上抹了抹了手，慢慢腾腾走出茶肆。

花雄也跟在她的屁股后面。

花雄说，二姐，我看见那个女人像是族长家的老闺女。

花木兰说，别胡说，莎尔娜我又不是不认识，这个女人一定不是邵家花板的……

那个戴着黑色垂裙皂帽，穿着红色交领上衣的莎尔娜，双手已经抓住挂在一棵杜梨树上的绳子扣了，头正往绳子扣里钻，踩着一块四棱八瓣的石头。她的样子像是在做一次有趣的探索性的实验。花木兰也看清莎尔娜那副苍白如纸的面容了，她尖叫起来，莎尔娜，是你吗莎尔娜？你别干傻事呀莎尔娜……

经木兰这一喊，莎尔娜想死的心忽然变淡了，变冷了，她的头犹豫不定地离开了绳子扣，两只脚轻盈地跳起，稳稳落在草地上。莎尔娜对疾步跑来的花木兰不悦地说，木兰，你别嚷嚷呀，我啥事都没有，那根绳子又不是我拴上去的，我是想把它解下来，绳子绾得太紧了，解不开。

花雄却说，你哪是去解绳子，我亲眼看见是你把绳子搭上去的，你还耍赖呢。

花雄，木兰厉声呵斥花雄，你少说两句能把你当哑巴卖了？

这时，花弧也呼哧呼哧赶了过来。花弧一边喘气一边说，没事儿就好，没事儿就好，我说好端端的受啥委屈了，犯得上跟自个儿过不去呀。

莎尔娜摸了摸日渐隆起的肚子叹口气,我是出门来散散心的,又不想死。

花弧才不信莎尔娜的话呢,怕莎尔娜继续做傻事,就让木兰把她送回村里去了。

路过村东的马场,穆元吉正骑马射箭,看见骑在一匹马上的木兰和莎尔娜,穆元吉手挽弓背,对木兰说,木兰,听说你们家在小路山开了一间茶肆?

木兰随口答道,你知道还问?

穆元吉说,开了茶肆也不请我们去喝茶?

木兰说,茶水有啥好喝的,又不是烧酒。

穆蓟乌插了一句话,木兰,你好些日子不练功夫了,你快打不过我们了。

花木兰笑着说,打不过最好,说明邵家花板的少年都出息了。

莎尔娜的事情似乎就这么完了,穆阳秋不仅没来花家答谢花弧一家人对女儿的救命之恩,反倒让穆巴雅尔捎话给花弧,要他和家里人都不要把这件事说出去。如果嘴巴不紧,让村里人知道了,穆阳秋会让花弧一家吃不了兜着走的。

本来,花弧是不打算把这件事说给第二个人听的,但就是因为穆巴雅尔捎来的一句话,把花弧彻底给激怒了。有一次在小路山下遇见了小个子穆戎陆,花弧把事情的原委一五一十地说给穆戎陆听,他愤愤地对穆戎陆说,我他娘欠你穆阳秋了?他还警告我呢,他是个什么东西?他闺女的一条命值钱,还是他的面子值钱?穆戎陆只是笑,不说穆阳秋做事不地道,也不说花弧有点小题大做,反正只是笑,笑得很诡谲。在穆戎陆那里找不到宣泄口,花弧心里憋着气,过了几天又把这件事说给了盖右老汉。盖右拍了拍花弧的肩膀,说,不用跟穆阳秋生这闲气,犯不着的。穆阳秋是个啥东西,谁心里没数呢?不用跟他计较这个。不过莎尔娜的事情你最好还是咽回肚子里,说出去让外人听见,莎尔娜就没法做人了。花弧哦了一声。除了穆戎陆、盖右,他再没说给第三个人听。

真是好事不出门,坏事行千里,几天后,竟然有人把莎尔娜上吊的事儿翻腾给了穆阳秋。穆阳秋一张老脸腾地黑了,又腾地绿了,嘎巴一声撅断了手里的一根桲栌把儿。穆阳秋咬牙说了一句,不识好歹的东西。

二

天不亮,勤快的花弧就摸黑来到四面张风的茶肆。那时候,伐木工还没有上工,小路山静得怕人。山上葳蕤的树木越来越稀,一些凶残的食肉动物开始远离这片家园,也有一时找不着北的,还在逐渐被剃光头的小路山上游荡。它们好几次尝试着逼近花弧的棚子,都是被木兰的坐骑铿锵有力的蹄声惊走了。

鲜卑人不习惯吃早茶,即使是午茶,也是出于补充水分的考虑。所以直到半前晌,才有第一个客人登门,而每天第一个走进茶肆的客人往往是那个表情木讷,手执朴刀的流内官。

一开始,花弧并没有发觉哪个地方不对劲。日子久了,木兰就忍不住出声了,阿父,你看见没有,那个当官的又来了?

花弧把一盘茶饼使劲掰开,一块一块放在漆盘里,然后开始生火。他在擦火镰的时候,对木兰说,他来就来呗,有啥好奇怪的,咱们做买卖的,不就盼望人家天天来喝茶吗?

这个引起木兰反感的男人,头戴一顶深色的二梁冠,上身穿一件深色前领开衩的长衫,脚着一双鞋尖上翘的深色靴子,额头上有两道很深的褶子。那人总是不声不响坐在那里喝茶,从不与人交谈。

花弧知道这人是专门负责小路山伐木的官,至于是个什么职务,多大的官,他没问过,只是偶尔从另外的茶客嘴里听到关于这人的只言片语,说是个流内官,复姓贺兰,应该是个将军。

可花弧还是不明白,这个流内官又是个什么鬼?花弧也没有深究。每次,这人走进茶棚,总要四下里巡睃一番,好像是找什么人,

第十三章 木莲之祸

或是在观察周围有没有可疑的情况,然后不声不响坐在靠近路边的一张桌子旁,一把带鞘的朴刀也不声不响放在桌子上。刀身呈半弧状,三尺多长,刀柄是鳄鱼皮做的。花弧从来没见过那人把刀从刀鞘里拔出来。那人总是静静地坐着喝茶,喝完一壶茶,往桌上拍下几枚五铢钱,转身就离开茶肆,日日如此。

花木莲出现在茶肆比较偶然,除非有什么迫不得已的事情。那天,族长穆阳秋来到花弧家,看见家里只有木莲在织布。木莲织布的时候很专注,什么都不想,什么都不顾,一心一意放在织布上,屋里始终回荡着单调的嘎哒嘎哒声。穆阳秋原本是找花弧说事的,想让花弧帮自己在茶肆里顺便卖酒。他知道花弧一家早出晚归,这个时辰花弧应该在小路山做生意。但经过花弧家的篱笆墙时,他听见院里传出织布机的嘎哒声,突然就改变了主意,拐进了院里。他先是咳嗽一下,试探家里还有没有其他人。木莲没有听见这声咳嗽,仍在专心织布,只有几只鸡从角落里跑来,围在穆阳秋的裤脚前,又是咯咯咯叫,又是拍翅膀。

穆阳秋的脑袋在这时候就鬼鬼祟祟伸进窑门里了,他笑嘻嘻地对木莲说,木莲,织布呀?

木莲倏地回头看着穆阳秋,手里没有停止抛梭子,说,我阿父去小路山了,你有啥事就去小路山找我阿父吧。

穆阳秋摇了摇头,走进木莲织布的窑里,站在木莲旁边。他闻见一股少女特有的体香,那股香气让他魂不守舍。他深吸一口气,说,你的头发挺香的,就像邵千户家的达子花香。我家那个黄脸婆除了一股羊膻气,就没别的味儿了。木莲木莲,你不用躲你叔,你叔又吃不了你,让叔摸摸你的脸……

木莲躲闪着穆阳秋伸过来的手,那只手就像蛇一样吐着芯子逼近她。她感到穆阳秋的呼吸越来越重,她迅速解开绑在腰里的驼手绳,腾地从织机里跳出来,狠狠推了一把穆阳秋,厉声道,干什么你?

穆阳秋没防备花木莲的手劲儿这么大,身子居然都趔趄一下,木莲,你别不识好歹,叔是疼你才摸你呢……

　　木莲从织机旁随手操起一根枣木棍,那根棍子平时是木莲和木兰用来抬水的,木莲没想到这时候派上用场。木莲潮红了一张脸,警告死乞白赖的穆阳秋,你别过来,花家的闺女可不是你想的那样下贱,你给我滚出去,你再不走我可喊人了。

　　穆阳秋是临时起意的,他还没有做好把木莲怎么样的准备,他只是喜欢木莲一副拒人于千里之外的样子。他依旧笑嘻嘻地说,你这丫头,咋动不动就上火呀?叔觉得你是个人精才稀罕你,叔又不是老虎,能吃了你?

　　木莲不再跟穆阳秋废话,舞动着手里的枣木棍,横着扫向穆阳秋的腰,却被穆阳秋很轻松地接住了。木莲想使劲往怀里抽木棍,木棍却粘在穆阳秋手心里了。她看见穆阳秋一手抓着木棍,一手朝自己的胸伸来。她像只受惊的小鹿一样,跳出窑门口,站在院里,大声喊道,穆阳秋,你还知不知羞?你以为邵家花板的女人都由你糟践,都由你使唤?

　　哎哎哎木莲,你喊啥喊?穆阳秋虽不怕花弧的左邻右舍听见,但传出去毕竟不好听。他立刻失去了刚才的激情,悻悻地朝花弧的柴门走去,回头对怒视自己的木莲说,不识好歹的小东西,走着瞧吧。

　　穆阳秋走后,木莲在院里痴站了半天,总觉得窑洞里仍藏着一个伺机而动的穆阳秋。她的心口怦怦直跳,脸上的红晕也一直没散去。木莲不是个怕事的人,但在那天上午,不怕事的木莲不敢在家里独自待着了。她叹了一口气,从槽头牵出一头骡子,走出街门,把门用铁锁锁好,不声不响去了小路山。

　　花弧对木莲的到来一点都不觉得意外,反倒是花袁氏远远就吆喝上了,木莲,你不在家里织布,到山里来做啥?

　　女人的嗅觉总是灵敏的,花袁氏看到木莲的表情就知道木莲遇上不顺心的事儿了。木莲没有当着客人的面儿把发生在家里的事情说了,而是仍然不声不响帮着木兰从溪涧里挑水,帮着花袁氏往火

第十三章 木莲之祸

炉里添柴火。木兰用一种非常奇怪的眼神不时要瞟一下苍白了一张脸的木莲。但木莲不说，她也不问。木兰发现那个坐在茶肆最外边的客人那双眼始终盯着木莲，看得如痴如醉的，好像眼珠子都快从眼眶里飞出来了。木兰心里觉得不舒服，不知为什么，她提了一壶滚开的水，走近那张桌子，故意跟跄了一步，壶里的热水噗一下溅在那人身上了。有几滴水落在那人的脸上，但那人却浑然未觉。

木兰，你小心烫着客人。

花弧吓出一身冷汗，担心流内官发火。流内官一旦发火，桌上那把带鞘的朴刀说不定就会出鞘，刀光剑影，人头落地……当然，落地的人头倒不一定是花家的人的。花弧刀法不精，枪法也差强人意，身子骨又大不如前。不过他毕竟是几乎年年出征的州郡兵，见过杀人，也杀过人，这个不多言不多语的流内官未必是自己的对手，可花弧不愿意挑起事端，何况因为木兰的粗心呢。

木兰哼了一声，轻蔑地瞥了流内官一眼，说，我小心着呢，是壶里的开水不长眼，偏往别人脸上溅。

那个流内官如梦方醒，转脸看着身边提壶的木兰，说，小姑娘，我没烫着，你忙你的。

说完，那人的眼睛又开始上下打量木莲了，就像欣赏一件价值连城的和氏璧。

三

流内官再一次走进花弧的茶肆，身边又多了一个人，是丘穆陵氏的族长穆阳秋。

穆阳秋朝灶台边擦洗茶碗的花弧拱手道，花弧，喜事临门了。

花弧早就看见了骑马赶来的穆阳秋，他心里咯噔一下，夜猫子进宅，无事不来。

花弧不冷不热地说，我有啥喜事？难不成又要征兵打仗了？

看你说的，咋尽往坏处想呢。穆阳秋有点不高兴，他用翘起的大拇指点了点流内官，说，贺兰将军要我帮他和侄女木莲牵线呢，只要花弧你答应这门婚事，我敢保你往后再不用骑马打仗了。

花弧一时僵在那里，不知该如何应对。

棚子里的其他人都打量着穆阳秋和那个姓贺兰的流内官。

一直不吭声的花袁氏就开口了，我说族长哪，你又不是不知道，木莲还小呢，啥也不懂，就一毛孩子。再说她哪配得上这位将军，敢问将军今年高寿啊？

流内官的面色本来挺祥和，一听花袁氏的话，觉得不是味儿，便冷了脸，额头上的褶子显得更深了。

穆阳秋忙给打圆场，将军别看面相有点老成，年龄可不大，三十几，还是四十几？

将军冷哼一声，四十八。

花袁氏看了看花弧，花弧也正看她，他们夫妻二人都有些无话可说了。

穆阳秋用手抹了抹脸，四十八也不算老，男人嘛，年龄越大越知道疼婆姨。再说贺兰将军朝廷里有人，不用等多久，就会飞黄腾达的。有个做大官的女婿，往后，你们老两口还用在小路山下摆摊卖茶水？

花弧拽着穆阳秋的胳膊，走到茶肆外面的一棵山梨树下，一边喘气一边低声埋怨穆阳秋，你这不是坑你侄女嘛，哪有十六岁的丫头嫁给四十八岁的小老头的？这个人天天在茶肆里喝茶，一句话都不吭，闷葫芦一个，我家木莲眼光高哩，哪能看得上他？你是怎么跟他拉呱上的，你们又没来往？

喊，穆阳秋不屑于花弧的质问，板着脸说，贺兰将军是伐木工的头儿，他来小路山伐木能不跟我说一声？我要不答应，谁敢砍小路山的一根木头？

又说，花弧哪，我跟你说句掏心窝子的话，不是我想把木莲许给贺兰将军，是人家贺兰将军看上咱家木莲了，要我给当个月下老，

第十三章　木莲之祸

我就一牵线的。你要不答应,你跟人家亲口说去。你看见没有,这个将军不比一般人,杀个人就跟碾死只蚂蚁一样,是个狠人哩。

花弧觉得脖子一凉,有些不甘心地回头看了看那个已经落座的流内官,而那个流内官也正看着自己和穆阳秋。

在花弧为难的时候,茶肆发生了一件事,木兰从茶肆后面拖出一根长枪。她对流内官说,你看上我姐了是吧?我姐跟我说,她要找的姑爷必须赢了我手里的这杆枪。

流内官想了想,说,我用手里的刀和你拼枪?

你也可以使枪,木兰说。

流内官又想了想,你说话可算数?

当然算数了。木兰脸上的笑很灿烂,也很清纯。

流内官把视线转移到花袁氏身上。花袁氏迟疑一下,却使劲点了点头。

改天吧,流内官说,三日后我带戟过来。

他们已经把事情谈妥了,穆阳秋还在山梨树下给花弧洗脑,这事儿你应也得应,不应也得应。我跟你说花弧,木莲的婚事,虽是你们家的私事儿,可也是丘穆陵氏家族的事儿。该你做主的你做主,不该你做主的就得由族里定。

穆阳秋回头寻找贺兰将军,却发现茶肆里只有花袁氏母女俩,贺兰将军早就不辞而别了。

贺兰将军呢?穆阳秋问花袁氏。

走了,早走了,花袁氏面无表情地说。

走了也不跟我说一声?穆阳秋满脸乌云,是不是你们说了啥难听的话,把将军气走了?

气走怎么说,不气走又怎么说?木兰怒气冲冲地盯着穆阳秋。

穆阳秋却不愿直视比自己矮一头的木兰,一边牵马,一边对花弧说,就这么定了,我去找贺兰将军。

四

　　几日后的小路山下,阳光耀眼。山上传来阵阵伐木的声音,并夹杂着山鸟的啁啾之声与山泉的鸣涧之声。

　　木兰披了一件并不合身的牌子铁两当铠,是阿父挂在北窑的那件。她已经在山下等了好长时间,对贺兰将军的姗姗来迟并未觉得有丝毫不耐烦。天保曾经告诉过她,两军阵前,什么情况都有可能发生,千万不要被对方的某一个表情、某一个动作,甚至某一句粗口带坏了情绪。木兰只是冷冷地对贺兰将军说,你迟到了。

　　木兰手里的黑缨枪戳来的时候,贺兰将军正犹豫着使多大力气比较合适,力道使全了,会不会把这个小丫头震落马下?将军倒不是生来怜香惜玉,一旦亲事做成,对面的木兰就是自己的小姨子,稍微伤一点,都说不过去。

　　事实上,贺兰将军想多了,等到黑缨枪的枪尖几乎触到将军的铠甲,他再想用戟拨枪就来不及了。贺兰将军手使一杆方天画戟,铜质的戟柄,月牙形的两片戟刃透着寒光。但即使是吕奉先再世,这时也不赶趟了,木兰的枪尖已经捅到他的铠甲上了。太快了,贺兰将军几乎没有看清木兰的枪是怎么伸出来的,那枪已经直奔自己的心口而来,但他没有感到疼痛,枪尖留在铠甲的铁片上。

　　你这人真没劲,生死关头发啥痴呀?你还想不想娶我姐了?木兰有些恨铁不成钢,她收回枪,拨转马头,硬邦邦地说,重来。

　　这一次,贺兰将军不敢再大意,他知道眼前这个小丫头是个难缠的主儿。几天来,贺兰将军一直随着伐木工在小路山里干活,没有再去找穆阳秋想办法。倒是穆阳秋来过两次,都被他不冷不热地支走了。他觉得自己的婚姻大事还是要自己来操持。他一直琢磨与木兰的约定,有时会以为木兰在故意耍自己,挖了一个坑让自己往里跳,自己竟然傻乎乎地跳下去了。一个小丫头的话居然让当了真,花弧夫妇会怎么看自己?有时又觉得这事儿十有八九不会是个

第十三章 木莲之祸

玩笑，在鲜卑族，丘穆陵氏一向以言而有信著称，这个他是清楚的。比武那天，他特意穿上了行军时的铠甲，这样显得庄重一点，对木兰来说也算是一种尊重。贺兰将军已经把木兰当成自家人了，处处在为木兰和木兰后面隐而不现的木莲着想。他设计好几套智取木兰的办法，但事到临头，没有一个办法管用，木兰的枪太快了。

木兰再次出枪，仍是迅疾凌厉，没一点拖泥带水。贺兰将军用方天画戟磕开黑缨枪时是用了蛮力的，劲儿使大了，却依然感受到了枪杆上面的力道。他暗自吃了一惊，想不到木兰小小年纪竟有如此雄浑的内力，换一个人，或许兵刃早脱手了。他是想驱马做第三回合准备，哪里想到木兰还有一手回头枪，他的后背被枪击中了，能够感觉到后背上的铁叶被戳穿了，像一只失去重心的猎物，被木兰挑落马下，手里的方天画戟却仍牢牢攥在手里，他一个鹞子翻身，双脚落在地上。他知道木兰完全可以一枪捅自己个透心凉，小姑娘手下留情了。

再来。木兰坐在马背上，素面不改，也无一点喜色，就像做了一件并不沾光的糗事。你别不当一回事，我可是认真的，再次你还要走神，别怪我事先没提醒你。

反倒是贺兰将军重新上马时显得手足无措了，一只脚没有踩稳马镫，整个人重重地撞在马腹上。那马被他撞得趔趄几步。

贺兰将军是上过战场的，不敢说杀人如割草芥，起码在战场上没遇过对手。但今天，他尴尬了，暗吸一口气，凝神静气打量一番对面马背上的花木兰。他的眼里渐渐有了杀气，手臂上筋络重叠，戟杆都被攥得快要变形了。他把方天画戟在空中划了一道半弧，然后右手持戟，左手带着缰绳，冷冷地说道，得罪了丫头。

花弧是从来没有见过这种一对一的格杀场面的，一直为木兰捏一把汗。即使木兰连续两次得手，他都认为是木兰投机了，自己的闺女能有几斤几两？但在这个明静的上午，花弧把木兰看走眼了。

因为事先说好了要比武，茶肆歇业一天。花袁氏没有来小路山帮忙，但在家里花袁氏的左眼皮一直在跳，心里憋得难受，好几次想起身去小路山走一趟，临到马棚时，又改变了主意。她没有办法拒绝贺兰将军提出的婚事，就只能让木兰碰碰运气。在木兰临出门之前，她不断地给木兰说，赢不赢无所谓，输了，是你姐命不好；赢了，是人家让了你，反正你不能让他给伤着，也不能把人家给伤着。

第三个回合，时间拖得比较长。但在花弧眼里，仍是电光火石般的事情。枪与戟的每一次相遇，都会让两个人的坐骑后退几步。花弧的耳朵都快被兵器的撞击声震聋了。他眼睁睁看着木兰要被凌空劈下的方天画戟砍作两半，却不知为什么，木兰的枪尖再一次占了上风，直到咣啷啷一阵方天画戟落地的声音响过，木兰才稳稳当当收回了丈八黑缨枪。

那时，贺兰将军面色铁青，头盔早掉进旁边的草丛里了。他坐在马背上的身子不住地颤抖，二目无神。半天，贺兰将军才缓过劲儿来，慢慢地朝对面的木兰拱了拱手。

以后，贺兰将军再没有来茶肆里喝茶。

临近深秋的一个早晨，当花弧再次出现在小路山下时，却找不到自己搭在路旁的茶肆了。那里有一堆陌生的灰烬，仿佛是茶肆的骨灰，默默凝视着他。

花弧问一旁的木兰，咱们的茶肆哪去了？

木兰踢了踢几段烧成焦木的柱子和桌子的余烬，说，让人放火烧了，放火的人我知道是谁，我这就找他去。

花弧一把拉住木兰，算了算了，小气好忍。

那时，山中砍伐木头的声音稀落了不少，已经看不到大队的伐木工开往山上了，一天下来，没有几个茶客光顾。

花弧突然高兴起来，他对木兰说，烧就烧了吧，天冷了，我们也该回家过冬了。

第十四章 花弧之虞

一

那天，十五岁的木兰骑一匹奔驰中的白马，射出一串连环箭，箭箭没射中拴在树上的兔子。兔子在半空中不断挣扎摇摆，它们侥幸躲过木兰的箭矢。在邵家花板这一帮少年里，木兰的骑术与箭术是鹤立鸡群，射偏靶心的状况很少出现，今天是个例外。木兰仍张着弓，箭搭在弦上，有些心不在焉。大风扑面而来，木兰左耳忽然抽了抽，右耳也跟着抽了抽，自言自语道，夜猫子进宅，无事不来。

邵家花板的堡墙很高，墙里的炊烟总是被长风吹出堡墙，告知孩子们吃饭的时间快到了。一些骑马的村民陆陆续续开始回村，他们朝人欢马叫的马场上不断瞭望，仿佛看到他们少年时期的样子。

邵家花板通向外面的路有好几条，出西堡门下泉沟，绕过小山，入壕沟，沿溪一路北去，可以直达孤山，并由孤山出发向北，向西北，向东北无限度地走下去。出东堡门，北走绕过小路山，一直往偏北偏东方向走，会一直走到邵家村，由邵家村出发,向四面八方扩散去。出北堡门，翻过北梁，直接进入了大草甸子。许多条路从邵家花板辐射开去，曲曲弯弯绵延到未知的尽头。路都是小路，崎岖着，或被树林掩去，或扎入湍急的河水里。那时的邵家花板，少有陌生人光顾,谁愿意光顾一个隐藏在黄土圪梁后面的不知名的小山村呢?

少女花木兰在那个刮着大风的春天,莫名地生出一些焦虑。有三匹快马,绕过小路山,出现在她的视线里。

快马蹬起的尘土转瞬被大风吹去。

每一次,花弧从外边回来,总要在花袁氏耳边吹冷风,说,木兰都这么大了,总不能老让她在外边跟一帮男孩儿瞎胡闹吧?骑啥马?耍啥枪?州郡兵又不征用女人。

坐在织机上咔嚓咔嚓织布的花袁氏有些烦花弧,把梭子捏在手里,说,木兰也是你闺女,你咋不管,偏要我来管?你这当阿父的就会在我跟前瞎叨叨,烦不烦人?

花弧负屈道,木兰从来都不听我的,我说她跟没说一样。你就不一样了,咱家里,三个娃,就怵你。

花弧又说,你知道外人咋说木兰哩?我有次去邵家村相马,就听人家议论木兰,到底是鲜卑人,性子野,女子不在家里做女红,反倒和一帮野小子马上马下地乱折腾。换了咱们汉人,这种闺女还想不想找婆家了?

花袁氏冷笑一声,鲜卑人不是汉人,再埋汰的闺女也不缺婆家。

二

三个陌生人牵着三匹汗津津的马,穿过西城门,拐过龙王庙,在四眼阁子底下停住。其中一个长一副刀条脸的男人问提水的穆戎陆,喂,锉子,跟你打听个人,听说你们这里有人会相马?

穆戎陆一脸地不高兴,他最忌讳有人说自己是锉子了。他本不打算回应刀条脸,又一想,何必跟这家伙计较呢,就当他是个不通人道的牲口吧,便不冷不热地说,你们找的是花弧吧?他有些日子不出去相马了,身子骨废了。

三个人面面相觑。

刀条脸对穆戎陆说,他还走得动吧?

第十四章　花弧之虞

穆戎陆说，走倒是能走，就是气喘，喘起来刮风似的。

刀条脸说，能走就行，他住哪一家？

穆戎陆说，前面第三条巷子，一直往里走，尽头那家，花弧一定不会跟你们出远门的。

果不出穆戎陆所料，花弧见到三个来人的第一句话就是，我哪会相马，你们找错人了。说完，咔咔地咳嗽起来，咳得脖子都粗了。

好容易平复下来，花弧便在院子里对三个陌生人说，会相马的在大魏国遍地都是，你们怎么找到邵家花板来了？

三个人都是清一色的小冠褒衣博带，腰里都挎有长刀。

那个刀条脸说，我们是京师过来的官差，邵县令让我们来找你。

咔，哪个邵县令？花弧想不起自己还认识一个名叫邵县令的人，我以前会点看马的小窍门，全凭耳朵听，可如今耳朵背了，身子骨也磨坏了，走不得远路，咔咔咔。

刀条脸说，我们也是奉公行事，你去也得去，不去也得去，这可由不得你。

咔，还不由我自个儿了？你们不怕我走到半路上会断气，我就跟你们走一遭。

延和三年，也就是那个蝼蛄出土，马兰开始发芽，桑鸦鸟衔枝筑巢的春天，花弧跑了一趟大长川。

走之前，花弧并不知道大长川在什么地方，距离邵家花板有多远。他问三个骑马的官差是走水路还是旱路，路上要不要多带几件衣服，用不用给马换换马掌？

一个三角眼的官差说，你这个相马师挺烦人的，我们是京师来的皇差，该问的你问，不该问的就甭问，跟我们走就行，衣服带也行，不带也行。

花弧本来是笑着的，因为三角眼的话让他听了不舒服，花弧的驴脾气就上来了，看这位官爷说的，咔咔，你们虽是朝廷打发来要我去相马的，可我一没犯法二没治罪，出不出门由我定。我觉着路远,我就可以考虑去或不去,咔咔。

其实花弧已经很久没人请他相马了,对三个官差的出现,他也颇觉意外。

刀条脸说,你敢抗旨不遵?

路过马场的时候,花弧高声喊着木兰的名字,木兰远远答应着,阿父,什么事啊?

花弧身上披了一件蓑衣,头上戴了一顶斗笠。

花弧说,阿父要给官府相马去,你不要总顾了玩,都老大不小了,也该有个女孩家的样子,回家帮你姐织布去。

三

他们的马匹从小路山下飞奔而过,马蹄踢飞的鹅卵石在山谷里四溅,一些栖息在树上的鸟轰一下炸开,纷乱地向山巅掠去。在花弧开过茶肆的地方,野草比人都高了。花弧下意识地朝那块空地上看了一眼,发现那里有一只毛发雪白的狐狸。如果在平时,在花弧没有负伤之前,擅长相马的花弧绝对会盘马弯弓射杀那只狐狸的,但今天情况紧急,而且没有带任何兵器,他只好作罢。这时,阳光如利箭从空中射向树丛里,一片椭圆的树叶飘飘荡荡落下。三个公差的马略微快于花弧的马,花弧骑的仍是一匹老马。因为毛色不是很纯,说灰不灰,说白不白,花弧称它是二混子。

不多一阵儿,四匹马已经出现在沿山吾河畔了。那条河紧贴着那座山,山不高而树密,水不深而流长。那条从邵家花板绵延而来的小路也紧傍着这一山一河,左边是山,右边是河,路就像河与山之间画出来的分界线。

如果花弧是一只被马蹄惊扰到的飞鸟,他就会在空中清晰地看到沿山吾茂密的树林里的一些事情。在河流两侧的石头上,各蹲着一个人,其中一个汉子突然从路边的石头上跳起,对河对面的另一个低声道,来了。另一个点点头,他们把脸用黑布蒙了,迅速消失

第十四章 花弧之虞

在河岸两侧的树丛里。一条绳索的两端被他们拴在两棵树的树根上，只是没有绷紧，软溜溜地拖在地上。

三个公差的马匹过去了，就在花弧的二混子接近那根绳子时，绳子突然拉紧，二混子马失前蹄，带着它的主人重重地摔在路边的草丛里。花弧的一条腿被马压住了，头上的斗笠不知飞哪儿了，额头淌出一条血线，他被一根树枝戳了一下。

公差没有留意身后的花弧，他们以为花弧就在他们屁股后面跟着。距离魏天子拓跋焘在马射台上观看臣公们走马驰射的时间不足七天，路上的行程减去一天半，再有一天是相马师从千万匹野马中挑选出屈指可数的十几匹，所剩的几天还需要驯马师把野马的性子慢慢调教温顺。公差们没有时间去考虑花弧的临阵脱逃。

花弧被摔晕了。没有意识的花弧看不到两个蒙面人抬着自己向沿山吾山后的沟涧走去。那匹二混子的前腿折了，它试图从地上翻起，剧烈的疼痛让它放弃了这个念头。它咴儿咴儿叫了两声，声音在山谷里打了个来回。

那天，木兰总觉得什么地方不对劲，一会儿左耳跳跳，一会儿右耳跳跳，脸也是一股一股发麻、发木。她望一望邵家花板高高隆起的堡墙，又望了望远处缠着一缕青色氤氲的小路山，似有某种不祥的预感。

木兰心神不宁的样子被马场上射箭的穆元吉看出来了，穆元吉悄悄告诉了穆蓟乌。

穆蓟乌问木兰，木兰你是不是病了？

木兰转脸呆呆地看着穆蓟乌，半天没说一句话。

穆元吉说，邵家村的邵素来了。木兰这才发现邵素的马头几乎碰到自己的马头了。

邵素的第一句话就把木兰吓了一跳，木兰，你阿父是不是出远门了？

是啊，你看见我阿父了？木兰说。

不知道是不是你阿父，邵素说，反正我和邵璞路过沿山吾，看见有两个蒙面人用绊马索绊倒一个人，他们把那个人搬到后山去了，他们边走边说什么族长，什么花弧的。邵璞说木兰的阿父不就是花弧吗？他让我来邵家花板告知你一声，他跟踪那两个人进山了。

木兰的脸色唰地白了，忽然又红了。她对邵素说，我去看看，如果是我阿父的话，我绝不会轻饶他们。

邵家花板的少年都吵吵着要随木兰去沿山吾一探究竟，被木兰阻止了。木兰说，穆元吉、穆蓟乌，你们两个跟我一块去就行，其他人去了也帮不上忙，又不是打群架。

依邵素的想法，少年们都去更好，人多力量大嘛，谁知道会遇到多大的麻烦呢？但看到木兰决然的表情就没说。

四个少年骑着马渐渐消失在邵家花板那群少年的视线之外了。有人说，木兰他们会不会上当了？邵千户的少爷去沿山吾做什么？难不成是邵素他们设的圈套？大家面面相觑。有人提议，要不咱们悄悄跟在木兰他们后面，有事儿的话咱们一拥而上，没事儿更好。几乎是一呼百应，十几个少年带着他们各自的兵器，纵马朝沿山吾赶去，马蹄蹚起的尘土在半空中久久不散。

马场上安静下来，只有风从北梁翻下来，在马场的西北角打着旋。

四

快要走进沿山吾山口时，木兰他们迎面遇见三个手里提刀的公差。公差们脸色铁青的样子就像被人刚刚抽了一记耳光，刀条脸一下勒住缰绳，横着马身挡在路中央。木兰他们只好放慢马。

刀条脸用刀尖指着四个少年问，喂，你们看没看见刚刚有人跑过去？

穆元吉说，我们连个鬼影子都没看见。

木兰说，你们找的是不是邵家花板的花弧？

第十四章 花弧之虞

刀条脸面色凛然,你怎么知道?

木兰说,你们把人都给带丢了,还好意思问我怎么知道?花弧是我阿父,他让人半路劫走了,活着就算了,要有个三长两短,我不会放过你们。

三个公差三把刀齐刷刷抽出,刀刃上弹跳出夺目的光芒。

刀条脸逼视着木兰,你说的可是真话?你阿父在哪里?

木兰不再搭理他们,手里的黑缨枪只轻轻一拨,把三个公差手里的朴刀挑落在地上。她双腿一夹马腹,那马如闪电般冲去,瞬间把刀条脸的坐骑撞开。邵素他们紧随其后,三个公差失神地坐在马背上。

他们来到花弧出事的地方,那匹二混子马还在地上卧着,看到木兰的出现,那马想往起站,还是没有成功,马无助地看着木兰。邵素指着旁边一条山沟说,他们朝这条沟里走了。沟里乱石如堵,荆棘丛生,马是越来越难走了。一棵树上拴了一匹白马,邵素叫道,快看,那是我弟弟的马,是不是邵璞出事了?

木兰摇摇头,不会的,情急之下,邵璞是不会把马拴起来的。

身后传来一阵马蹄声,木兰回头看,原来是三个公差。

山风吹动沿山吾的杂树,如波澜一样起伏不定。从一片一人高的茅草丛里一前一后钻出两个人,他们本来有说有笑的,突然看到草丛外面有人,顿时慌张起来,急忙将脖子上的黑布往脸上拉,显然已经晚了,就干脆不再遮掩,大模大样地迎着木兰他们走过去。

木兰吃惊地发现,那两个人并不陌生,是族长穆阳秋的两个叔伯兄弟穆巴雅尔和穆日固德。他们背着弓箭,手里却没有兵器,就像没事人一样从木兰的马头前经过。

穆巴雅尔对穆日固德抱怨道,你真是个没用的东西,连一只狐狸都抓不住。

穆日固德不吃穆巴雅尔那套,能怨我吗?我说把家伙带上,你偏不让,嫌碍手碍脚。那只狐狸呼一下蹿过来,我连什么东西都没看明白，就让它撞倒了。它是只不咬人的狐狸，要是只老虎，我不连小命都搭进去了？

木兰的丈八黑缨枪挡在两人面前，穆巴雅尔想推开那杆枪，竟然没有推动。木兰说，巴雅尔，你说那只狐狸像不像我阿父花弧？

穆巴雅尔似乎没有反应过来，愕然地瞪着马背上的木兰。穆日固德故作讶异地说道，木兰，你们来沿山吾做什么？这里经常有狼群出没，前两天威远一个猎户就在沿山吾让几只狼把肠子给掏光了。

木兰的枪尖灵蛇般一晃，把穆日固德的鲜卑帽挑落在地上。穆日固德刚要发作，木兰的枪尖正顶在他的胸前。

木兰说，我没工夫陪你磨牙花子，你们把我阿父丢哪里了？

穆巴雅尔突然反手抓住木兰的枪杆，用力往怀里一带，想把木兰从马背上拖下去。穆巴雅尔失算了，他没想到木兰的手劲会那么大，那杆枪就像粘在木兰掌心里，没能把枪夺过来，反而被木兰的黑缨枪带着转了半圈。穆日固德看到穆巴雅尔已经出手，也不敢迟疑，像头发怒的蛮牛一样，铁塔似的身子朝木兰的马匹撞去，却被木兰飞起一脚踹在脖子上。他整个人被踢晕了，噗通一声坐在地上，压倒一片青草。

邵素跳下马，一把薅住穆日固德的衣领，喝问道，你把我弟弟怎么样了？你们两个畜生。

哥，我在这里呢。

所有人的目光都朝荆棘丛生的深沟里望去。邵璞搀着一个人拨开杂乱的茅草出现在大家面前，邵璞搀扶的人正是花弧。邵璞嘴上答应着邵素，眼睛却盯着木兰。每每看到木兰，邵璞眼睛里就会放出异样的亮光。

花弧额头上的血渍已经干结，脚步有些踉跄，走近穆巴雅尔，伸手给了穆巴雅尔一巴掌，并吐了一口唾沫。穆巴雅尔纹丝未动，被花弧的出现吓傻了。花弧又走向穆日固德，花弧在穆日固德的脸上也抽了一巴掌，巴掌不重，却把穆日固德给打醒了。穆日固德嚷

第十四章 花弧之虞

道,你打我做啥?你你,你怎么跑出来的?

花弧说,我真服你了,穆日固德,我跟你们俩往日无冤,近日无仇的,都是丘穆陵氏的子孙,你们折腾我花弧做什么?你们把我捆绑在那个神庙里,是想饿死我呀,还是想让野兽把我吃了呀?

穆巴雅尔在他身后喊道,花弧,你不要怪我们俩无情,谁让你得罪了族长,要怪只能怪你自己。

木兰对三个公差说,这两个人我就交给你们了,怎么审是你们的事情。你们也看见了,我阿父不是自己半路逃走的,是让这两人半道劫走的。

穆日固德忙说,木兰,你不要把我们俩交给官府,是会杀头的。这事儿是族长让我们俩干的,他不让我们弄出人命来,只要把你阿父困在山沟里,延误了官府的期限就行。

木兰说,亏你也说得出口,延误官府的期限还不是一样杀头?

穆日固德看了看穆巴雅尔,对穆巴雅尔说,咱们俩都是猪脑子,族长这是把咱们俩往坑里推呀。

刀条脸抱着双拳对木兰说,时辰不早了,依我看还是你们把这两个犯人押去县衙的好,我们和你阿父赶路要紧。

邵璞的眼睛一直没离开木兰的脸,他也对木兰说,木兰,咱们把这两个家伙送到我爹那里,好好杖笞他们一顿,看他们再害人。

五

在北魏的京畿之地,有许多身怀绝技的相马师,花弧就是其中之一。相马师走过的地方很多,他们几乎是北魏的一张活地图,哪个地方有山,哪个地方有水,哪个地方适宜屯兵,哪个地方适宜牧马,不用问地方长老,随便抓个相马师,就能给你道出个八九不离十。不要说善无县了,就连距离京师平城两百多里的大长川,也有不少牧民认得相马的花弧。人们一提起那个骑一匹老得不能再老的老马的花弧,都说,别看那家伙蔫头耷拉脑的,相马可是把高手,连世祖皇帝都把他当座上客呢。

当时北魏的北境，设有六镇驻防，自西而东为沃野、怀朔、武川、抚冥、柔玄、怀荒。大长川附近即有两镇，一为抚冥镇，一为柔玄镇。往年，高车人常以大长川为祭天之所，五个部落数万之众的高车人如蝼蚁一般聚集于此，以三牲为供品，祭祀苍天神灵。大会期间，少不了赛马、摔跤、射箭这些娱乐项目，更少不了歌舞吟唱、巫师做法。几百年后，蒙古人把这项马背民族一年一度的祭祀活动演变为那达慕大会。到了延和年间，拓跋焘在高车人曾经的祭坛旁修筑了一座马射台，并事先颁下旨意，要在七月的长川，亲登马射台观看臣公们走马驰射。

既是走马，就须有良马相伴，花弧就是被请到大长川从众多的野马中遴选千里马的伯乐。花弧从来没想过有朝一日，皇帝爷会把自己请去相马，而且是到远离京师的大长川。当然啰，给皇帝相马的不止他一个相马师，朝廷从全国各地网罗到十几个颇有特异功能的相马师，并派专人把他们从全国各地的角落里如同刨地瓜一样刨出来，又路途迢迢把他们一个一个护送到风微烟淡的大长川。后来，有认识花弧的大长川的牧民就说，别看那个花弧连咳嗽带喘的，骑在马背上摇三摇、晃三晃，看上去一股风就能把他吹到天上去，可只要有一群㖏儿㖏儿叫的野马，花弧那双久睡未醒的眼睛，忽然就唰唰地放出光来，刀子一样扎进马群里了。

那年夏天，花弧去大长川出了一趟远差。他回来时，那匹二混子马后面又多了三匹马，马背上驮着许多金锦缯絮。

花弧发财了。这个消息很快传遍整个邵家花板，族人三三两两来花弧家祝贺，顺便打问一下去大长川的经历。花弧说十几个相马师里，自己相出的马在王公诸国君长的驰射中都得了很好的名次，这些金锦缯絮都是皇帝赏赐给我花弧的。

这一次，族长没来道贺。有人说族长好几天不想吃饭，脾气也见长，看什么都不顺心，就连儿子们都躲着他。穆戎陆对花弧说，

第十四章 花弧之虞

不用问,一准是给气的,他就见不得别人发财。花弧说,不至于吧,以往他白占了咱们多少便宜,谁跟他计较过?

盖右老汉一直在人群后面蹲着抽烟,等大家都陆陆续续散去之后,才悄悄对花弧说,穆日固德和穆巴雅尔两家人都托他给花弧捎句话,得饶人处且饶人,劳烦你去善无城跑一趟,向官府求个情,把穆日固德和穆巴雅尔给保出来。

花弧眨巴了几下眼睛,说,我也不想和他们两家为仇,可我去了善无城也没用呀,我又认得谁,谁又认得我呢?

你说得也是。盖右的两颗门牙掉了,说话有些走风漏气。不过你还是跑一趟好,就当走个过场呢,免得他们两家一直记恨你。

第二天,花弧独自去了善无城。丘穆陵氏族人都在私底下说,花弧是个好人,换了别人,才不会做这种傻事儿呢。

到了黄昏时分,花弧回来了,穆日固德和穆巴雅尔竟然也回来了。穆日固德当着花弧的面儿对街头的几个族人说,是花弧把自己和穆巴雅尔保释回来的,他和穆巴雅尔就是做牛做马也报答不了花弧的恩情……

骑在马背上的花弧却闷闷不乐,之所以能够不费吹灰之力把两个仇人从大牢里保释出来,不仅因为他是这起案件的受害人,最主要的是他遇到一个熟人。这个熟人起了至关重要的作用,这人就是邵千户邵道生。这时候的邵道生已不是邵家村的宗主,而是善无县县令。谈起举荐花弧给皇帝相马这件事,邵道生也感慨良多。他对花弧的相马技术赞不绝口,说几年前花弧给自己相中的马匹都卖了好价钱,现在花弧的名气都传遍京师了,恐怕用不了多久,就会有京师里的王公大臣来请花弧了。说着说着就扯到儿女的婚姻大事上,邵县令叹口气,说我有两个儿子,眼看都到了成家立业的年龄,却苦于没有合适的女子。前几天我见过木兰,知道木兰还有一个姐姐,想与花弧做个儿女亲家,把木莲许配给邵素。花弧一时不知该怎么回答邵县令,他缄默的时候,邵县令说,我只是提议一下,你回去也想想，觉得合适，就给我个话，我找媒人去你们家提亲。

对这桩从天而降的婚姻，花弧是一百个不乐意。他对邵家两个公子倒颇有好感，怎么说他们也是自己的救命恩人，可他不想把闺女嫁给汉人。虽说邵道生是朝廷命官，家里又殷实富庶，但他总觉得与汉人结亲是件丢脸的事儿，丘穆陵氏的子女从来还没有破过这个戒。花袁氏的想法倒与花弧恰恰相反，说她见过邵千户的两个孩子，都是讲礼数的好孩子，听说在京师上过太学。他们除了穿衣打扮上与鲜卑人有区别外，也看不出与鲜卑人有什么不同，估计木莲嫁过去受不了委屈……

这话碰巧让木兰听见了，木兰在院里就嚷嚷道，我和我姐都约法三章了，她的亲事你们谁都不能做主，再好的姑爷也得问问我手里的黑缨枪答不答应。

花袁氏嗔怪道，你还像不像闺女家，成天就知道打打杀杀的？上一次是我们都没把那个姓贺兰的看上眼，才让你瞎掺乎的，你倒掺乎上瘾了。照你这么胡闹下去，别说是你姐找不着婆家，就是你自个儿也小心晾在娘家一辈子。

木兰已经走进窑里，挂着那杆黑缨枪像个门神似的立在门口，她说，晾就晾呗，谁稀罕嫁人？

花弧一甩手，说，尽是妇人之见。

木兰急得直跺脚，你们总不能把我姐嫁给一个窝囊废吧？这回不会又是什么贺兰将军吧？年龄比你们都大了。

花袁氏笑骂道，快闭上你那张刀子嘴吧，你连姑爷是哪个都不知道，就瞎咧咧一气，将来哪个男人敢娶你做婆姨呀？我真替你发愁哩。

尽管花弧不愿意，但这年秋天，木莲还是出嫁了。木莲没有骑马，而是被一乘花轿抬走的，戴了凤冠，披了霞帔，蒙了大红绸子，一切都仿照着汉人习俗。邵素同样依惯例给花弧和花袁氏行了大礼。唢呐吹吹打打簇拥着花轿走出邵家花板。

第十四章　花弧之虞

　　后来，木兰对阿母花袁氏说，我发现我姐出嫁那天一直在笑，也没叹气。花袁氏说，大喜的日子谁叹气呢。

　　在那天的东堡门外，作为伴郎的邵璞对送别的木兰说，过两天，我要替我哥去抚冥镇当兵了，咱们俩还不知道什么时候才能见面，我有一件东西想送给你。说着，邵璞从怀里摸出一块色泽柔润的玉佩说，这是我阿母留给我的，你愿不愿意帮我把它收藏起来，等我打完仗回来再还给我？

　　我要你的东西做啥？我又不是你啥人。木兰冷冰冰地说道，再说你当兵打仗跟我有啥关系？

　　邵璞被窘得满脸通红，伸出去的手不知往回缩还是继续伸向木兰好。

　　木兰定定地看着这个肤色白皙的大男孩，噗地笑了，拿来吧，我替你暂时保管，你可不能有啥想法。

第十五章　木兰从军

一

延和三年，世祖下诏，朕刚刚登上皇位时，群凶纵横，四境都未臣服，到处都是逆贼。柔然在大漠北面蠢蠢欲动，铁弗在三秦横暴肆虐。所以朕废寝忘食，抵掌扼腕，希望能够扫清残敌，安宁海内，故而连年征战，经常在西北打击敌人。运送军需的事，全靠当地百姓出力。他们荒废农业，遭遇水旱，所以老百姓贫富不均，不能家给人足，他们中有贫寒饥饿不能自给的情况，朕十分同情。现在天下秩序理顺，兵革之事渐少，应宽恕百姓的徭役，让百姓好好休养生息。朕命各州郡县调查老百姓贫富的情况，分为三等，其中富裕的租赋照常上交，中等的免除二年租赋，贫困的免除三年租赋。各刺史守宰应当公平允当地执行此事，不得阿谀纵容以耽误政事。朕宣告天下。

诏书像雪片一般飞向魏国的城市与乡村。其中一张，被两个差役带到邵家花板，贴在瓮城外的堡门上了。

那时候，邵家花板已经有了识字的学生，是穆厍翼的儿子穆蓟乌。前些年，邵县令聘平城太学的博士在邵家村创办了一所乡学，每个学生每年要收两斗粟米的束脩，上学的孩子并不踊跃。邵家村

第十五章 木兰从军

仅有几户有宅有田有山林的富裕之家，剩下的多是佃户和长工。穷人家的孩子很小就开始学放牛，学种田，学木匠活儿、铁匠活儿，四书五经离他们相当遥远。邵县令怕乡学办不下去，就让老鹿在邵家村周边招生，把学费降到一斗粟米，但仍招不到多少学生。老鹿愁得就差给人磕头了。

有一次，去了邵家花板，说起招生的事情，老鹿便感叹，啥时候天下没穷人了，人人都学孔孟之道，盗寇就灭绝了，朝廷也就不用养兵了，天下也就太平了。

穆阳秋琢磨了半天老鹿的话，觉得老鹿在异想天开，便笑道，你们汉人就喜欢故弄玄虚，早迄曹魏蜀汉东吴，后及魏晋，天下士子莫不远咏庄老,扪虱而谈，孔孟之道风行，也不见得盗寇灭绝过.邵县令办乡学，无非是想出出风头。

又说，朝廷要不养兵，柔然人的大砍刀早架在你我的脖子上了，你还有心思四处给乡学招学生？

老鹿也在琢磨穆阳秋的话，觉得穆阳秋三日不见，当刮目相看了，就说，话虽如此，可邵县令想在仕途上再往前多走几步，就打算在创办乡学上做出个表率。老穆啊，你是邵家花板的族长，邵县令待你不薄，你总得表示表示吧？

穆阳秋摇着脑袋说，邵县令想吃羊肉，我让人大卸八块，洗干净，炖熟了，给他老人家亲自送去。你老鹿让我在乡学上帮一把邵县令，恕我穆阳秋无能，实在帮不上忙。我倒有三个儿子，可他们也不是上学的年龄了。

老鹿扑哧一声笑了，说，你那仨儿子，就是年龄合适我也不敢要呀。不过老穆啊，你可以让你们族里的孩子上学啊，一斗粟米变换成一只羊怎么样？羊在你们眼里又不值几个钱。

穆阳秋冷哼一声，老鹿你这话我不爱听，啥叫不值几个钱？谁家的羊也不是刮风逮住的。

老鹿忙说，我不是这个意思，我是说你老穆可以想办法呀。你

245

看我话都说到这份儿上了,你还跟我打马虎眼。招不招到学生,这就看你老穆的本事了。

这样,族长穆阳秋就在老鹿的怂恿下把穆厍翼的儿子穆蓟乌送去了邵家村,自己倒贴了一只羊。

那天,穆蓟乌在邵家花板瓮城的堡门外看到那张诏书,便一字一句念给族人听。说者无意,听者有心,族人大都忧心忡忡。

族长穆阳秋是第二天才听说这件事的,他觉得挺奇怪,以往的诏书要么送达邵家村再由老鹿转送到他手里,要么朝廷的差役会把诏书或布告直接送到自己家里,再由自己向族人宣布,期间都有一个很大的回旋余地。这一次不同,虽说是朝廷命令各州郡县来调查老百姓的贫富情况,可具体到各县各村,这种普查的烦琐事宜大都由村里的宗主或族长摸底后再汇总起来,统一上报县里的,然后再由县里逐级上报更高一层机构。穆阳秋有些犯嘀咕。他是在自己的嘀咕声里带着甘满园和会认字的穆蓟乌挨家挨户完成一项烦琐而让人有所期许的调查任务。

穆阳秋没有把统计结果公布于众,而是直接派人送去县府。等到县里把名单逐一核实后,重新张贴在各村村口,穆阳秋就带着穆蓟乌来到村口当众念给族人听。穆蓟乌一开始念的是富裕户,全村共有两户,一户是族长穆阳秋,一户是他的儿子穆承嗣,其余都是穷户。

穆阳秋听着听着脸色就变了,他大声呵斥着穆蓟乌,你他娘眼睛让雕给啄了,是不是故意在气我?你把眼睛睁大,给我看仔细了,上边说的有没有我穆阳秋,有没有穆承嗣?我们可是父子俩,就是有也只能算一家。

穆蓟乌委屈地说道,我又没念错,布告上白纸黑字写得清清楚楚,富裕户就两户,你和承嗣哥各占一户,剩下的都是穷户⋯⋯

混账东西,你还敢跟我顶嘴?穆阳秋怒不可遏地揪着穆蓟乌的衣领使劲推搡几下。我白花了一只羊让你去念书,你念的哪门子书?

嘴巴和屁眼都念通了？老子当初上报的富裕户里压根儿就不是我们父子俩，是他狗日的花弧……

几乎一上午，穆阳秋就在堡门外转来转去，总想把那一纸布告撕个稀巴烂，手碰到布告时，又缩了回去。后来，他让甘满园把马牵来，说要去善无县衙问一问，邵县令胆敢徇私枉法，就去京师连邵县令也一块告了。他就不信，鲜卑人的天下还不由鲜卑人做主了。

二

后来，是穆蓟乌把这件事告诉花木兰的。

穆蓟乌觉得自己受了莫大委屈。谁都知道，在邵家花板最富有的就是族长，族长却没有让穆蓟乌在富裕户一栏里写上族长的名字，而是写了两个与富裕毫不相干的名字，一个是花弧，还有一个是穆戎陆。穆蓟乌当时以为族长是口误，特意重复了一遍两个名字，族长皱着眉头说，让你写谁你就写谁，哪儿那么多废话呢？穆蓟乌对花木兰说，县里把名字改了，又不是我穆蓟乌的错，族长凭什么要呵斥我？穆蓟乌想在花木兰那里得到安慰，花木兰却并不领情，甚至连正眼都不看他。

你说族长去善无城告状了？

穆蓟乌说，是呀，甘满园给族长牵了一匹黄骠马。甘满园说跟族长一起去，族长骂了甘满园一句就骑马走了。

他走了有多久？木兰又问。

穆蓟乌说，也就半个时辰。

天近黄昏，穆阳秋骑马从善无城返回，途经沿山吾，走到花弧出事的地方，他的坐骑就像中了魔咒一样，在疾驰中突然前倾，没等他有所反应，那马已经一个跟斗翻出去了。穆阳秋死死抓着缰绳，也贴着马背，飞向一块巨大的火山石。穆阳秋心里只是叫一声，整个人就一坨牛屎似的平展展地贴在石头的一个侧面上，然后滑向地面。

很长一段时间，穆阳秋以为自己已经过去了。他觉得自己身轻如燕，在云雾缭绕的高空盘旋，想平稳地落下去，却找不到降落的方法，只好在云雾里飘来飘去，这要飘到什么时候呀？

后来，他感到肩膀脱臼一样疼痛。这个痛让他很快品尝到常人无法忍受的痛苦，慢慢地，浑身就像散了架，前胸、后背、胳膊、手，还有腿，每个部位都有了痛感。当所有痛感汇聚一身时，穆阳秋清醒了，忽然想起刚才发生的事情，想爬起来看看马怎么样了，却动弹不得，双臂无力地耷拉着，像两根木头。他只能静静地躺着，一任清风拂过脸颊。

穆阳秋躺着的时候，没有停止思索，他在苦苦琢磨这件事，很自然地想到了花弧。这一想，心情一下子不好了，难道天理昭昭，会有报应一说？他后悔出村时没有把甘满园带上，当时甘满园牵着马走到跟前，把缰绳和马鞭递给他，问，老爷，我用不用跟你一块去？他还懊恼地甩了一下手，说你跟我去做什么，又不是打架去。现在想来，有点自大了。这一趟善无之行，他未能如愿，不要说与邵县令理论了，连县衙的大门都没能进去。他把自己的名帖让一个衙役通报进去，隔了半天，那衙役才慢吞吞地踱出来，冷脸对他说，你有什么事就跟我说吧，邵县令没空见你。穆阳秋一听就火了，邵道生没当县令之前，对自己总是高接远送的，有一次居然要与自己做八拜之交，是自己推说丘穆陵氏不兴这个才作罢。自打有了官职，不要说这个邵道生了，就连他的管家老鹿都很少见到。有一次老鹿托人带口信，说邵千户高升了，你怎么不来善无看看邵千户？当初千户待你可不薄啊。穆阳秋听出老鹿的潜台词了，无非是让自己带着礼物去打点邵道生，就赶着五只羊走了一趟善无城。邵道生拍打着他的肩膀说，来就来吧，还带啥礼物呢？他嘴上说，些许薄礼，不成敬意，心里却把邵道生骂了个底朝天，就差去邵家村刨老邵家的祖坟了。几日不见，同样一个邵道生居然摆起谱来，见都不见他了。心理失衡的穆阳秋嚷嚷着要往衙门里闯，嘴里一口一个邵道生，却被里边冲出几个衙役堵住。有人厉声警告他，休得喧哗，再胡来，

第十五章 木兰从军

小心抓你去坐牢，这可是官衙，不是你的邵家花板。穆阳秋突然冷静下来，敢情这些衙役都知道自己是从邵家花板来的，看来那个邵县令是做贼心虚，不敢见自己了。也罢，我回家收拾一下，明天就去京师告他狗娘养的去，主意已定，就打马出城。越走越觉得窝囊，什么时候这世道变得连我都认不出来了？以往，族里的一切还不都是我穆阳秋说了算，哪轮得到外人插手？如今却不同了，他手底下的族人都不由他管了，还有官府的人也不把他放在眼里，跟一个相马师串通一气。穆阳秋却如一个输光了所有资本的赌徒，连一点颜面都没有了。他混乱的思维让他忽略了路上的细节，直到从马背上重重地摔下去，他都没看清坐骑是怎么无缘无故马失前蹄的，难不成也被一根绊马索连人带马绊倒了不成？穆阳秋不寒而栗。

花弧一点都不知道穆阳秋在自己出事的地方也出事了，而且摔得比自己还要惨。花弧除了损失一匹老马外，身上只是蹭破了一点皮肉。穆阳秋却栽了个大大的跟头，浑身上下几乎到处是伤，左手腕断了，肋骨折了两根，右脚脖子也崴了，只有脸没受太大的伤。穆阳秋当时还庆幸自己额头上没有像花弧那样挂了花。就在他心猿意马时，一根箭从未知的地方射来，擦着他的额头穿过去了。穆阳秋的额头被犁开一道口子，血水很快把眼睛都糊了……

大约是穆阳秋出事的第三天，花弧才从村民口中知道这事儿，听说穆阳秋是被打猎的穆库翼发现的。那天黄昏，穆库翼恰好从沿山吾山上下来，一眼就发现了躺在地上的穆阳秋。穆库翼本来不想去救人，是穆阳秋把穆库翼喊住的。穆阳秋骂道，穆库翼，你瞎眼了？快把我扶起来，我的腿摔坏了。穆库翼只好过去把穆阳秋从地上抓起来，麻袋似的扔在马背上，驮回邵家花板。穆阳秋那匹马却不见了踪迹。

花弧嘴上没说什么，心里暗道一声活该你倒霉。

回到家里，花弧当作喜事给花袁氏一说，花袁氏没有多大反应，只是说，世事无常，谁出门都得当心点。说完，突然想起了什么，她对花弧说，赶紧给木兰找个婆家，这丫头迟早会闯出大祸的。

花弧一愣，你说木兰的婚事？我跟你说的是穆阳秋遭报应的事儿，你怎么扯上木兰了？

三

穆阳秋没去成京师。

花弧听盖右说，穆阳秋打发他的小儿子穆承弼去京师学艺了。

花弧说，他家的事情我懒得管。老子是个混蛋，儿子学啥也一样是混蛋。

盖右说，我听甘满园说，穆承弼哪是去学艺的，人家是去告邵县令的。

花弧说，他告我那亲家做啥？

盖右说，那我就不清楚了，族长满肚子坏水，你可提防着点。

这件事过去很久了，花弧从木莲那里打听邵县令的消息，似乎什么事情都没有发生，他就长出了一口气，觉得穆阳秋也就是一条小泥鳅，翻不起多大的浪花。

太延三年的夏天，拓跋焘下了一道诏书，说通过这些年的治理，全国各地的寇逆基本消灭了，天下也逐渐趋于太平。连年来，朝廷屡下诏书，诏令各级部门广为宣传朝廷的惠民政策，号召国民休养生息。但是，有一些内外群官和牧守令长，不能忧勤所司，恪尽职守，纠察非法，反而废公带私，知法犯法，更相隐置，浊货为官，政存苟且。有鉴于此，天下黎民百姓都可以向朝廷举报这些贪官污吏的恶行。

时隔不久，罢黜邵道生的诏书就下来了。

穆阳秋让穆蓟乌在瓮城里给过往的村民念诏书上的文字，念一遍不行，又念两遍，念一天不行，又念两天。一直念到第五天的时候，盖右老汉还有另外几个村里的老人找到穆阳秋，你不要让穆蓟乌再往下念了，我们都背下来了。不就是把邵县令给免了嘛，有啥高兴的？跟咱们丘穆陵氏家族八竿子都打不着的。快别念了，我看穆蓟乌那娃娃都要念疯了……

四

太延元年，花木兰十六岁。

十六岁的花木兰风姿绰约。在当年的邵家花板，像花木兰这样年纪的姑娘，差不多都有了婆家，但花木兰尚待字闺中。不是因为木兰容颜丑陋，无人问津，也不是因为花弧有过一段不光彩的过往，影响到女儿的婚姻，实在是木兰太心高气傲了，即使媒人把门槛都快踢断，木兰都没有要嫁人的打算。她手里把玩着一块葱绿色的玉佩，若有所思地对媒婆说，我也想嫁人，你给我找出一个像倍侯利那样的英雄，我就把自己给嫁了。

倍侯利是高车族斛律部的首领，生来勇健过人。当时，有歌谣颂赞倍侯利，求良夫，当如倍侯。说的是要想嫁个好夫婿，最好找一个就像倍侯利那样的人。

媒婆听了木兰的话，一撇嘴，咆，世上就一个倍侯利，我去哪儿给你找呀？不嫁就不嫁，你就是在娘家做一辈子老姑娘，也不干老娘的事儿。

以后，媒婆就再不登花弧的家门了。

花弧日渐苍老。有人不远百里来到邵家花板请花弧出山去相马，当看到花弧颤颤巍巍哆里哆嗦的样子后，会不停地问花弧，是不是当初那个在大长川给皇帝相过马的花弧？对方质疑的表情总让人看了不舒服，但花弧不在乎这个，总是摆出一副如假包换的得意样子说，当然是喽，除了我叫花弧，恐怕找不出第二个叫花弧的人了，我就是你要找的人，你算是找对了……

身子骨一年不如一年的花弧，盼望有人再像从前那样高接远送地邀请他去相马。花弧不认为他已经不适合相马了。但许多慕名而来的人，看到他苍老的面容和弱不禁风的身子后，都会异口同声地说，你老还是在家里待着吧，我们怕你走到半路就会从马背上摔下去的。

穆阳秋的老闺女莎尔娜大过一回肚子。因为莎尔娜很少出门，这件事只有少数人知道，而能够把这件事透露给村民的除了甘老三的几个儿子外，没有第四个人。但穆阳秋从甘家兄弟们赌天咒地的发誓里丝毫找不出他们任何一个人的破绽。他们信誓旦旦地说哪个把这件事传扬出去就出门让人一箭射死。穆阳秋倒吸一口气，他还从来没有像听了他们兄弟三个的发誓后心生恐惧的，他说，算屁了，我也不追究这件事了。你们哥儿仨给我听好了，莎尔娜没生过娃，她还是个黄花大闺女。哪个在背后嚼莎尔娜的舌头根，信不信我把他弄死？

再后来，村里就有风言风语说，族长打算把莎尔娜许配给甘家老三甘满屯。但不知为什么，甘满屯从族长家离家出走了，一走就渺无音讯。事后，有人看见族长穆阳秋对甘家的老大、老二说，你们老三是个孬种，以后不要让我再看到他，吃我的，喝我的，住我的，到头来把老子给耍了，还有没有一点良心？

太延四年七月，世祖北伐。第一卷军书从京师下发到善无县是这年六月的中旬，花弧正在田里拔草。花弧身子骨一年不如一年。别人开荒的范围越来越广，距离越来越远，他只能在离村不远的壕山上捡一块瘦地种粟米。这块地也不是花弧自己开垦的，而是盖右老汉留下来的遗产。盖右已经故去，盖右不多的一点家业都传给了外甥穆元吉。剩下这块瘦地穆元吉不愿种，他跑去花家问木兰要不要那块地，木兰没说什么。在一旁抽烟的花弧一听，忙说，白给还有不要的道理？要，有多少要多少。

以后，花弧在那块地上种过莜麦，种过荞麦，也种过地瓜，没有一样丰收的，他干脆就种上了粟米。

前些年，断不了有人从很远的地方来找花弧相马，只是他身子越来越虚，走不得远路，大都推掉了。一来二去，已经很少有人再

第十五章　木兰从军

记得邵家花板还有一个擅长相马的师傅了。

那天，木兰来壕山上给花弧送饭，顺便说起军书的事儿，说，朝廷又要征兵北伐，我去善无城找州郡的刺史说一说阿父的情况，人都成这样了，怎么还在征兵的名单里？

木兰又说，穆元吉和穆蓟乌也要去打仗。穆赛图和穆库翼高兴得合不拢嘴，他们说等穆元吉和穆蓟乌打完仗回来，就帮他们成亲……

花弧坐在田埂上，捧着陶罐咕咕地喝了几口汤，汤水顺着打了皱的脖子往下流。木兰掏出一方丝绢给他擦了擦胸前的汤渍，说，阿父你慢点喝，小心呛着。

花弧把饭罐搁在地头，对木兰说，我还行，虽说走不得远路，骑马倒不成问题。

木兰急道，你坐着都气喘呢，哪能打得了仗？这不强人所难吗？我非去善无城不可，朝廷也得说理吧？

你去做啥？花弧恼了，他用巴掌拍打着地头的野草说，你个姑娘家，不要总是抛头露面的，男人的事情自有男人去做，你在家里帮你阿母织布绣花就行。

到了晚上，花弧从田里回到家中，花袁氏在灶台上忙乎，小儿子花雄在油灯下磨着一把黑缨枪的枪头，花弧认得那杆枪是木兰经常使唤的兵器。花弧问花雄，你二姐呢？花雄说，一下午我都没看见二姐的影子，她连黑缨枪都没带。花弧去问花袁氏，花袁氏一愣，木兰不是给你送饭去了吗？晌午就出去了，一直没回来，我以为她和你在田里干活儿呢？花弧心里咯噔一下，心说坏了，这丫头到底是去善无城了。

木兰回到家中已是半夜时分。花弧两口子在油灯下枯坐着等木兰，听见院里传来花雄的叫声，二姐，你回来了？花弧腾地站起来，脸上像泼了血一样红。

那天，花弧憋着一肚子火，冲出窑洞，想朝木兰发泄，却看见月亮下面站着的木兰面色铁青。

花雄问，二姐，你怎么啦？

木兰看了看年幼的花雄，又看了看驼着背的花弧叹息一声，没怎么，气的。

谁把你气成这样啦二姐？花雄也是暴脾气，一听木兰的话就急了，手里握着木兰的黑缨枪，说二姐，你告诉我他的名字，看我不捅他个血窟窿。

你个小屁孩知道个啥？木兰转脸对花弧说，我去找州郡刺史，门口的守卫不让进去。我说我阿父身子骨不适合打仗，他们让我找管府兵册的主簿。我在城里转来转去也打听不到主簿大人在哪里住，后来我又回到刺史门前，有个守卫对我说，找谁也没用，这份名单是你们村里报上来的，想改，跟你们族长说去。

花弧也叹息一声，我早说过了，我身子骨还行，你非要去碰他们的钉子，还把自个儿气成这样。

木兰眼睛发虚地说道，我不信世上的事情还有办不成的。

五

两天后，第二卷军书也下来了，确定好十日后在善无城外集结，凡府兵册里登记在册的兵员一个不能少。

邵家花板像一个巨大的磨盘，又开始嗡嗡地转动起来。几乎家家都有即将出征的男人，盔甲要修补，兵器要打磨，战马要挂掌，都是些细碎烦琐的事。男人们在给自己做准备的时候，家里的女人们也没闲着，男人的衣服要缝补，路上的干粮也要蒸煮。有一些年轻人能够代父从军了，他们不像父辈那样有条不紊紧锣密鼓地做着出征前的一应准备，他们把打仗看得太简单了，就跟玩儿一样没心没肺的。他们的阿父要给他们传授一些短兵相接的经验和躲避流箭的技巧，阿母就要千叮咛万嘱咐地要他们小心小心再小心，直到把白天熬成晚上，把一天熬作两天……

第十五章 木兰从军

每天,都有一道或两道军书传下来,军情紧急,已经把出征的日子往前提了好几天了。

花弧去孤山上赶了一回马市,这一次他不是替别人相马,他是给自己物色一匹脚力好、价格又便宜的马。他倒不在乎是不是千里马。他又去威远买了一副生皮做的鞍鞯。邵家村的亲家邵千户给他送来一副驼毛绳编的辔头,马鞭是旧的。接下来,盔甲还是原来的盔甲,以前穿在身上很合身,也很威风,现在就显得肥大了不少,也笨重了不少。还没有上马提枪,他就气喘吁吁了。

花弧一手拉着花雄的手,一手摸着花雄的头说,花雄啊,阿父要打仗了,在家里好好听阿母和二姐的话,不要光顾贪玩,在外面闯祸。再过几年,花雄就长大了,到那时候,阿父就不用穿这身盔甲了,你就是咱们家的州郡兵了,阿父呢,也就该享清福了。

那一年,花雄刚满十岁。十岁的花雄挺讨厌阿父用一双瘦嶙嶙的手摸自己的头,挣脱花弧那只手,蹦蹦跳跳去村口的香椿树上掏鸟蛋了。临出门,他碰见二姐木兰提回一包东西,鼓鼓囊囊的。他伸手去摸,二姐把他的手打开了,摸啥摸?又不是好吃的。花雄说,不是好吃的,又是啥?二姐说,二姐的衣裳,女娃的衣裳男娃不许碰,碰了会长疮的。花雄吐了吐舌头,低头看两只手,总觉得指头缝儿里痒痒得慌。

转眼间,出征的日子就到了,甘满囤在村里鸣了半天金,一边鸣金一边喊第二天集合的地点和时间。

头天夜里,花弧吃坏了肚子,不停地往茅房跑,拉出来的不是屎,而是水,一股接着一股,直拉得眼睛都黑了。他琢磨着白天吃什么了,也没吃什么生冷的、油腻的、发馊的、霉变的食物啊,怎么无缘无故就跑肚拉稀了?他想照这么拉下去,明天还怎么出征呀?

木兰给他端来一碗水,说,阿父你喝点热汤,肯定是肚里着凉了,暖暖肚子就好了。花弧把木兰端来的那碗冒着热气的热汤咕咚咕咚咽下去,觉得肚里舒服了不少,就钻进被窝里接着睡,迷迷糊糊就睡着了。

　　花弧醒来的时候，脑袋仍是昏昏沉沉的，窑洞外面的天空好亮堂，阳光把窗户照得白森森的。屋里没有人，他放在炕头的盔甲不见了，估计是花袁氏帮他收起来了。现在是什么时候了？花弧唰地冒出一身冷汗，说好了让花袁氏在天亮前叫醒他。村里的男丁要在辰时前赶到善无县城与州郡兵的大部队集结，现在日头都晒屁股了，怎么没人来喊他一声？他想爬起来，身子软溜溜地使不出劲儿，一定是夜里跑肚把身子都跑坏了。他挣扎着从炕上挪到地上，又扶着灶台慢慢走到门口。当他打开房门时，阳光哗地从头顶泼下来，铺了满满一院。阳光是那样明媚，窑洞与树木都披着厚厚的阳光，风从窑顶呼呼地刮过，一切都保持着平时的状态。花弧却吓得魂飞魄散，不要说辰时了，连午时都过了，眼瞅着日头都偏西了，他还怎么去几十里外的善无县集合？

　　木兰，花雄，你们死哪儿去了，怎么都不喊我一声？这不要我命吗？

　　院里无人回应。

　　这可真是要了命了。花弧几乎要哭了，他曾见过丁家窑的一个老兵延误了集合时间，被统领一刀把脑袋给砍掉了。他想这一次横竖是一个死了，只是死得有点不值，不是战死在沙场上，而是因为睡觉睡过了头，丢人呢。

　　花弧软瘫在地上，如同被人抽去了骨头。七月的风把他的头发吹散了，他像一个披头散发的野鬼一样枯坐在那里，嘴里嘟嘟囔囔的，死吧，死吧，人活着哪有长命百岁的。

　　你神神道道地坐在地上做啥？花袁氏从街门外走进院里，手里端着一个浅而小的柳编笸箩，笸箩里放着一些熟透的杏子。她对花弧说，你知道木兰去哪里了？

　　花弧张了张嘴，没说话。

　　她去当兵了，顶的是你的名字。花袁氏把笸箩放在一个石碾上，两手一拍,边说边流泪。我不让她去,可我拦不住她。她穿上盔甲,骑在马背上,手里提了枪,背后挂了弓箭袋,就跟男孩子一样了。她说她在汤里给你放了安神药,你一时半会儿醒不来。她和村里人一块去了善无城。她说谁也看不出她是个女儿身,她让你在家里好好待着,哪儿也别去,就当你骑马打仗去了,你去北漠杀柔然人去了……我一早去壕山上给她摘了些她最爱吃的甜杏,紧赶慢赶往回跑,可还是晚回了一步,孩子们早出发了……

花弧半晌无语,直愣愣地盯着花袁氏端着的笸箩里的几枚杏子,突然嘟囔了句,胡闹嘛。

尾 声

一

许多年以后,穆阳秋已经老得不能再老,手抖,气喘,走路前倾,习惯长时间在一个地方杵着,嘴角淌着黏稠的涎水,一副邋里邋遢的样子,早不复当年神勇了。那个让他厌恶了大半辈子的黄脸婆也在几年前离他而去,死前拽着他的手不放,叮嘱他,这一辈子我活得窝囊,什么话都是你说了算,我就像你毛裘上的一根带子一样,由着你摆来摆去的。我也认了,现在我要走了,唯一放心不下的就是老闺女莎尔娜。你好好赖赖把莎尔娜给嫁出去,穷的富的,丑的俊的,老的小的都行,哪有闺女老死在娘家的道理呢。那一年,要不是你横插了一杠子,闺女早就是那个叫天保的汉人的婆姨了。你个老不死的东西,杀个人就跟碾死一只蚂蚁似的,眼睛都不眨一下……

穆阳秋送走了黄脸婆,却没办法把莎尔娜嫁出去。倒不是世上的光棍不好找,实在是莎尔娜犟,一提嫁人的事就跟穆阳秋急,动不动就寻死觅活的。穆阳秋只好叹着粗气由她去了。

儿子们各有各的活法,开酒坊的,做捎客的,在平城某一家青楼替老鸨做护花龟头的……穆阳秋的儿子良莠不齐,但没一个有能

尾声

力接过族长的重任。穆阳秋深感后继乏人,一天天颓废下去。邵家花板一度时期出现了群龙无首的局面,反倒是族人遇到难办的事情,都去找花弧商量,要花弧拿主意。

后来,在穆阳秋身边,仅剩下那个终生未嫁的老姑娘了。老姑娘端一碗半生不熟的和子饭塞在他颤颤巍巍的手里,不冷不热地说,你去街上吃吧,啥地方人多,你就去哪里吃。你听听人们嘴里说的,都在夸人家花弧有造化呢,生了两个丫头,一个嫁给了治民长,一个代父从军立了大功,嫁给了恒州刺史。你年轻那阵儿多威风啊,在邵家花板说一不二,还成天欺负人家花弧。你看看朝廷给花家盖的亭台楼阁,再看看咱住的这几间老房子。你看看小山上的奶奶庙都让皇帝爷改成花家寺了,成了人家花弧的家祠。咱家呢?我那几个不成器的哥哥连点出息都没有。瞧瞧你自个儿,吃个饭都不利落,嘴巴都没个把门儿的,一个劲儿流水,这就叫报应啊。

那时,穆阳秋的思维已经很迟钝了,一时没能琢磨过老姑娘的话的味儿,他端着那碗和子饭,缓慢地转了半天眼珠子,也就转过味儿来了,便说,你说花弧啊?花弧算个什么东西,不就是个相马匠吗?不是你阿父吹牛,我年轻那会儿,拔根毛都比他腰粗,他就是帮我拎靴子,我也不用他,他就一不会来事的废物。老天是瞎眼了,让他花弧临死还走了狗屎运了,遇上个做官的亲家,要不那年朝廷让挨家挨户摸底,我就能把他给整死……

二

花弧年老的时候喜欢怀旧。

那时候,世祖皇帝因木兰战功突出,已经把邵家花板册封为花弧的领地,并更名为花家寺村。村西小山上的奶奶庙也变成花家祠堂,取名为花家寺。

花弧在自家的庭院里过着优哉游哉的员外的生活,每天浇浇花(他种了一院的达达花),遛遛马(花弧已经不相马了,与木兰从

259

前一块出生入死过的将军们会定期选一些良马,命人风尘仆仆给老爷子送来),或者领着小外孙在庄子里转一转,遇到族人也要点头,也要寒暄,也要问问庄稼年成,一点都没有高高在上的侯爷架子,就像几十年前的花弧一样。他在夹着尾巴做人,要小外孙喊这个姑姑,叫那个叔叔,满街大人小孩的辈分似乎都比小外孙大。他觉得这样挺好的,挺融洽的。

老爷子在外面转悠累了,就回到廊腰缦回的家中。有丫鬟扶他上炕,靠着被子垛打个盹儿。这个盹儿或长或短,花弧总要被自己的鼾声吵醒,用手抹去嘴边长长的涎水,对老婆子花袁氏说,我没睡着吧?可我睁着眼做了个梦,梦见在黑山上打仗呢,后边是柔然人没命地追我。我那匹飞燕骝啊,到底是老腿老脚的,跑不起来,我急啊,就想这一回怕要落到柔然人手里了。可就在这时,木兰那丫头从孤山上骑马冲下来了,她手里那杆黑缨枪扑哧咔嚓一顿乱扎,柔然人全从马背上栽下去了……唉,老了老了,不中用了,做个梦也得闺女来救。

花袁氏说,你是身在福中不知福,净梦些不着调的事儿。如今木兰木莲都随女婿在京师居住,两个女婿都是朝廷器重的三品大员。花雄也沾了木兰的光,在禁中做内侍长。儿女们都不用你操心,你就踏实做你的员外郎得了。吃些桂花糕吧,这是木莲托人从京师捎回来孝敬你的。

花弧吃了几块桂花糕,让小厮陪着,出了花府,穿过街心阁子,拐过龙王庙,出了西堡门,沿泉沟走了一段路,爬上草木葱茏的小山,要去花家寺里给祖宗的牌位上一炷高香。他不知道花家的祖宗是谁,供桌后面立的牌位上都不书名字。但每一座牌位他都能喊得来称谓,他的阿父阿母,他阿父的阿父阿母,他阿父的阿父的阿父阿母……每座牌位前都要插一炷香,双手合十念叨几句。上完香,他还要返回村里,去穆承嗣的酒坊里坐一坐,闻一闻酒糟散发出的醉人的味道。他也不喝酒,就是干坐,与来酒坊喝酒的老少族人拉呱拉呱家常,拉呱拉呱风时雨候,拉呱拉呱丘穆陵氏的前生后世。偶一抬头,年迈的花弧就看见天上生出一片鱼鳞云,一片一片挨肩搭背地都朝一个方向奔走,忽就想起他年轻时候,打一声尖厉的唿哨,搅动了万千匹马,绕着贺兰山不停地跑呀跑……

花弧嘴里发出杂沓的马蹄声,他张开黑洞洞的嘴巴,像一只狼在嗥,"敕勒川,阴山下,天似穹庐,笼盖四野……"。

对面给客人斟酒的甘满屯说,花叔,你就不要唱了,我浑身都是鸡皮疙瘩。

花弧笑了,对甘满屯说,不好听我就不给你们唱了。想当年,你花叔也威风过,不是将军请,就是太守叫,善无的县令我都不把他放在眼里。不是你花叔吹牛,我坐在金陵前边的显明寺里,和太守喝茶,一边喝茶,一边侧着耳朵听。几盏茶喝完,一匹百年难遇的追风马,就让我给听出来了。

花弧说,别人相马是用眼瞅,用手摸,只有我是用耳朵听,一听一个准儿。

酒坊里喝酒的族人都听腻了花弧相马的故事,就说,老爷子,我看见你家姑爷邵大人的官轿进村了,你也不回去看看?

别哪壶不开提哪壶。花弧脸上的笑影儿掉了一地,说,姑爷有啥看头?又不是没见过。

花弧对木莲木兰的婚姻一直耿耿于怀,当初邵家村的邵千户,也就是后来的邵县令当面向他提亲,可花弧的脑袋摇得跟拨浪鼓似的。他一百个不应承,一点都不看好这桩婚事,门不当户不对的。何况邵千户在花弧眼里本身就是个吃人不吐骨头的狗东西,他怎么能忍心把木莲往火坑里推呢?可那时候的花弧,到底扛不住花袁氏的枕头风,最后只好答应了。

那之后的好长一段时间,花弧总说是花袁氏把女儿木莲推进火坑里了,等着将来替闺女哭鼻子吧。好在姑爷邵素并不像他老子邵千户那样刁奸诡诈,自打娶了木莲,两口子好得跟穿一条裤似的,

261

花弧也就不再责怪花袁氏了。倒是后来木兰从军归来，邵县令家的二公子邵璞又托人说合木兰，还没等花弧有一丝半点犹豫，事情已经尘埃落定了。因为保媒的不是亲家邵千户，而是当今圣上世祖皇帝拓跋焘，并由中书侍郎高允亲自来花家寺村颁旨。花弧连思考的余地都没有，就跪谢了。

可说到木兰，花弧又高兴起来，对喝酒的村民说，木兰的小儿子在京师太学里跟着博士念书，老厚老厚的经学都背得滚瓜烂熟。论起文来，老花家没一个比得上那小子，到底是汉人的种，脑瓜子活。

酒坊里喝酒的村民也都听腻了花弧对小外孙的褒奖，他们举起像皮靴的玉觥，说喝酒喝酒，承嗣再来一筒，要二十年的老酒，别像你阿父，尽拿新酒糊弄人。

穆承嗣说，看你说的，我跟我阿父不是一路人。

花弧坐得没意思，说，你们喝着，可别喝多了，回家撒酒疯，就像穆尔图那样，不招人待见。

春天，在长风浩荡的花家寺，花弧头戴一顶十字长裙帽，身穿一件淡青的丝绢交领褶衣，脚上是一双大夫素圆履，从花家寺的街头走过，想起多年前的好多事。那时候，花家寺村还不叫花家寺村，而叫邵家花板，那时候的花袁氏还年轻，不是十分漂亮，一副长脸，肉肉的，宽下巴，面色暗红，仿佛好些日子没洗，眼睛也不大，弯弯的像月牙，梳的是螺髻，黑巾包头，垂至肩颈处，穿的是大红袴褶，镶了白色云边……两个闺女也小，木莲和木兰。他们一家人围坐在毡包前的一块干羊皮上，没心没肺地吃饭，吃的是一摞炉烤的胡饼，一盘晒干的乳腐，喝的是一罐冒着热气的酥油茶……他们很幸福。